昭和天皇の大御歌

一首に込められた深き想い

所 功 編著
Tokoro Isao

角川書店

昭和天皇の大御歌

一首に込められた深き想い

まえがき

昭和天皇（迪宮裕仁親王《みちのみやひろひと》）が満八十七歳八ヶ月余の生涯を閉じられてから、はや満三十年の式年祭を迎えました。近年、学界・論壇などでも、昭和天皇と昭和時代史への関心が高まり、重要な資料も研究の成果も公にされつつあります。

とりわけ重要なのは、平成二十六年（二〇一四）八月、平成の初めから宮内庁（書陵部編修課）により編纂されてきた『昭和天皇実録』全六十巻（他に目次・凡例一巻）が完成して、今上陛下（満八十歳）に奉呈されたことです。しかも、その全文（約一万二千頁、九百三十万字強）が、ほどなく一般に公開されました。さらに同二十七年から東京書籍より超廉価で出版されたこと（全十八巻。他に索引一冊で完了）は、皇室に心を寄せる国民の一人として、感謝にたえません。

この『昭和天皇実録』は、原則として年月日順に関係の記事（綱文）を配列し出典を注記した編年体の歴史書です。その記事中に、当該時の御動静を伝える資料として御製＝大御歌が引載されています。昭和天皇の御製集は、宮内庁侍従職編『おほうなばら』（平成二年、読売新聞社）などが出版されています。しかし、それでは年次しか判らない大御歌が、この『実録』では月日も場所も明示されているため、近現代史に不可欠な資料としての価値が一段と高まりました。

そこで、この『実録』に引載されている大御歌を記事（要点）と共に抄出し（出典は省略）、最小限の注記（西暦・元日からの満年齢および簡単な説明、大御歌に濁点・振り仮名など）を加えて、いったん歴史研究会編の月刊『歴史研究』に連載しました。それを基にしながら、さらに『おほうなばら』既収でも『実録』に未採録の大御歌を補い、全十章として本書をまとめました。

ところが、昭和天皇の大御歌は、既発表の八七二首だけでなく、晩年四年分の「直筆草稿」が奇蹟的に現存すること、その中に二二八首も未発表歌の含まれていることが、つい最近判明しました。その後、「メモ歌稿」の四五首も見つかり、未発表歌は二七三首となりました。しかも、その鑑定・分析に協力した御縁で、大部分を本書にて紹介させて頂けることになったのです。

これを今上陛下の御代替り間際に、このような形で出版できる幸運の一端を担いうることに、深い感慨を覚えています。

平成三十一年（二〇一九）一月七日

所　功

目次

第五章　昭和三十年代の後半　111
第六章　昭和四十年代の前半　149
第七章　昭和四十年代の後半　171
第八章　昭和五十年代の前半　209
第九章　昭和五十年代の後半　247
第十章　昭和六十年代の前半　275
補　章　晩年の直筆大御歌草稿　293
解　説　昭和天皇の御理想と大御歌　349

あとがき 386
略年表　昭和天皇87年の御生涯 388
資　料　昭和天皇御製の全国歌碑一覧 397
初句索引 412
人名索引 430
地名索引 434
動植物名索引 448
御製関係の参考文献・資料 453

＊本書に掲載した昭和天皇の大御歌は、宮内庁編修『昭和天皇実録』（東京書籍）および宮内庁侍従職編『おほうなばら』（読売新聞社）の収録歌に準ずるが、踊り字（繰り返し記号の一つ字点や同上記号のくの字点など）は、読みやすいように平仮名で表記した。また、読みやすくするため新たに平仮名ルビを足した歌もあるほか、わかりやすくするために漢字ルビを付した歌もある。
＊ただし、補章に収録した昭和天皇晩年の「直筆草稿」と解説に収録した「直筆メモ」は、歌稿も注記も鉛筆書きに従い、ほとんど正画漢字・歴史的仮名遣い、濁点・句読点・カギ括弧、踊り字なども元のままとした。

装幀　南　一夫
写真協力　アフロ
（目次、補章除く）

序章

明治末・大正時代

大正 10 年（1921）3 月 1 日、訪欧途上の寄港地・沖縄で首里城をご視察（20 歳）

●明治四十四年（一九一一）十二月（10歳）

二日　土曜日　来る新年の歌御会始の御題「松上鶴」の御歌をお考えになるも、この日はお出来にならず。以後本月中は、御題を始め**種々の題にて御作歌を試みられる**。

なお、御歌の正式な御稽古は、いまだ始められず、この時期の**側近の方針**として、御幼少時に作歌について種々批評・添削することは、いたずらに御思考を混乱させ、将来の御上達をかえって阻害する恐れがあるとの考えのもと、**自由な御発想により、真の御興味から湧き出るものを詠み出されること**に重点を置き、語調・字句等の誤りなどについては、出来る限り指摘しない方針が採られる。

（『迪宮御日誌、迪宮御言行録』、以下出典は省略）

●大正六年（一九一七）一月（16歳）

一日　月曜日　沼津御用邸西附属邸において、東宮職出仕南部信鎮・堤経長・久松定孝・松平直国・**大迫寅彦と共に新年をお迎えになる**。午前八時三十分、供奉高等官及び出仕より拝賀をお受けになる。

この日、本年の歌御会始の御題「遠山雪」にて作歌を試みられ、昨日午前の海岸御運動の際、遙かに赤石山脈を眺望された情景を題材に、御歌をお詠みになり、**東宮侍従長入江為守**に示される。五日、改めてこの御歌を色紙に左の如くお認めになる。

1　赤石《あかいし》の山をはるかにながむればけさうつくしく雪ぞつもれる

●大正十年（一九二一）一月（20歳）

十日　月曜日　午前九時二十五分御出門、御参内になり、鳳凰《ほうおう》ノ間における**歌御会始に御臨席**になる。天皇・（貞明）皇后出御なし。御題は「社頭暁」にて、皇太子御歌は左のとおり。

2　とりがねに夜はほのぼのとあけそめて代々木の宮のもりぞみえゆく

●大正十一年（一九二二）一月（21歳）

十八日　水曜日　歌御会始御臨席のため、**摂政の御資格**にて午前十時、鳳凰ノ間に御臨席、続いて（貞明）皇后が御臨席になる。御席の布設は御講書始と同様、玉座・皇后御席が正面に設けられ、摂政御席は皇后御席の左側に斜め向きに設けられる。
この年の御題は「旭光照波」にて、摂政御歌は左のとおり。

3　世の中もかくあらまほしおだやかに朝日にほへるおほうみのはら

●大正十二年（一九二三）一月（22歳）

二十九日　月曜日　午前十時、歌御会始が行われる。御静養中につき御臨席なし。御題は「暁山雲」にて、摂政御歌は左のとおり。

4　あかつきにこまをとどめて見渡せば讃岐のふじに雪ぞかかれる

●大正十三年（一九二四）一月（23歳）

十九日　土曜日　午前十時、鳳凰ノ間における歌御会始に皇太子の御資格にて臨場される。本年の御題は「新年言志」にて、御詠進の御歌は左のとおり。

5　あらたまの年を迎へていやますは民をあはれむ心なりけり

歌御会始には、当初昨年までと同様に摂政の御資格にて臨場の予定であったが、一昨十七日に至り皇太子の御資格とすることに改められた。

●大正十四年（一九二五）一月（24歳）

二十日　火曜日　御参内になり、歌御会始に御臨席になる。本年の御題は「山色連天」にて、皇太子の御歌は左のとおり。

6　たて山の空に聳ゆるををしさにならへとぞ思ふみよのすがたも

●大正十五年（一九二六）一月（25歳）

十八日　月曜日　摂政の御資格にて御参内になる。午前十時、皇后と御同列にて鳳凰ノ間における歌御会始に御臨場になる。本年の御題は「河水清」にて、皇太子の御歌は左のとおり。

7　広き野をながれゆけども最上川うみに入るまでにごらざりけり

皇太子は**昨年山形県行啓**の際、酒田市の日和山公園の展望所より最上川河口を展望されており、右の御歌は昭和五年（一九三〇）、東京音楽学校教授島崎赤太郎により曲が付され、「最上川」と題して広く山形県民に親しまれ、**昭和五十七年**（一九八二）**に至り「山形県民の歌」**に制定される。

第一章

昭和の戦前戦中期

昭和８年（1933）元日、皇居でご乗馬（32歳）

●昭和三年（一九二八）一月（27歳）

二十八日　土曜日　歌会始につき、鳳凰ノ間にお出ましになる。本年の御題は「山色新」。

8　山やまの色はあらたにみゆれども我まつりごといかにかあるらむ

●昭和四年（一九二九）一月（28歳）

二十四日　木曜日　午前十時、（香淳）皇后と共に鳳凰ノ間に出御され、歌会始を催される。本年の御題は「田家朝」。

9　都いでてとほく来ぬれば吹きわたる朝風きよし小田のなか道

○同四年十一月

七日　木曜日　表御座所に侍従長鈴木貫太郎をお召しになり、近来の御節約の思召しに関し、左の御製二首を示される（※『おほうなばら』未収）。

初声御用邸の工事を延期して一大決心を示したるに
我が理想は一つも実行され居らざるを見て
10 つとめつるかひあるべきを山吹の実の一つだになき世をぞ思ふ
11 つとめつるかひあらざれば山吹の実の一つなきうたをしぞ思ふ

●昭和五年（一九三〇）一月（29歳）

二十九日　水曜日　歌会始につき、午前十時、鳳凰ノ間に出御される。本年の御題は「海辺巌」。

12 いそ崎にたゆまずよするあら波を凌ぐいはほの力をぞおもふ

●昭和六年（一九三一）一月（30歳）

二十三日　金曜日　午前十時、鳳凰ノ間において歌会始に臨まれる。本日、（香淳）皇后・（貞明）皇太后は出御されず。御題は「社頭雪」。

13　ふる雪にこころきよめて安らけき世をこそいのれ神のひろまへ

●昭和七年（一九三二）一月（31歳）

十八日　月曜日　午前十時、鳳凰ノ間において歌会始を催される。（貞明）皇太后は出御されず。
御題は「暁雞声」にて、御製は次のとおり。

14　ゆめさめて我世をおもふあかつきに長なきどりの声ぞきこゆる

●昭和八年（一九三三）一月（32歳）

二十一日　土曜日　午前十時、鳳凰ノ間において歌会始を催される。本年の御題は「朝海」。

15　天地《あめつち》の神にぞいのる朝なぎの海のごとくに波たたぬ世を

○同八年四月

二十八日　金曜日　侍従長鈴木貫太郎をお召しになり、左の御製を示される。

靖国神社にて、故白川大将〔義則、上海派遣軍司令官〕の昭和七年三月三日、

停戦命令を発して国際連盟との衝突を避けしめたる功績を思ひ出でて

16　をとめらのひなまつる日にいくさをばとどめしいさをおもひでにけり

御製は、御歌所長入江為守により色紙に認められ、この月三十日に鈴木より白川義則の遺族に伝達される。

●昭和十年（一九三五）一月（34歳）

二十四日　木曜日　午前十時、〔香淳〕皇后と共に鳳凰ノ間に出御され、歌会始を行われる。御題は「池辺鶴」。

17　楽しげにたづこそあそべわが庭の池のほとりや住みよかるらむ

●昭和十一年（一九三六）一月（35歳）

二十日　月曜日　午前十時、鳳凰ノ間に出御され、歌会始を行われる。御題は「海上雲遠」。

18　**紀の国のしほのみさきにたちよりて沖にたなびく雲をみるかな**

●昭和十二年（一九三七）一月（36歳）

二十六日　火曜日　午前十時、（香淳）皇后と共に鳳凰ノ間に出御され、歌会始を催される。御題は「田家雪」。

19　**みゆきふる畑のむぎふ《麦生》におり立ちていそしむ民をおもひこそやれ**

●昭和十三年（一九三八）一月（37歳）

二十四日　月曜日　午前十時、（香淳）皇后と共に鳳凰ノ間に出御され、歌会始を行われる。（貞明）皇太后は出御なし。御題は「神苑朝」。

20　静かなる神のみそのの朝ぼらけ世のありさまもかかれとぞおもふ

●昭和十四年（一九三九）一月（38歳）

三十一日　火曜日　午前十時、鳳凰ノ間に出御され、歌会始を行われる。御題は「朝陽映島」。

21　高どののうへよりみればうつくしく朝日にはゆる沖のはつしま

●昭和十五年（一九四〇）一月（39歳）

二十九日　月曜日　午前十時、（香淳）皇后と共に鳳凰ノ間に出御され、歌会始を行われる。御題は「迎年祈世」。

22　西ひがしむつみかはして栄ゆかむ世をこそいのれとしのはじめに

●昭和十六年（一九四一）一月（40歳）

二十八日　火曜日　午前十時、歌会始につき、（香淳）皇后と共に鳳凰ノ間に出御される。御題は「漁村曙」。

23　あけがたの寒きはまべに年おいしあまも運べりあみのえものを

●昭和十七年（一九四二）一月（41歳）

二十六日　月曜日　午前十時、（香淳）皇后と共に鳳凰ノ間に出御され、歌会始を行われる。御題は「連峯雲」。

24　峯つづきおほふむら雲ふく風のはやくはらへとただいのるなり

●昭和十八年（一九四三）一月（42歳）

二十八日　木曜日　午前十時、歌会始につき、鳳凰ノ間に出御される。御題は「農村新年」。

25　ゆたかなるみのりつづけと田人《たびと》らもかみにいのらむ年をむかへて

●昭和十九年（一九四四）一月（43歳）

二十八日　金曜日　御不例につき、歌会始をお取り止めになる。なお、御製以下一般詠進歌中の選歌は、この日**各新聞夕刊に掲載**される。御題は「海上日出」。

26　つはものは舟にとりでにをろがまむ大海のはらに日はのぼるなり

●昭和二十年（一九四五）一月（44歳）

二十二日　月曜日　午前十時、（香淳）皇后と共に表拝謁ノ間に出御され、歌会始を催される。御題は「社頭寒梅」。

27　風さむきしもよ《（霜夜）》の月に世を祈るひろまへ清くうめかをるなり

○同二十年三月

十八日　日曜日　去る十日の東京都内における**空襲罹災地**のうち、深川・本所・浅草・下谷・本郷・神田の各区を自動車にて御巡視。焦土と化した東京を嘆かれ、**関東大震災後**の巡視の際よりも今回の方が遥かに無惨であり、一段と胸が痛む旨の御感想を述べられる。左の御製あり。

28　戦のわざはひうけし国民をおもふこころにいでたちてきぬ

第二章

戦後の被占領時期

昭和22年（1947）12月9日、広島市の孤児院をご慰問（46歳）

●昭和二十年（一九四五）九月（44歳）

二十四日　月曜日　夕刻、吹上御苑を御散策になり、軽井沢に御滞在中の（**貞明**）**皇太后より御贈進の野草**を御移植になる。以後十月十五日、二十八日、二十九日の三回にわたり皇太后より御贈進の野草を**御移植**になる。なお、皇太后よりの草木の御贈進にちなみ、左の御製あり。

29　わが庭に草木をうゑてはるかなる信濃路にすむ母をしのばむ

30　夕ぐれのさびしき庭に草をうゑてうれしとぞおもふ母のめぐみを

○同二十年十二月

八日　土曜日　宮殿焼け跡にお出ましになり、**みくに奉仕団**六十三名〔宮城県栗原郡下の五町・二十二箇村よりの上京者、及び記録係として参加の文芸評論家木村毅〕による**宮殿焼け跡の整理作業を御覧**になる。**同団長鈴木徳一をお召し**になり、慰労のお言葉を賜い、併せて宮城県栗原郡の近況等につき種々御下問になる。還御の際、奉仕団一同による**君が代の合唱**をお聞きになる。また天皇の思し召しにより、十一時過ぎ、**皇后も同所にお出まし**になり、作業を御覧、団長ほかにお言葉あり。

副団長長谷川峻〔前情報局総裁秘書官〕によれば、**みくに奉仕団**は、宮城県栗原郡築館町を中心とする付近町村青年男女の団体にして、君民一体、一国一家の日本本来の伝統に基づき、真の道義的平和的新日本建設のために奉仕することを目的として結成される。一同は昨七日に上京、本日より十日まで宮殿焼け跡の片付けを行い、併せて紅白餅及び鶏卵を献上する。十日侍従次長木下道雄より一同に対し、献上の紅白餅を天皇が召された旨が伝達される。

なお、勤労奉仕につき左の御製あり。

31 戦《たたかひ》にやぶれしあとのいまもなほ民のよりきてここに草とる

32 をちこちの民のまゐきてうれしくぞ宮居《みやゐ》のうちにけふもまたあふ

以後、翌年一月十三日の神奈川県大和町大丸組勤労奉仕団を始め、全国からの勤労奉仕を受けられる。

(十二月) 十五日　土曜日　終戦時の感想を詠まれた御製のうち、左の一首が十二月二十九日午後の記者会見において発表される。

33 海の外《と》の陸《くが》に小島にのこる民の上安《うへ》かれとただいのるなり

※岡野弘彦著『昭和天皇御製　四季の歌』（平成十八年、同朋舎メディアプラン）に、昭和二十年（一九四五）「終戦時の感想」として左の①を②に直されたとある。（※『おほうなばら』には①のみ）

①　**爆撃にたふれゆく民の上をおもひいくさとめけり身はいかならむとも**

②　**身はいかになるともいくさとどめけりただたふれゆく民をおもひて**

●昭和二十一年（一九四六）一月（45歳）

二十二日　火曜日　午前十時、表拝謁ノ間において歌会始を催される。（香淳）皇后は御服喪中につき、詠進・出御ともになし。御題は「松上雪」。

34　**ふりつもるみ《（深）》雪にたへていろかへぬ松ぞをを《（雄々）》しき人もかくあれ**

○同二十一年十月

七日　月曜日　表拝謁ノ間に文学博士佐佐木信綱・窪田通治（空穂）・鳥野幸次をお召しになる。

佐佐木以下は、斎藤茂吉及び千葉胤明と共に、昭和二十二年歌会始の詠進歌選者の御用を仰せ付けられた者にて、窪田より歌壇の現況についての奏上を、佐佐木より御題は「あけぼの」が適当との言上を、鳥野より詠進歌選者は一致協力して奉仕する旨の言上を（香淳）皇后と共に受けられる。

これに対し天皇は、歌道を通じて皇室と国民との結び付きに尽力するよう仰せになる。

（十月）三十日　水曜日　地方長官の控室〔第一参殿者休所〕には、地方巡幸の折にお詠みになった左の御製三首（28・35・36）の額が掲げられる。

(28)　戦のわざはひうけし国民をおもふこころにいでたちてきぬ

35　わざはひをわすれてわれを出むかふる民の心をうれしとぞ思ふ

36　国をおこすもとゐとみえてなりはひにいそしむ民の姿たのもし

○同二十一年十一月

十九日　火曜日　水戸市は、昨年八月二日未明の空襲により甚大な戦災を蒙っており、同市内の御巡幸に際して、そこからの復興を特に御覧になる。
なお、本行幸につき、次の歌をお詠みになる。

37 たのもしく夜はあけそめぬ水戸の町うつ槌の音《ね》も高くきこえて

38 水戸の町あけそめにけりほのぼのと常陸《ひたち》ざかひの山もみえきて

●昭和二十二年（一九四七）一月（46歳）

二十三日　木曜日　歌会始につき、午前十時より枢密院会議室に出御される。**御題は**「あけぼの」であり、御製は次のとおり。

（37）たのもしく夜はあけそめぬ水戸の町うつ槌の音も高くきこえて

（香淳）皇后は御服喪中につき、出御・御詠進ともになし。（貞明）皇太后も昨年四月生母逝去のため御遠慮につき、出御・詠進されず。

※昨年四月一日の御歌所官制廃止により、この年より御題は従来の漢詩的な御歌所風のものから、簡明なやまとことば風になる。召人・召歌の制は召歌の制に一本化され、制度としては残されるも、この度の適任者がなく選ばれず。選者は帝国芸術院会員千葉胤明・同佐佐木信綱・同斎藤茂吉・同窪田通治（空穂）・従三位勲三等鳥野幸次が務め、預選者に十五人が選ばれる。詠進歌総数は一万三千八百二十六首に上る。

○同二十二年三月

七日　金曜日　この朝閉庁式を行った千代田区大手町の帝室林野局に行幸される。長官岡本愛祐の先導にて四階の展示会場に入られ、地方局長・試験場長等の説明にて、木曽御料林のパノラマ、人形その他の木工製品、軽質油、パルプや木炭の製作工程の模型等が展示された四室を御巡覧になる。

帝室林野局の廃止に関し、次の歌をお詠みになる。

39　うつくしく森をたもちてわざはひの民におよぶをさけよとぞおもふ

40　こりて世にいだしはすとも美しくたもて森をば村のをさ《（長）》たち

41　料の森にながくつかへし人々のいたつきをおもふ我はふかくも

42　九重《ここのへ》につかへしことを忘れずて国のためにとなほはげまなむ

※『おほうなばら』は、右の四首につづけて「帝室博物館の文部省移管　三首」と題し、左の③④⑤を載せる。

③　いにしへのすがたをかたるしなあまたあつめてふみのくにたてまほし

④　いにしへの品のかずかずたもちもて世にしらしめよ国の華をば

⑤　世にひろくしめせとぞ思ふすめぐにの昔を語る品をたもちて

○同二十二年五月

三日　土曜日　憲法普及会主催による日本国憲法施行記念式典に御臨席の予定なるも、風雨のため予定を変更され、午前十時五十五分御出門、式典の終了した宮城前広場に行幸になる。憲法普及会会長芦田均の先導により壇上にお立ちになり、参会者より万歳三唱をお受けになる。十一時還幸される。

なお、日本国憲法施行について次の御製あり。

43　うれしくも国の掟《おきて》のさだまりてあけゆく空のごとくもあるかな

○同二十二年八月

五日　火曜日　〔福島県〕石城郡湯本町の常磐炭礦株式会社磐城礦業所に御到着になる。優良坑員、三代勤続の坑夫、及び労働組合幹部を励まされた後、人車に乗られ同坑坪下〔斜坑四百五十メートル余、人車終点〕までお入りになる。御下車後、切羽において炭層を御覧になり、さらに坑内を一巡され、付近の坑夫にそれぞれ労いのお言葉を掛けられる。

万歳の声が轟く中、再び人車にて坑外に出られ、自治会館前において他の炭鉱経営者及び労働者代表等にお言葉を賜う。

なお、同炭礦御視察について次の御製あり。

44　あつさつよき磐城《いはき》の里の炭山にはたらく人ををしとぞ見し

※『おほうなばら』は、44の次に「栃木県益子窯業指導所にて」と題する次の一首⑥も載せる。

⑥　ざえのなき嫗《おうな》のゑがくすゑものを人のめづるもおもしろきかな

（八月）十九日　火曜日　御朝食後、御泊所翁島高松宮別邸庭先において、宮内記者会会員〔四名）に御会釈を賜う。質問されたことに対し、炭坑で働き続けることは、余程の体力と気力がいると思うが、坑内における奉迎の労務者は元気で、石炭の大事なことをよく了解し、働きがいを自覚しているように思われた旨と、食糧その他苦しいことが多いだろうが、しっかりやってもらいたい旨をお答えになる。

また、**森林の愛護**について関係者の努力を期待する旨を述べられる。そのほか、**水害と闘う農民等の真面目な気持ちと働きぶり**に心を打たれた旨、水害や天候で痛めつけられながら食糧生産の大切なことを弁えて一生懸命努力してくれていることを頼もしいと思う旨、肥料・家畜・農具などの不足により生活も苦しい人たちが多いようだが、段々良くなってゆくことを心から希望する旨を述べられる。これらの御感想は、**共同通信を通じて**発表される。

また、この度の水害地御視察に関しては次の御製あり。

45　水のまがにくるしみぬきしみちのくの山田もる人をあはれと思ふ

○同二十二年十月

七日　火曜日　（長野県北佐久郡軽井沢東小学校）校庭に整列した**海外引揚者・戦災者等に励まし**のお言葉を賜いつつ壇上に臨まれ、町長佐藤恒雄の発声にて町民等による君が代奉唱・万歳三唱の奉迎をお受けになる。

次に、南佐久郡大日向《おおひなた》村の千ヶ滝開拓地大日向地区に向かわれる。開拓地への行幸に寄せて次の御製あり。

46 浅間おろしつよき麓《ふもと》にかへりきていそしむ田人たふとくもあるか

（十月）二十八日 火曜日 （石川県）七尾西湾において船上より町民等の提灯と万歳による奉迎の声が御泊所内まで届き、奏上前後二回にわたり、御座所から奉迎にお応えになる。

なお、この夜のことについて、次の歌をお詠みになる。

47 月かげはひろくさやけし雲はれし秋の今宵《こよい》のうなばらの上に

※『おほうなばら』は、47の前に「紙」と題して次の一首⑦も載せる。
⑦ わが国の紙見てぞおもふ寒き日にいそしむ人のからきつとめを

○同二十二年十一月

三十日　日曜日（島根県簸川《ひかわ》郡伊波野村高畦《たかうね》栽培地で）地理的に低湿である簸川平野独特の高畦作業についての奏上をお聞きになり、**青年男女六十名による高畦作り**を御覧になる。

この作業に寄せて次の御製あり。（※『おほうなばら』は「折にふれて」と題する）

48　老人《おいびと》をわかき田子《たご》らのたすけあひていそしむすがたたふとしとみし

○同二十二年十二月

七日　日曜日　広島県水産試験場を御視察。同所を御発になり、自動車にて**原子爆弾の被災中心地**に向かわれる。爆心地の相生《あいおい》橋付近に至ると徐行運転させられ、車窓より平和の塔越しに**元広島県産業奨励館**（原爆ドーム）を臨まれる。

その際、平和の鐘が鳴ったことに寄せ、次の歌をお詠みになる。

49　ああ広島平和の鐘も鳴りはじめたちなほる見えてうれしかりけり

元広島県産業奨励館を右手に御覧になられつつ、広島市民奉迎式場である元広島護国神社前の広場に向かわれる。「広島市の受けた災禍に対しては同情に堪えない、またこの**犠牲を無駄にす**

ることなく平和日本を建設して世界平和に貢献しなければならない」旨のお言葉を述べられる。

※『おほうなばら』は、49を48の前に出す。また48「折にふれて」の次に左の八首⑧〜⑮を載せる。

⑧　冬枯のさびしき庭の松ひと木色かへぬをぞかがみとはせむ
⑨　潮風のあらきにたふる浜松のををしきさまにならへ人々
⑩　たふとしと見てこそ思へ美しきすゐもの（機織）つくりいそしむ人を
⑪　外国とあきなふために糸をとりまたはたおりてはげめとぞ思ふ
⑫　海の外とむつみふかめて我国のふみのはやしを茂らしめなむ
⑬　悲しくもたたかひのためきられつる文の林をしげらしめばや
⑭　秋ふけてさびしき庭に美しくいろとりどりのあきざくら（秋桜）さく
⑮　霜ふりて月の光も寒き夜はいぶせき家にすむ人をおもふ

●昭和二十三年（一九四八）一月（47歳）

二十九日　木曜日　午前十時、三の間に（香淳）皇后と共に出御され、歌会始を行われる。御題は「春山」。

50　うらうらとかすむ春べになりぬれど山には雪ののこりてさむし

※『おほうなばら』は、50の次に左の一首⑯と「折にふれて　三首」⑰⑱⑲、「牛　二首」⑳㉑も載せる。

⑯　春たてど山には雪ののこるなり国のすがたもいまはかくこそ

⑰　せつぶん草さく山道の森かげに雪はのこりて春なほさむし

⑱　風さむき霜夜の月を見てぞ思ふかへらぬ人のいかにあるかと

⑲　しづみゆく夕日にはえてそそり立つ富士の高嶺はむらさきに見ゆ

⑳　緑なる牧場にあそぶ牛のむれおほどかなるがたのもしくして

㉑　たゆまずもすすむがをし路をゆく牛のあゆみのおそくはあれども

●昭和二十四年（一九四九）一月　（48歳）

二十四日　月曜日　午前十時、表一の間に（香淳）皇后と共に出御され、歌会始を行われる。本年の御題は「朝雪」。

51 **庭のおもにつもるゆきみてさむからむ人をいとどもおもふけさかな**

○同二十四年五月

十九日　**木曜日**　（山口県門司市）奉迎場において戦災遺族等を始め、市民等の奉迎をお受けになる。**門司の復興状況**について、お詠みになった歌は次のとおり。

52 **なりはひの栄えゆくべきしるしみえて船はつどへり門司《もじ》の港に**

（五月）二十一日　**土曜日**　（福岡県）糟屋郡和白《わしろ》村の児童養護施設**和白青松園**に向かわれる。御着後、直ちに講堂において園長松熊孫三郎より、引揚孤児の養育に当たる同園の概要につきお聞きになり、お言葉を賜う。

53 **よるべなき幼児どももうれしげに遊ぶ声きこゆ松の木のまに**

（五月）二十二日　日曜日　佐賀県に入られる。三養基郡基山町の因通寺洗心寮に御到着。寮生にお言葉を賜う。また玄関前において未帰還者家族を御慰問になる。

なお、同所についてお詠みになった歌は次のとおり。

54　みほとけの教守りてすくすくと生ひ育つべき子らにさちあれ

（五月）二十六日　木曜日　（雲仙国立公園）天然記念物のモウセンゴケ等を観察される。それより自動車にて白雲池に向かわれ、池を一周された後、五時四十六分御泊所に還御になる。

なお、雲仙岳をお詠みになった歌は次のとおり。

55　高原にみやまきりしま美しくむらがりさきて小鳥とぶなり

（五月）二十九日　日曜日　御泊所船小屋樋口軒の近辺に居住する**戦災遺族・引揚者**にお言葉を賜わった後、午前九時御泊所を御出発になり、（福岡県）大牟田市の**三井鉱山株式会社三池鉱業所三川坑**にお着きになる。鉱員等六千名に及ぶ参集者の万歳に応えられ、人車に乗車される。十二分ほどして**地下約三百六十メートルの坑内プラットホーム**にお着きになり、東一卸を経て技能鉱員養成切羽に向かわれる。

続いて、坑内貯炭場に移られ、石炭の坑外搬出を御覧になりお言葉を賜う。再び人車に御乗車になり、従業員の万歳の声の轟く中、坑道から地上にお戻りになり、お召し替えになる。

一時間に及ぶ坑内の御体験からお詠みになった歌は次のとおり。

56 海の底のつらきにたへて炭ほるといそしむ人ぞたふとかりける

（五月）三十日　月曜日　（熊本県）下益城郡隈庄《くまのしょう》町の元軍用飛行場に入植した六十戸の引揚者による隈庄開拓地を訪問される。入植者を激励された後、開拓地特産品・農機具を御覧になり、共同加工場・精米作業等を巡覧される。

この隈庄開拓地をお詠みになった三首の御製は次のとおり。

57 かくのごと荒野が原に鋤《すき》をとる引揚人《びと》をわれはわすれじ

58 外国《とつくに》につらさしのびて帰りこし人をむかへむまごころをもて

59 国民《くにたみ》とともにこころをいためつつ帰りこぬ人をただ待ちに待つ

※『おほうなばら』は、「未帰還者をおもふ」と題して次の一首㉒も載せる。

㉒　外国にながくのこりてかへりこぬ人をおもひてうれひはふかし

○同二十四年十月

十九日　水曜日　東京都区内並びに神奈川県横浜市内の社会施設に行幸される。財団法人横浜訓盲院についてお詠みになった御歌は次のとおり。

60　めしひたる少女《をとめ》がともの編物にはげむ姿を感《かま》けてわれ見つ

（十月）三十日　日曜日　第四回国民体育大会秋季大会開会式に御臨席のため、明治神宮外苑東京ラグビー場に行幸される。開会式についての御製は次のとおり。

61　風さむき都の宵にわかうどのスポーツの歌ひびきわたれり

○同二十四年十一月

四日　金曜日　昨日、スウェーデン科学アカデミーよりコロンビア大学客員教授湯川秀樹のノーベル物理学賞受賞が発表され、この日、新聞に詳細が記載される。
この受賞に因み、天皇は次の歌をお詠みになる。

※『実録』のデジタル版では左の三首62・63・64を記し、『おほうなばら』も「湯川秀樹博士ノーベル賞受賞」と題して63・62・64の順に載せるが、『実録』刊本では62を翌二十五年四月二十八日の73の前に掲げる。

62　うれひなくまなびの道に博士らをつかしめてこそ国はさかえめ
63　新聞のしらせをけさは見て嬉し湯川博士はノーベル賞を得つ
64　賞を得し湯川博士のいさをしはわが日の本のほこりとぞ思ふ

※『おほうなばら』は、64の次に「折にふれて」と題して次の一首㉓を載せる。

㉓　枯れ立てるコスモスのみにむらがれりこかはらひは（小河原鶸）は冬たつ朝《あした》

○同二十四年十一月
十四日　月曜日　『改造』の昭和二十五年新年号に御掲載を予定されている御製を侍従入江相政

に託され、同人をこの年の歌会始選者斎藤茂吉宅へ遣わされる。二十二日には入江の拝謁を受けられ、斎藤より特段意見無き旨をお聞きになる。

同日、この年お詠みになった七首の御製を同誌へ寄せられる（※そのうち六首は53・54・55・57・63・64に既出のため省略。65は『おほうなばら』に「葉山」と題す）。

65　潮のひく岩間藻の中石の下海牛《うみうし》をとる夏の日ざかり

●昭和二十五年（一九五〇）一月（49歳）

三十一日　火曜日　午前十時、表休所に（貞明）皇太后と共に出御され、歌会始を行われる。御題は「若草」。

66　もえいづる春のわかくさよろこびのいろをたたへて子らのつむみゆ

○同二十五年三月

十五日　水曜日（御召船）はやぶさ丸甲板上及び船橋において瀬戸内海の海上・島々を双眼鏡

で御遠望になり、出航後間もなく（香川県）国立療養所大島青松園が見える頃から、園長野島泰治より園の概況等の説明をお聞きになり、ハンセン病治療薬の効果等を御質問になる。また、大島の浜辺において、日の丸の旗を振り奉迎する人々にお応えになる。

この折のことについて、次の歌を詠まれる。

67 あなかなし病忘れて旗をふる人のこころのいかにと思へば

68 船ばたに立ちて島をば見つつおもふ病やしなふ人のいかにと

（三月）十九日　日曜日　三津港（松山港内）より御召船浪切丸（海上保安庁所属の港内艇）に乗船され、（愛媛県）興居島《ごごしま》に向かわれる。島内を御徒歩で御採集等に回られ、窪島付近の海中のアオサ等を御観察になり、また、船越の浜においてゴゴシマ（興居島）ユムシを御採集になる。

この折のことについて、次の歌を詠まれる。

69 静かなる潮の干潟《ひがた》の砂ほりてもとめえしかなおほみどりゆむし

（三月）二十五日　土曜日　昨日見残されたテツホシダの群落やその他シマエンジュ等を御観察

になる。この（高知県）室戸のことについて、次の歌を詠まれる。

70　室戸なるひと夜の宿のたましだをうつくしと見つ岩間岩間に
71　うつぼしだのこるもさびし波風のあらき室戸の磯山のへに
72　室戸岬うみべのをかに青桐のはやしの枯木たちならびたる

※『おほうなばら』は、72の次に「淡路島」と題して左の一首㉔を載せる（これを修訂されたのが77か）。

㉔　あさぼらけ鳴門《なると》の宿ゆ見わたせば淡路島山かすみたなびく

○同二十五年四月

二十八日　金曜日　午前、雑誌『生産研究』〔東京大学生産技術研究所発行〕に御製を賜わった御礼言上のため参内した同研究所長瀬藤象二〔東京大学第二工学部長〕の拝謁を、表拝謁の間においで受けられる。御製は次のとおりで、同誌・第二巻第四号〔本月一日発行〕の巻頭にお写真と共に掲げられた（二首のうち、前の一首は62に既出のため省略）。

73　はかなしと人は見らめど博士らのいたづきにより世はすすむなり

○同二十五年十月

二十八日　土曜日　午前九時、御泊所八勝館を御出発になり、第五回国民体育大会秋季大会開会式に御臨場のため、（名古屋市）瑞穂グラウンドに向かわれる。それより中区の中部日本新聞社を御訪問になる。同社が製造した日本で唯一の電光式縦型多色刷輪転機についての奏上をお聞きになり、多色刷超高速度輪転機で印刷された中部日本新聞の夕刊、新聞製作過程の展示などを御覧になる。

後日、同社に次の御製三首を寄せられ、翌昭和二十六年一月一日の紙面に掲載される。天皇が新聞社に直接御製を寄せられたのは、この度が初めてである。

74　名古屋の街さきに見しよりうつくしくたちなほれるがうれしかりけり

75　日の丸をかかげて歌ふ若人の声たのもしくひびきわたれる

76　夜の雨はあとなくはれて若人の広場につどふ姿たのもし

●昭和二十六年（一九五一）一月（50歳）

二十六日　金曜日　歌会始の儀を行われる。天皇・（香淳）皇后・（貞明）皇太后がお揃いにて歌会始に出御されるのは、戦後初めてのこととなる。御題は「朝空」。

77　淡路なるうみべの宿ゆ朝雲のたなびく空をとほく見さけつ

○同二十六年五月

十七日　木曜日　午後三時三十分、（貞明）皇太后は大宮御所において突然狭心症の発作に見舞われ、午後四時十分、崩御される。御年六十六。

皇太后の崩御につき、次の歌をお詠みになる。（※翌二十七年歌会始中止）

78　かなしけれどはふりの庭にふしをがむ人の多きをうれしとぞおもふ

79　いでましし浅間の山のふもとより母のたまひしこの草木はも

80　池のべのかたしろ（片白）草を見るごとに母のこころの思ひいでらる

※前掲の御歌29・30も参照

○同二十六年十一月

十二日　月曜日　京都市内の財団法人**同和園**を訪問される。御座所〔階下応接室〕において理事長大西良慶より**老人福祉施設**である同園の概況をお聞きになり、園内の高齢者にお言葉を賜う。なお、同園の行幸につきお詠みになった次の歌は、翌年一月一日付の『京都新聞』に発表される。

81　**清らなる家にすまひてよるべなき老人もまたうれしかるらむ**

※『おほうなばら』は、十三日「近畿地方視察／京都府天の橋立」と題して左の二首㉕㉖も載せる。

㉕　**めづらしく晴れわたりたる朝なぎの浦曲《うらわ》にうかぶ天の橋立**

㉖　**文珠なる宿の窓より美しとしばし見わたす天の橋立**

（十一月）十五日　木曜日　〔滋賀県〕甲賀郡信楽町の県立信楽窯業試験場に向かわれ、公共職業補導所において生徒の製陶練習の様子をご視察になる。

この日の**信楽町行幸**につき、次の歌をお詠みになる。

82　をさなき日あつめしからになつかしも信楽焼《しがらきやき》の狸を見れば

（十一月）十六日　金曜日　滋賀県立醒井養鱒試験場及び山岡内燃機株式会社永原工場（※『おほうなばら』の詞書には「ヤンマーディーゼル分工場」とある）の行幸につき、それぞれ次の歌をお詠みになる。

83　谷かげにのこるもみぢ葉うつくしも虹鱒をどる醒井《さめがゐ》のさと

84　うるはしく職場たもちて山すその永原村はすくはれにけり

（十一月）十八日　日曜日　（奈良県吉野郡小川村）木材展覧場において木材見本及び杉箸・樽の製作工程を御覧の後、吉野町の御泊所桜花壇に御到着になる。

この日、吉野御訪問につき、次の歌をお詠みになる。

85　空高く生ひしげりたる吉野杉世のさま見つついく代へぬらむ

※『おほうなばら』は、85の前に「奈良にて」と題して左の二首㉗㉘、および85の後に「三重県賢島」と題して後の三首㉙㉚㉛も載せる。

㉗　大き寺ちまたに立ちていにしへの奈良の都のにほひふかしも
㉘　古《いにしへ》の奈良の都のをとめごも新しき世にはた織りはげむ

㉙　色づきしさるとりいばらそよごの実目にうつくしきこの賢島《かしこじま》
㉚　美しきあごの浦わのあま(海女)をみなとりし真だま(珠)は世にぞかがやく
㉛　はり紙をまなぶ姿のいとほしもさとりの足らぬ子も励みつつ

第三章
戦後の独立復興期

昭和 27 年（1952）11 月 10 日、皇太子成年式・立太子礼の朝見の儀（51 歳）

●昭和二十七年（一九五二）四月（51歳）

二十八日　月曜日　この日、現地時間午前八時三十分〔日本時間、午後十時三十分〕米国ワシントン市において同国の「日本国との平和条約」（対日平和条約）批准書が寄託される。これにより日本国と連合国との戦争状態は終了し、連合国により日本国及びその領水に対する日本国民の完全な主権が承認される。

条約発効の日を迎えて詠まれた次の御製五首が、この午後、宮内庁より発表される。

86 風さゆるみ冬《(深)》は過ぎてまちにまちし八重桜咲く春となりけり

87 国の春と今こそはなれ霜こほる冬にたへこし民のちからに

88 花みづきむらさきはしどい咲きにほふわが庭見ても世を思ふなり

89 冬すぎて菊桜さく春になれど母の姿をえ見ぬかなしさ

90 わが庭にあそぶ鳩見て思ふかなたひらぎの世のかくあれかしと

※『おほうなばら』は、「母宮をおもふ　二首」と題して左の㉜㉝も載せる。

㉜　母宮のめでてみましし藷畑《いもばたけ》ことしの夏はいかにかあるらむ

㉝　あつき日にこもりてふとも母宮のそのの畑をおもひうかべつ

○同二十七年十月

十日　金曜日　厚子内親王と池田隆政との結婚につき、午前十時より表拝謁の間において厚子内親王の入第の儀を行われ、ついで十一時より光輪閣において結婚式が行われる。なお、天皇はいずれも御臨席の御予定のところ、御風邪のためお出ましにならず、皇后お一方にて臨席される。

厚子内親王の結婚に寄せて次の御製あり。

91　**いもとせの深きちぎりをあがた《（県）》人よろこびくるる声のとよもす**

（十月）十八日　土曜日　第七回国民体育大会秋季大会に御臨場、併せて県下の社会事業を御視察のため、三県（福島・宮城・山形）に行幸される。御泊所対岸の阿武隈川河原における福島市民等による提灯行列を御覧になる。

なお、阿武隈川について次の御製あり。

92　**秋ふかき山のふもとをながれゆく阿武隈《あぶくま》川のしづかなるかな**

（十月）十九日　日曜日　御泊所の福島県知事公舎にお戻りになる。御夕餐後、県民による打上花火、奉迎仕掛花火等を御覧になる。このことに寄せて次の御製あり。

93 うちあぐる花火うつくし磐城《いはき》なる阿武隈川の水にはえつつ

（十月）二十一日　火曜日　（宮城県）御泊所松島パークホテル御出発に先立ち、当初の御予定になかったものの観瀾亭にお出ましになり、松島湾を御展望になる。この御展望につき次の御製あり。

94 島島もかすかに見えぬあさ霧のふかくこめたる松島の海

※『おほうなばら』は、94「宮城県」の次に左の四首㉞〜㊲を載せる。

㉞ 水きよき広瀬川べの谷ぞひは木々のもみぢに美しきかな

㉟ うすくこく木々のそめたるみちのくの面白山《おもしろやま》のあたりすぎゆく

㊱ 豊年のしるしを見せてうちわたす田の面はるばるつづく稲づか

㊲ ありし日の母の旅路をしのぶかなゆふべさびしき上《かみ》の山《やま》にて

○同二十七年十一月

十日　月曜日　皇太子成年式・立太子の礼につき、各国元首その他より祝電をお受けになり、答電を発せられる。この日のことについて次の御製あり。

95　この秋ににほひそめたる白菊のさかり久しく栄えゆかなむ

※『おほうなばら』は、95を「菊久栄」と題して掲げ、その前に「立太子礼」と題して左の一首㊳を載せる。

㊳　このよき日みこをば祝ふ諸人のあつきこころぞうれしかりける

この日行われた諸儀のうち、皇太子成年式加冠の儀、立太子の礼宣制の儀、皇太子成年式・立太子の礼朝見の儀は国の儀式として行われ、両儀に伴う祭事等は内廷の行事として行われる。なお、この度は日本国憲法の規定に鑑み、賢所大前の儀を取り止め、同儀の作法及び古制を斟酌した加冠の儀が国の儀式として行われた。さらに、旧立儲令における立太子の礼は、賢所大前の儀において勅語及び壺切御剣を賜わる作法を主体としていたが、同様の理由により、古制を斟酌して、皇嗣たることの宣制を中心とする宣制の儀が国の儀式として行われ、壺切御剣の儀は別儀とされた。

※『おほうなばら』は、95の後に左の三首㊴㊵㊶を載せる。

㊴ しをれふすあしの葉がくれいづこよりわたりきにけむこがものあそぶ

㊵ 木がらしのすさぶみ空はすみにすみてふけゆく夜半《よは》の月ぞ寒けき

㊶ 古の文まなびつつ新しきのりをしりてぞ国はやすからむ

●昭和二十八年（一九五三）二月（52歳）

五日 木曜日（秩父宮）雍仁《やすひと》親王薨去のため延期されていた歌会始の儀を行われる。午前十時より、皇后と共に表《おもて》西の間に出御される。この年の御題は「船出」。

96 しもにけぶる相模《さがみ》の海の沖さして舟ぞいでゆく朝の寒きに

（二月）十二日 木曜日 故雍仁親王四十日祭に当たり、（神奈川県）藤沢市鵠沼《くげぬま》秩父宮別邸に行幸になる。別邸の庭には東京赤坂表町の秩父宮邸から故雍仁親王の指示で移植された紅白の梅が咲いており、天皇はこれにつき、次の歌をお詠みになる。（※『おほうなばら』は、97に「弟秩父宮の四十日祭に鵠沼を訪ひて」と題する）

97　鉢の梅その香《か》もきよくにほへどもわが弟のすがたは見えず

○同二十八年三月
三十日　月曜日　この日、皇太子が英国御差遣並びに欧州・米国・カナダ国旅行に出発につき、次の歌をお詠みになる。

98　外国に旅せしむかししのびつつ春さむきけふのいでたちおくる

※『おほうなばら』は、98の次に左の一首㊷を載せる。
㊷　外国《とつくに》の港をさしてふなでせしむかししのべばいまもたのしき

※『おほうなばら』は98に「皇太子の海外旅行／出発」と題し、その次に「ナポリ湾頭カプリ島」と題して左の一首㊸も載せる。「むかし」は大正十年（一九二一）の訪欧。

㊸　皇太子《ひのみこ》も琅玕洞《らうかんどう》をたづねしとききてはるけきむかししのびぬ

※琅玕洞は青の洞窟

○同二十八年四月

四日　土曜日　昭和二十八年度植樹行事に御臨席のため、（千葉県富津植栽地）御野立所にお出ましになり、クロマツの苗三本を「森」の字に型どり、お手植えになる。

なお、千葉県の緑化と防潮林での植樹について次の歌をお詠みになり、同県に下賜される。

99　うつくしく森をたもちてわざはひの民におよぶをさけよとぞおもふ

○同二十八年六月

二日　火曜日　この日、ロンドンのウェストミンスター寺院において**英国女王エリザベス二世の戴冠式**挙行につき、御名代として皇太子を参列させられる。戴冠式終了後、皇太子より御名代の使命を無事終えた旨の電報をお受けになる。

なお、同女王の戴冠式につき、次の歌をお詠みになる。

100　皇太子《ひのみこ》のたづねし国のみかどとも昔にまさるよしみかはさむ

※『おほうなばら』は、100の後に㊹「ロンドンよりの便りを見て」、また㊺「パリよりの便りを見て」と題する左の各一首を載せる。

㊹ あて人はまこともてみこ（皇子）を待ちきとのたよりうれしも昔を思ふ

㊺ パリよりのみこのたよりのなつかしもわが訪れし昔おもひて

○同二十八年十月

十二日　月曜日　この日、皇太子が英国御差遣並びに欧州・米国・カナダ国旅行より帰国につき、午前勅使として侍従次長稲田周一を東京国際空港（羽田）へ差し遣わされる。また御文庫において、皇太子帰国の実況テレビ放送を皇后と共に御覧になる。

この模様について、次の歌をお詠みになる。

101 皇太子《ひのみこ》を民の旗ふり迎ふるがうつるテレビにこころ迫れり

※『おほうなばら』は、101の次に左の一首㊻、続けてその後に「外人の生物愛護の状況をききて二首」㊼㊽、さらにもう一首㊾を載せる。

㊻　すこやかに空の旅より日のみこのおり立つ姿テレビにて見し

㊼　生物のほしいままに園に遊ぶとふ話をききてうらやましかり

㊽　湖につりするひとも法《のり》を守《も》るゆかしきこころ学びてしがな

㊾　皇太子の旅ものがたりうから《（家族）》らと集ひて聞きつ時を忘れて

※『おほうなばら』は、㊾の後に、㊿「折にふれて」、51「水害」、さらに52一首を載せる。

㊿　さくら田の道のほとりの糸柳あをめくかげを堀にうつせり

51　嵐ふきてみのらぬ稲穂あはれにて秋の田見ればうれひ深しも

52　荒れし国の人らも今はたのもしくたちなほらむといそしみてをり

（十月）二十二日　木曜日　**第八回国民体育大会の開会式場**である〔愛媛県〕松山市堀之内競技場に御着になり、選手団の入場、開会宣言、選手宣誓に続いてお言葉を賜う。なお、今大会より**沖縄選手団の参加**〔去る十四日、日本体育協会加盟が認可される〕が正式に認められ、選手〔陸上競技及び柔道のみ参加〕入場の際には**先頭を行進**した。

この模様を御覧になり、次の歌をお詠みになる。

102

沖縄の人もまじりていさましく広場をすすむすがたうれしき

午後は同所において体操競技・馬術競技等を御覧の後、次に県立松山聾学校を御訪問になる。便殿（校長室）において校長相原益美より同校の沿革や教育の概要などをお聞きになる。それより各教室において言語指導・聴能訓練・職業指導等を御巡覧になる。

なお、同所御訪問につき、次の歌をお詠みになる。

103

あはれなる唖《おふし》の子らをたくみにも教へみちびくいたつきを思ふ

（十月）二十四日　土曜日　神田瀬川を挟む御泊所の対岸〔一条通岸壁〕にて（徳島県小松島市内の小・中学生、女性約三百人の提灯行列に、御泊所二階廊下より皇后と共に提灯を振ってお応えになり、ついであすか連など四連約百四十人の阿波踊り、また西岡喜平市長による説明に引き続き、発火された**仕掛花火**を御覧になる。

この模様につき、次の歌をお詠みになる。

104

心こめし仕掛《しかけ》花火は堀の辺の水にうつりてうつくしく見ゆ

105 よろこびのいろもあふれて堀の辺ににぎはしく踊る阿波の人びと

（十月）二十六日　月曜日　この度の四国行幸にて、復興著しい各県の様子を御覧になり、次の歌をお詠みになる。

106 戦《いくさ》のあとしるく見えしを今来ればいとををしくもたちなほりたり

※『おほうなばら』は、106の前後に㊸「高知にて」、㊹「高松にて」、㊺「岡山にて」各一首も載せる。「娘」は池田厚子様。

㊸ 保育所のわらはべあまた楽しげに遊ぶを見れば心うれしも

㊹ いにしへの書《ふみ》に名高き屋島見ゆる広場にきそふ人のたのもし

㊺ 池の辺のそぞろありきに娘らとかたるゆふべは楽しかりけり

●昭和二十九年（一九五四）一月　（53歳）

十二日　火曜日　午前十時、皇后と共に表西の間に出御され、歌会始の儀を行われる。この年の御題は「林」。

107　ほのぼのと夜はあけそめぬ静かなる那須野《なすの》の林鳥の声して

※『おほうなばら』は、107の後に左の二首56 57も載せる。

56　ほととぎす声たかく鳴くしづけさを那須の林にたのしみにけり

57　藤の花こずゑにかかるはつ夏は那須の林のうつくしきとき

○同二十九年四月

六日　火曜日　植樹行事会場である（兵庫県）神戸市垂水区の小東山植栽地に御着になり、クロマツの苗三本をお植えになる。この植樹行事に寄せて次の御製あり。

108　人々とうゑし苗木よ年とともに山をよろひてさかえゆかなむ

※『おほうなばら』は、108の後に58「舞子にて」一首、59「日東紡山崎療養所のほとりを／汽車に過ぎむとして」一首も載せる。

㊿58 見わたせば海をへだてて淡路島なつかしきまでのどかにかすむ
㊿59 山崎に病やしなふひと見ればにほへる花もうつくしからず

（四月）八日　木曜日　**神宮御参拝**（**遷宮後初**）のため、午前九時三十分、御泊所内宮斎館を御出発になり外宮斎館において御潔斎の後、豊受大神宮に参進され、内玉垣御門内において御手水の後、本殿階下の御座において御拝礼になる。続いて、皇后が御拝礼になる。終わって内宮斎館において御昼食の後、御潔斎の上、皇大神宮へ参進され、内玉垣御門内において御手水の後、本殿階下の御座において御拝礼になる。続いて、皇后が御拝礼になる。

なお、神宮御参拝に寄せて次の御製あり。

109 **伊勢の宮に詣づる人の日にましてあとをたたぬがうれしかりけり**

○同二十九年八月
十三日　金曜日　（北海道網走）濤沸湖畔の原生花園を御訪問になり、北海道大学教授館脇操の説明によりエゾカワラナデシコなど**海岸の砂丘地帯周辺の植物を御覧**になる。ついで、藻琴湖畔においても植物を御観察になる。

なお、この日の御散策について、次の歌をお詠みになる。

110 浜の辺にひとりおくれてくれなゐに咲くがうつくしはまなすの花

※『おほうなばら』は、110の前に「岩手県」二首⑥⓪⑥①、その前に⑥②「北海道地方視察／昭和九年の夏の天候とくらべて」一首、また110の後に⑥③「濤沸湖畔」一首を載せる。

⑥⓪ さきの旅路今また過ぎてくらぶればゆとりのあるが見えてうれしき

⑥① たへかぬる暑さなれども稲の穂の育ちを見ればうれしくもあるか

⑥② 夏草のおひたち見つつうれはしも二十年《はたとせ》前のひよりにも似て

⑥③ みづうみの面にうつりて小草《をぐさ》はむ牛のすがたのうごくともなし

（八月）十五日　日曜日　阿寒湖を周遊される。この際、御説明用標本として使用されたマリモ六個を御自ら湖にお返しになる。なお、この日の御散策について、次の歌をお詠みになる。

111 水底《みなそこ》をのぞきて見ればひまもなし敷物なせるみどりの毬藻

※『おほうなばら』は、111と共に左の一首㊽を「阿寒国立公園　二首」と題して載せる。

㊽　**えぞ松の高き梢《こずゑ》にまつはれるうすもいろのみやまたたび**

（八月）二十二日　日曜日　開会式場である（札幌）円山総合グラウンドに向かわれ、お言葉を賜う。なお、**第九回国民体育大会**に寄せて次の御製あり。

112　**うれしくも晴れわたりたる円山《まるやま》の広場にきそふ若人のむれ**

※『おほうなばら』は、112の次に左の㊾「道民に」一首を載せる。

㊾　**なりはひにはげむ人人をしかり暑さ寒さに堪へしのびつつ**

（八月）二十三日　**月曜日**　御朝餐前、池田隆政・厚子夫妻と御対面になる。（午後）二時二十分、東京国際空港に御到着、出迎えの正仁親王と御対面になり、三時一分、皇后と共に皇居に還幸される。

この度、**初めて航空機を御利用**になり、その際、航空機から御覧になった景色について次の御製あり。

113　ひさかたの雲居貫く蝦夷富士《えぞ》のみえてうれしき空のはつたび
114　松島も地図さながらに見えにけりしづかに移る旅の空より

なお、行幸を終えるに際して、次の御感想が発表される。

北海道の復興が進捗していることは喜ばしいこと、北海道地方の開発に一層の奮励を期待すること、また昭和二十一年以来全国各地を巡り、直接地方の人達に会い、生活の実情に触れ、励まし合って国家再建に尽くしたいと念願してきたが、今回の行幸によってその目的を達成し、満足に思う旨をお述べになる。

※『おほうなばら』は、114の後に左の八首66～73を載せる。
66　篠竹にまとふまくずの花のいろくれなゐにほふ那須野の秋は（題「葛の花」）
67　おほきなるめぐみによりてわび人もたのしくあれとわれ祈るなり（題「社会事業を」）
68　北の旅のおもひ出ふかき船も人も海のもくづとなり果てにけり（題「洞爺丸遭難　二首」）

⑲ そのしらせ悲しく聞きてわざはひをふせぐその道疾くとこそ祈れ

⑳ たらちねの母の好みしつはぶきはこの海の辺に花咲きにほふ（題「伊豆西海岸堂ヶ島」）

㉑ 富士の嶺《ね》の影さす海に網ひきてさちをさぐるがおもしろきかな（題「駿河湾の採集」）

㉒ ひと年のまことこめたるたなつもの捧ぐる田子にあふぞうれしき（題「新穀二首」）

㉓ 新米《にひよね》を神にささぐる今日の日に深くもおもふ田子のいたつき

第四章
昭和三十年代の前半

昭和31年（1956）元日、吹上御所で皇太子と将棋を楽しまれる（55歳）

●昭和三十年（一九五五）一月（54歳）

十二日　水曜日　午前十時より皇后と共に表西の間に出御され、歌会始の儀を行われる。御題は「泉」。

115　**みづならの林をゆけば谷かげの岩間に清水わきいづる見ゆ**

○同三十年四月

六日　**水曜日**　仙台市の工業技術院産業工芸試験所東北支所を御視察になる。かつて仙台陸軍幼年学校の敷地であった同所中庭に、明治四十一年当時皇太子の大正天皇がお手植えになった樹〔五葉松〕を建物内より御遠望になる。次に、黒川郡大衡村平林山に設けられた植樹会場に臨まれ、アカマツ三本を森の字形にお手植えになる。

この度の**植樹行事**に寄せて次の御製あり。

116　**茂れとし山べの森をそだてゆく人のいたつき尊くもあるか**
117　**日影うけてたちかがよひぬ春の雪きえし山辺に植ゑたる松は**

(四月) 七日　**木曜日**　御夕餐後、昨日に続き展望室より松島の夜景を御覧になる。これに寄せて次の御製あり。

118　春の夜の月のひかりに見わたせば浦の島じま波にかげさす

○同三十年五月

二十四日　**火曜日**　大相撲五月場所を御覧。御手ずから勝敗や決まり手などを御手許の星取表に御記入になり、時折御席より身を乗り出され、結びの一番まで御観戦になる。**蔵前国技館**への行幸はこの日が初めてであり、御観戦について次の歌をお詠みになる。

119　久しくも見ざりし相撲《すまひ》ひとびとと手をたたきつつ見るがたのしさ

○同三十年七月

二十八日　木曜日　午前、皇后・皇太子と共に、御泊所軽井沢プリンスホテル庭内の千ヶ滝養漁**場付近を御散策**になる。

この度は、学生生活最後となる**皇太子**と、**御用邸を離れて初めて御一緒に過ごされた**行幸啓となり、このことに寄せて次の歌をお詠みになる。

120　ゆふすげの花ながめつつ楽しくも親子語らふ高原の宿

○同三十年八月

十五日　月曜日　この日は終戦十周年に当たるため、邸内においてお慎みになる。去る十日には侍従次長稲田周一の談話として、天皇のお気持ちが宮内記者会会員に伝えられる。その大要は次のとおり。

過去十年の間に全国民がつぶさに嘗めた辛苦を思うとき、誠に胸に迫るものがあるが、全国民の努力によって今日の復興を見るに至ったことは喜びに堪えない。しかし前途には困難な問題が頗る多い。どうか国の内外の情勢を正しく認識し、お互が協力して国民生活の安定と世界の平和に寄与したいものと思う。

また、那須御滞在中には戦後を顧みられて、次の歌をお詠みになる。

121　夢さめて旅寝の床に十《と》とせてふむかし思へばむねせまりくる

○同三十年十月

十七日　月曜日　午前、神嘗祭を行われる。なお、皇居の稲穂を伊勢神宮に御奉納になったことに寄せて、次の歌をお詠みになる。

122　八束穂《やつかほ》を内外《うちと》の宮にささげもてはるかにいのる朝すがすがし

123　わが庭の初穂ささげて来む年のみのりいのりつ五十鈴《いすず》の宮に

（十月）三十日　日曜日　神奈川県において開催される第十回国民体育大会秋季大会に御臨場、併せて県内の産業及び社会福祉の諸施設を御視察のため、同県に行幸になる。この度の国民体育大会に寄せて、お詠みになった歌は次のとおり。

124　晴れわたる秋の広場に若人のつどふすがたのいさましきかな

また、平沼亮三（大会名誉会長・七十六歳）による炬火の入場についても、次の歌をお詠みになる。

125 **松の火をかざして走る老人のををしきすがた見まもりにけり**

なお、同地区（浦島ヶ丘）の御視察について次の御製あり。

126 **いくさのあといたましと見し横浜も今はうれしくたちなほりたり**

※『おほうなばら』は、126の前に「日本鋼管川崎製鉄所」と題して左の一首㊹を載せる。

㊹ **新しきざえに学びて工場にはげむひとらをたのもしと見つ**

（十月）三十一日　**月曜日**　（神奈川県）中郡大磯町に向かわれ、社会福祉法人**エリザベス・サンダース・ホーム**を**御訪問**になる。同ホームは、主に占領軍将兵と日本人女性との間に生まれ孤児となった子供の養育施設で、この御視察に寄せてお詠みになった歌は次のとおり。

127 **この子らをはぐくむ人のいたつきを思ひてしのぶ十とせのむかし**

同所をお発ちになり、足柄下郡宮城野村強羅の御泊所環翠楼に御到着になる。宮城野は御幼少の頃より幾たびにもわたって御訪問になった地であり、御泊所より御覧になった箱根連峰について、次の歌をお詠みになる。

128 思ひでのふかき山々さびしげにそばだつ見えて秋ぞくれゆく

○同三十年十一月

一日　火曜日　御視察で大磯町の元首相吉田茂邸前を御通過になられた折のことを、次のようにお詠みになる。

129 往きかへり枝折戸《しをりど》を見て思ひけりしばし相見ぬあるじいかにと

（十一月）十一日　金曜日　初冬の秩父連山を御展望になる。なお、この御展望について、次の歌をお詠みになる。

130　朝もやはうすうす立ちて山々のながめつきせぬ宿の初冬

（十一月）二十八日　月曜日　この日、正仁親王成年式を行われる。冠を賜うの儀の勅使として、侍従永積《ながづみ》寅彦を義宮御殿に差し遣わされる。この度の成年式に寄せて、次の歌をお詠みになる。

131　晴れわたるけふのよき日にわがみこのををしき姿見るがうれしも

※『おほうなばら』は、131の後に「折にふれて」と題する左の一首⑺を載せる。

⑺　なりはひに春はきにけりさきにほふ花になりゆく世こそ待たるれ

●昭和三十一年（一九五六）一月（55歳）

十二日　木曜日　歌会始の儀につき、午前十時、表西の間に皇后と共にお出ましになる。御題は「早春」。

132　たのしげに雉子《きぎす》のあそぶわが庭に朝霜ふりて春なほ寒し

○同三十一年四月

七日　土曜日　午前十時四十分、御泊所山口毛利邸を御出発、植樹行事並びに国土緑化大会会場の矢筈ヶ岳の麓にお着きになる。アカマツ三本をお手植えになる。

この度の植樹行事につき、次の歌をお詠みになる。

133　木を植うるわざの年々さかゆくはうれしきことのきはみなりけり

134　人々とつつじ花咲くこの山に鍬を手にして松うゑてけり

※『おほうなばら』は、134の次に「防府市の毛利邸」と題して左の一首⑯を載せる。

⑯　水きよきいささ小川の流れゆくたたらの庭の春のしづけさ

（四月）十日　火曜日　（岡山）**池田邸を御訪問**になる。池田宣政並びに池田隆政・同夫人厚子の案内により、同邸敷地内の池田産業動物園を御覧になる。

邸内において御昼餐を御会食、しばし御歓談の後、児島湾締切堤塘に向かわれる。**児島湾を締切り、淡水湖を作る計画**の進行状況及びその価値についての説明を御聴取になり、堤を御覧になる。
なお、同所について、次の歌をお詠みになる。

135 **海原をせきし堤に立ちて見れば潮ならぬ海にかはりつつあり**

※『おほうなばら』は、135の次に「岡山県山陽町」と題して左の一首⑰を載せる。

⑰ **見わたせば今を盛りに桃咲きて紅《くれなゐ》にほふ春の山畑**

○同三十一年十月
十五日　月曜日　（東京）北区西ヶ原の**農林省農業技術研究所**に行幸される。盛永（俊太郎）所長より「稲の冷害に関する研究」の説明をお聞きになる。
なお、同所御視察について、次の歌をお詠みになる。

136 **新しきざえに学びて田づくりのわざも日に日に進みゆくなり**

（十月）二十八日　日曜日　第十一回国民体育大会秋季大会開会式会場の神戸市王子陸上競技場

に向かわれる。お言葉を賜う。
この度の国民体育大会に寄せて次の御製あり。

137 たたなづく六甲《むこ》の山なみ近く見る広場につどふ若人のむれ

（十月）二十九日　月曜日　（加古川市の）国体ハンドボール競技会場である日本毛織株式会社グラウンドに御到着になる。競技御覧の後、同社加古川工場を順次御視察になり、途中永年勤続者・労働組合幹部等に御会釈を賜う。

なお、同工場御視察につき詠まれた歌は次のとおり。

138 かしましく機械の音の工場にひびきわたるをたのもしと聞く

※『おほうなばら』は、138の前後に左の五首⑱〜㉒を載せる。
⑱ さきざきに思ひをいたす県人のこころも見えてうれしき堤（題「尼崎防潮堤を見て」）
⑲ つたもみぢ岩にかかりて静かにも旅の館の秋の日は暮る（題「旅の宿にて」）

⑳ 外国のそれをとり入れ我が方《かた》のわざもたくみにいよよなりゆく（題「関西の工場を見て」）

㉑ いくさのあといたましかりし町々もわが訪ふごとに立ちなほりゆく（題「関西の復興」）

㉒ 世のなかをさびしく送る老人にたのしくあれとわれいのりけり（題「大阪市立弘済院」）

○同三十一年十一月

十九日　月曜日　国賓として来日するエチオピア国皇帝ハイレ・セラシエ一世をお出迎えのため、東京国際空港に行幸になる。皇帝の御訪日につき、次の歌をお詠みになる。

139 外国《とつくに》の君をむかへて空港にむつみかはしつ手をばにぎりて

今回のエチオピア国皇帝御来訪は、戦後における外国元首公式来訪の初例となる。

●昭和三十二年（一九五七）一月（56歳）

十一日　金曜日　午前十時より皇后と共に表西の間に出御され、歌会始の儀を行われる。御題は「ともしび」。

140　港まつり光りかがやく夜の舟にこたへてわれもともしびをふる

○同三十二年四月

七日　日曜日　午前九時五十三分、御泊所を御出発、〔岐阜県〕**揖斐**《いび》**郡谷汲**《たにぐみ》**村の植樹行事植栽地に御到着**になる。岐阜県知事武藤嘉門の先導により**御手植地**に進まれ、国土緑化推進委員会委員長益谷秀次〔衆議院議長〕・同委員会顧問河井弥八・武藤知事の介添えによりスギ三**本を植えられる**。**皇后も**益谷等の介添えにより**スギ**三**本を植え**られる。

次に、**御播種地の谷汲中学校**に向かわれる。御着後、校門外の御播種圃場にお出ましになり、天皇は岐阜県林業功労者岡本又吉の介添えにより**スギの種**を、皇后は国土緑化推進委員会副委員長徳川宗敬の介添えにより**ヒノキの種を**、**それぞれお手播き**になる。

次に、同郡大野町の岐阜学院〔教護施設〕を御訪問になる。御休所において御昼食後、院長多田亮映より、同院の沿革及び概況を御聴取になる。また、**寮生の農耕作業などを視察**される。

終わって再び岐阜市内に戻られ、**岐阜県農事試験場**に御到着になる。御休所において場長林義雄より、戦災から復旧した同場の沿革及び現在の研究状況等を御聴取の後、農機具研究室・身体障害者農耕訓練所・生物学実験室・研究成果展示室などを巡覧される。午後四時十五分、**御泊所万松館**にお戻りになる。

なお、この度の植樹行事に関して、次の歌をお詠みになる。

141 **人々と苗木をうゑて思ふかな森をそだつるそのいたつきを**

※『おほうなばら』は、141の後に「岐阜の宿にて」と題する一首⑧③、および「愛知県の旅」と題する⑧④「蒲郡の宿」と⑧⑤「漁船」の二首も載せる。

⑧③ **夢さめし旅寝の床に鳥の声きこえて楽し宿の朝あけ**

⑧④ **あさがすみたなびく海に竹島のかげをうつせる宿の見わたし**

⑧⑤ **ひき潮の三河の海にあさりとるあまの小舟の見ゆる朝かな**

○同三十二年五月

十八日　土曜日　民生委員制度四十周年記念全国社会福祉大会に御臨席のため、渋谷区千駄ヶ谷の東京体育館に行幸される。この日の行幸につき、次の歌をお詠みになる。

142 さちうすき人の杖ともなりにけるいたつきを思ふけふのこの日に

○同三十二年六月
十二日　水曜日　（神奈川県）三浦市三崎漁港に行幸される。この年の葉山御滞在中、次の歌をお詠みになる。

143 青空にうき立つ雲のおもしろくみわたされけり城ヶ島《じやうがしま》あたり

※『おほうなばら』は、143を「葉山にて　三首」に出し、続けて次の二首㊷㊸を載せる。
㊷ 舟出してはるけくも見つ大島のけむりにまがふ峯のしらくも
㊸ ほのぼのとあけゆく空をみわたせばうす紫の雲ぞたなびく

○同三十二年七月
八日　月曜日　地方事情を御視察のため、山梨県に行幸され、甲府市の社会福祉法人甲府春風寮にお着きになる。同所への行幸につき、次の歌をお詠みになる。

144 よるべなき老媼《おうな》の身にもあたたかき春風かよふ家のあれかし

※『おほうなばら』は、144の次に「甲府の宿にて」と題する次の一首⑱も載せる。

⑱ ながむれば雨もいとはずまだきより湯村《ゆむら》の小田に人のいそしむ

（七月）九日　火曜日　河口湖町の元梨本宮別邸跡に建てられた県立富士国立公園博物館に向かわれる。野外展示台において、富士山の標高二千メートル以上に植生する高山植物を御覧になる。御夕食後、御泊所より、河口湖町観光協会による灯籠流しと花火を御覧になる。なお、これに関し次の歌をお詠みになる。

145 みづうみにともしびうかび打上げの花火はひらく山の夜空に

※『おほうなばら』は、145の次に⑲「那須にて」と⑳「日光の宿にて」各一首を載せる。

⑲ 高原に立ちて見わたす那須岳に朝ゐる雲のしろくしづけし

⑳ たちならぶ杉のかなたにそびえたつあかなぎ山に雲はのこれり

○同三十二年十月

二十六日　土曜日　午前十時十五分、御泊所水口屋を御出発、第十二回国民体育大会秋季大会開会式に御臨場のため、開会式会場である静岡市の県営草薙陸上競技場に向かわれる。

次の歌をお詠みになる。

146 足なみをそろへていまし草薙《くさなぎ》の広場につどふわかうどのとも

御泊所水口屋にお戻りになる。御少憩後、近くの海岸を御散策になる。なお、御泊所近くに西園寺公望の別荘〔坐漁荘〕があったことから、次の歌をお詠みになる。

147 そのかみの君をしみじみ思ふかなゆかりも深きこの宿にして

148 波風のひびきにふとも夢さめて君の面影しのぶ朝かな

（十月）二十八日　月曜日　午前九時、御泊所聴濤館を御出発、（静岡）県立三方原学園〔児童

自立支援施設〕にお着きになる。同園につき、お詠みになった歌は次のとおり。

149 親にかはるなさけに子らのすくすくとのびゆくさまを見ればたのもし

〔佐久間発電所〕お発ちの際、建設にかかわる犠牲者の慰霊碑に御拝礼になり、遺族や関係者に御会釈を賜う。なお、佐久間ダムについて、次の歌をお詠みになる。

150 たふれたる人のいしぶみ見てぞ思ふたぐひまれなるそのいたつきを

（十月）二十九日　火曜日　〔静岡県吉原市〕大昭和製紙株式会社鈴川工場を御視察になり、昭和二十三年四月十日の貞明皇后行啓の際、工務部の東側に立つパルプ工場の屋上に上られた旨を斉藤社長よりお聞きになる。

なお、同工場御視察につき、次の歌をお詠みになる。

151 母宮のゆかりも深きたくみ場に入りてつぶさに紙つくり見る

※『おほうなばら』は、151の次に「浜松の宿にて」と題する左の一首㉛を載せる。

㉛　いくさのあとといたましかりし此の市もほかげあかるくにぎはへる見ゆ

●昭和三十三年（一九五八）一月（57歳）

十日　金曜日　午前十時、皇后と共に西の間に出御され、歌会始を行われる。御題は「雲」。

152　高原のをち（彼方）にそびゆる那須岳に帯にも似たる白雲《しらくも》かかる

○同三十三年四月

七日　月曜日　午前九時、御泊所春帆楼（山口県下関市）を御出発になる。安徳天皇陵〔阿彌陀寺陵〕にお着きになり、同陵を御拝礼になる。続いて、皇后も同じく拝礼される。ついで、隣接する赤間神宮に移られ、宮司水野久直の先導により御拝礼になる。続いて、皇后も拝礼される。なお、両所への御拝礼につき次の御製あり。

153　水底に沈みたまひし遠つ祖《おや》をかなしとぞおもふ書《ふみ》見るたびに

それより日本道路公団関門トンネル管理事務所に御到着になる。エレベーターにて地下約七十メートルの人道入口まで降りられる。

同トンネルの御視察につき、次の歌をお詠みになる。

154　**人の才《ざえ》を集めて成りし水底《みなそこ》の道にこの世はいやさかゆかむ**

※『おほうなばら』は、154の次に「下関の宿にて」と題する左の一首92を載せる。

92　**見てあれば色とりどりの美しさ花火ぞ開く海の夜空に**

（四月）八日　火曜日　植樹行事が開催される（大分県）別府市の志高《しだか》湖に隣接する植栽地に向かわれる。スギの苗木三本を植えられる。同植樹行事に寄せて次の御製あり。

155　**美しく森を守らばこの国のまが《（禍）》もさけえむ代々をかさねて**

156　**鍬《くは》を手に苗うゑてけり人々とともに由布岳《ゆふだけ》眺めながらも**

（四月）九日　水曜日　大分市の高崎山自然動物園にお着きになる。御手ずから猿に餌を与えられ、また猿が集まって来る様子などを御覧になる。これにつき次の御製あり。

157　山に住むあまたの猿の人なれていつくしきかな餌をあさるさま

※『おほうなばら』は、157の後に左の八首㊈～⑩を載せる。

㊈ 桜花今を盛りと咲きみちて霞にまがふ宿の見わたし（題「別府の宿にて」）
㊉ 来て見ればホテルの前をゆるやかに大淀川は流れゆくなり（題「宮崎の宿にて」）
㊈ ながむれば春のゆふべの桜島しづけき海にかげをうつせり（題「鹿児島」）
㊈ 裏山にのぼりて見ればなつかしき雲仙岳はほのかにかすめり（題「阿蘇の宿」）
㊈ 大阿蘇の岩間に雪はのこるなり山桜咲く春としもなく
㊈ 黒煙かなたこなたに立ち立ちて北筑紫路のたのもしきかな（題「戸畑の宿にて」）
㊈ たびたびの禍《まが》にも堪へてをしくも立ちなほりたり筑紫路はいま（題「九州復興」）
⑩ 行きかよふ車をさばく警官のうごき見てゐぬやどの窓より（題「博多の宿　二首」、もう一首は後掲159）

（四月）十四日　月曜日　（熊本の）社会福祉法人リデル・ライト記念養老院を御訪問になる。藤楓協会（癩予防協会）常務理事浜野規矩雄の説明により貞明皇后がハンセン病患者に寄せてお詠みになった歌碑を御覧の後、社会福祉事業功労者及び同院収容者に御会釈を賜い、男女各一室ずつの収容室に進まれ、収容者を御慰問になる。

また、玄関外において、同院の母体となった熊本回春病院の創設者故ハンナ・リデルが大正十三年（一九二四）に御成婚記念として設置した日時計を御覧になる。

なお、同院への御訪問につき、次の歌をお詠みになる。

158　母宮のふかきめぐみをおもひつつ老人《おいびと》たちの幸いのるかな

（四月）十七日　木曜日　御夕餐後、市民による提灯行列を御覧になる。なお、この度の福岡県行幸につき次の御製あり。

159　さ夜ふけて街の灯火みわたせばいろとりどりの光はなてり

○同三十三年九月

三十日　火曜日　台風二十二号により甚大な被害が発生した静岡県・神奈川県・東京都に対し、天皇・皇后よりそれぞれ御救恤金を賜う。特に狩野川の氾濫で大きな被害を受けた静岡県伊豆地方へは侍従入江相政を差し遣わされ、同県知事に賜金及び御見舞のお言葉を伝達、且つ水害地域を視察させられる。

なお、同台風につき次の御製あり。

160　思ひ出の多き川とてひとしほにその里人のいたましきかな

○同三十三年十月

十九日　日曜日　（富山）市内の戦災復興状況及び立山連峰、呉羽山を御眺望になり、県庁前広場に参集の奉迎者に応えられる。なお、市内からの眺望につき次の御製あり。

161　県庁の屋上にしてこの町の立ちなほりたる姿をぞ見る

162　高だかとみねみね青く大空にそびえ立つ見ゆけふの朝けに

※『おほうなばら』は、162の前に「宇奈月の宿より黒部川を望む」と題する左の一首⑩①を載せる。

⑩① **紅に染め始めたる山あひを流るる水の清くもあるかな**

ついで、**第十三回国民体育大会**秋季大会開会式場の県営富山陸上競技場に向かわれる。市内中学生千二百八十人が演じるマスゲーム「躍動」、婦負郡八尾町のおわら保存会有志による郷土民謡「越中おわら」などの集団演技を御覧になる。

なお、富山県国民体育大会に寄せて次の御製あり。

163 **ときどきの雨ふるなかを若人の足なみそろへ進むををしさ**

ついで富山県護国神社にお立ち寄りになり、次に上新川郡富南村の社会福祉法人**ルンビニ園を御訪問**になる。同園御視察に寄せて次の御製あり。

164 **御ほとけにつかふる尼のはぐくみにたのしく遊ぶ子らの花園**

（十月）二十日　月曜日　黒部市の吉田工業株式会社黒部工場を視察になる。原料から製品までオートメーション化されたファスナー製造工程を御覧になる。
なお、同工場御視察をお詠みになった歌は次のとおり。

165 たくみらも営む人もたすけあひてさかゆくすがたたのもしとみる

※『おほうなばら』は、165の次に「氷見《ひみ》の宿」と題する左の一首⑩を載せる。

⑩ 秋深き夜の海原にいさり火のひかりのあまたつらなれる見ゆ

（十月）二十二日　水曜日　（西礪波郡石動《いするぎ》町）石動小学校グラウンドにおいて、国体ホッケー競技一般女子決勝を御観戦になる。激しい降雨の中で行われた同競技を御覧になったことについて、次の歌をお詠みになる。

166 ふる雨もいとはできそふ北国の少女《をとめ》らのすがた若くすがしも

（十月）二十三日　木曜日　石動駅より次の（石川県）輪島市鴨ヶ浦に向かわれる。海女の貝類採取の実演を御覧になる。なお、鴨ヶ浦に関し、次の歌をお詠みになる。

167　かづきしてあはびとりけり沖つべの舳倉島《へくら》より来たるあまらは

※『おほうなばら』は、167の前後に⑩「和倉の宿」、⑭「湯涌温泉」の各一首を載せる。

⑩　波たたぬ七尾の浦のゆふぐれに大き能登島《のと》よこたはる見ゆ

⑭　旅宿の杉の青葉は秋雨《あきさめ》にぬれてひときはいろのさえたる

（十月）二十六日　日曜日　岐阜県の**下呂駅**に**御到着**になる。それより益田郡下呂町の**岐阜県立整肢学園を御訪問**になる。園内の病室・教室・運動訓練室・湯治室等を御巡覧になり、児童らの療育状況を御覧になる。岐阜県知事松野幸泰より、この年七月下旬の下呂萩原地区における**水害状況について御聴取**になる。

なお、この水害について次の御製あり。

168　にごりたる益田川みてこの夏の嵐のさまもおもひ知らるる

○同三十三年十一月

十日　月曜日　**世界貝類展等を御覧**のため、午前九時三十三分御出門、国立科学博物館に行幸される。河村良介〔貝類標本蒐集家〕の説明により世界貝類展を御覧になる。続いて、同階のアフガニスタン植物展室において京都大学教授北村四郎の説明により展示を御覧になり、また岡田要館長及び同館地学課長尾崎博の説明により一階の生物進化室と地階の骨格室をそれぞれ御巡覧になる。

この行幸につき次の御製あり。

169　めづらしき海と陸《くが》との貝を見て集めしひとのいたつきをおもふ

（十一月）二十七日　木曜日　この日午前十時より東の間において**皇室会議が開催**される。議題は、皇太子の婚姻に関する件で質疑応答を経て、全会一致をもって可決される。**皇太子と正田美智子の婚約が決定**したことについて、次の歌をお詠みになる。

170　けふのこの喜びにつけ皇太子《ひのみこ》につかへし医師《くすし》のいさをを思ふ

171　喜びはさもあらばあれこの先のからき思ひていよよはげまな

○同三十三年十二月

六日　土曜日　フィリピン国大統領カルロス・P・ガルシア及び同夫人帰国につき、お見送り。

この度の同国大統領の来日につき次の御製あり。

172　外国《とつくに》のをさをむかへついさかひを水にながして語らはむとて

173　戦《たたかひ》のいたでをうけし外国のをさをむかふるゆふぐれさむし

※『おほうなばら』は、172・173の後にもう一首⑩⑤も載せる。

⑩⑤　喜びて外国のをさ（長）かへるをば送るあした（朝）は日もうららなり

●昭和三十四年（一九五九）一月（58歳）

十二日　月曜日　午前十時、皇后と共に西の間に出御され、歌会始の儀を行われる。この年の御題は「窓」。

174　春なれや楽しく遊ぶ雉子《きぎす》らのすがたを見つつ窓のへに立つ

○同三十四年三月

二十八日　土曜日　千代田区三番町に竣工した千鳥ヶ淵戦没者墓苑における厚生省主催の戦没者追悼式に御臨席のため、午前十時二十七分皇后と共に御出門、同墓苑に行幸になる。御着後、厚生大臣坂田道太の先導により墓前石畳にお立ちになり、御一礼の後、一分間の黙禱を捧げられる。ついで、次のお言葉を賜う。

さきの大戦に際し、身を国家の危急に投じ、戦陣にたおれた数多くの人々とその遺族とを想い、常に哀痛の念に堪えない。本日、この戦没者墓苑に臨み、切々として胸に迫るものがあり、ここに深く追悼の意を表する。

去る二十五日には、同墓苑創建につき、追悼式を主催する厚生省に納骨壺（東京芸術大学教授内藤春治製作）を賜い、また天皇・皇后より生花を賜う。

なお、この日の追悼式につき次の御製あり。

175　国のため命ささげし人々のことを思へば胸せまりくる

○同三十四年四月

五日　日曜日　埼玉県において開催される昭和三十四年度植樹行事に御臨席のため、大里郡寄居町の金尾山植栽地にお着きになる。ヒノキ三本をお手植えになる。

この度の植樹行事につき次の御製あり。

176 金尾山みつばつつじの咲くなかに鍬《くは》とりながら苗うゑてけり

177 多摩川をはさみてかかる虹の橋色さまざまに春の日にはゆ

178 雨はれし武蔵の野辺ははてもなく麦生《むぎふ》青あをとうちつづきたり

179 人々とうゑし苗木よ年とともに国のさちともなりてさかえよ

（四月）十日　金曜日　午後二時より天皇は皇后と共に西の間に出御され、皇太子結婚式中、朝見の儀行われ、次のお言葉を賜う。

本日は、めでたく結婚の式を済ませ、慶賀に堪えません。今後は、互に相むつみ、心を合わせて国家社会に貢献することを望みます。

皇太子の結婚式につき、皇太子・同妃は、皇居より儀装馬車にて東宮仮御所〔渋谷区常磐松〕へ向かう。天皇はテレビの実況放送を御覧になる。皇太子の結婚につき、次の御製あり。

180 あなうれし神のみ前に皇太子《ひのみこ》のいもせの契りむすぶこの朝

181 皇太子の契《ちぎ》り祝ひて人びとのよろこぶさまをテレビにて見る

※『おほうなばら』は、181の後に「那須　二首」と題して⑯⑰を載せる。

⑯ 谷川をくだりてゆけば楢《なら》の枝《え》にかかりて葛《くづ》の花咲ける見ゆ

⑰ み空には雲ぞのこれる吹き荒れし野分のあとの那須の高原

○同三十四年十月

四日　日曜日　先月の（伊勢湾）台風十五号により甚大な被害を受けた愛知・岐阜・三重各県をお見舞いのため、皇太子を差し遣わされる。これに先立ち、昨日午後、御文庫において皇太子に皇后と共に御対面になり、県民への次のお言葉を託される。

このたびの台風により非常に大きな被害を蒙り特に夥しい犠牲者を出したことは、まことに同情に堪えない。罹災者は色々苦しいことと思うが、困難にうちかって一日も早く立直るように、また、官民一体となって復旧に努力するよう希望する。

皇太子を被災地に御差遣になるのはこの度が初めてとなる。これにつき次の御製あり。

182　**皇太子《ひのみこ》をさし遣はして水のまがになやむ人らをなぐさめむとす**

（十月）二十五日　日曜日　第十四回国民体育大会秋季大会開会式に御臨席のため、国立競技場に行幸になる。夕刻に再び会場に臨まれ、エキシビションのダンス「祝典行進曲」及び「東京ばやし」「いやさかばやし」「道灌ばやし」を御覧になり、六時に還幸される。

本日の開会式につき次の御製あり。

183　**この場《には》につどふ人らのととのひしすがたを見るもたのもしくして**

184　**をとめら（少女）がをどる姿は見えずして振るともし火の光るこの宵《よひ》**

○同三十四年十一月

五日　及び翌六日　木曜日・金曜日　靖国神社において創立九十年奉祝大祭が執行される。これに先立ち、十月一日、次の御製を同社に賜う。

185　ここのそぢへたる宮居《みやゐ》の神々の国にささげしいさを（功）をぞおもふ

（十一月）十一日　水曜日　両知事（愛知・岐阜）より台風十五号被害に対する御救恤金及び皇太子御差遣についての御礼をお受けになり、被災状況及び復興状況についてそれぞれ御聴取になる。

三県（愛知・岐阜・三重）知事からの奏上につき次の御製あり。

186　たちなほり早くとぞ思ふ水のまがを三つの県の司に聞きて

第五章

昭和三十年代の後半

昭和39年（1964）10月10日、東京オリンピック開会式で開会を宣言（63歳）

●昭和三十五年（一九六〇）一月（59歳）

十二日　火曜日　午前十時、皇后と共に西の間に出御され、歌会始の儀を行われる。この年の御題は「光」。

187　さしのぼる朝日の光へだてなく世を照らさむぞ我がねがひなる

○同三十五年三月

十日　木曜日　貴子《たかこ》内親王（清宮《すがのみや》）と島津久永との結婚につき、午前九時五十分より拝謁の間において貴子内親王の入第の儀が行われる。ついで、表御座所において皇后と共に同内親王と御対面になり、お別れの挨拶を受けられる。終わって、結婚式に御参列のため光輪閣に行幸になる。

貴子内親王の結婚につき、お詠みになった歌は次のとおり。

188　千代かけていもせのちぎり祝ふなり春のやよひのこの朝ぼらけ

なお、結婚に伴い、貴子内親王は皇族の身分を離れる。

○同三十五年四月

五日　火曜日　**地方事情を御視察**のため、東京都（伊豆）大島町に行幸になる。御泊所中庭において催された大島町女子青年団有志二十三名による大島節・アンコ節等の**大島手踊りを**御覧になる。

これについて次の御製あり。

189　夕庭に島の少女はをどるなり節に合はせて手振りもかろく

（四月）六日　水曜日　御朝食後、御泊所大島小涌園の階下本館北端の展望室より、相模灘を隔て、**伊豆半島**、**富士山**、**南アルプス連峰などを御眺望**になる。

なお、この御眺望をお詠みになった歌は次のとおり。

190　見渡せば白波立てる海づらをへだてて遠く富士の嶺《ね》そびゆ

○同三十五年五月

十日　火曜日　**植樹行事並びに国土緑化大会**会場である蔵王《ざおう》山麓の植栽地（上山市大字小倉字大

森山）にお着きになる。シラハタマツ三本を植樹される。ついで、お席から参列者の植樹を御覧の後、知事より山形県の森林行政の奏上をそれぞれ御聴取になる。

なお、本植樹祭について次の御製あり。

191 人びとしらはた松を植ゑてあれば大森山に雨は降りきぬ

192 実《み》桜の花にまじれるりんごの花田づらの里は咲きにほふかな

193 雨の中鍬《くは》を手にして人々と苗木植ゑゆく大森山に

また、次の御製を山形県に下賜される。

194 鍬を手に苗植ゑ終へて人々のするそのさまを見るが楽しさ

※『おほうなばら』は、194・193の後に⑱「上山の宿にて」、⑲「飯坂の宿」の各一首を載せる。

⑱ 樺色《かばいろ》のれんげつつじは若葉さす湯宿の庭にあざやかに見ゆ

⑲ たぎちゆく摺上川《すりかみがは》の高ぎしにかかりてにほふふぢのはつ花

（五月）十一日　**水曜日**　御泊所村尾旅館を御出発の前、庭の池の畔に立つ**歌碑を御覧**になる。この歌碑は、今回の行幸を記念して同旅館により建立されたもので、昭和二十七年十月に第七回国民体育大会［山形県等において開催］に御臨席のため同旅館に御宿泊になった際、その二年前に貞明皇后が同所にお泊まりになったことを偲んで詠まれた「ありし日の母のたび路をしのぶかなゆふべさびしき上の山にて」の御製が刻まれている。

午前九時三十分御泊所を御出発、東置賜郡高畠町の長谷川合名会社にお着きになる。試験室・揚返場・自動繰糸場・繰糸場・煮繭場・繭検場を一巡され、**繭から糸を紡ぐまでの工程を御覧**になる。

米沢市行幸についてお詠みになった歌は次のとおり。

195　国力《くにぢから》富まさむわざと励みつつ機織《はたお》りすすむみちのくをとめ

（五月）十二日　**木曜日**　御昼食後、（福島県庁）貴賓室において羽二重・会津漆器等の県産品を御覧になり、続いて屋上に上られ、**吾妻山・安達太良山・阿武隈川等を御展望**になる。

なお、この時の御展望につき、お詠みになった歌は次のとおり。

196 **見わたせばつらなる峯に白雪の残りてさむしみちのくの空**

福島県庁御訪問をもって山形・福島両県内の御視察日程を終えられ、午後一時四十分、福島駅より黒磯駅に向かわれる。

なお、その車中からの風景をお詠みになった歌は次のとおり。

197 **そびえ立つ安達太良山《あだたらやま》に白雪の残れるさまを汽車に見て過ぐ**

○同三十五年七月

一日　**金曜日**　午後四時二十五分、皇后と共に御出門、**東宮御所に行幸**される。御着後、皇后及び皇太子・同妃・徳仁《なるひと》親王と共に庭及び御所内を御覧になり、正仁親王も加わり、テラスにおいて**皇太子妃手作りの料理を御会食**になる。

なお、皇太子妃・徳仁親王をお詠みになった次の御製あり。

198 **山百合《やまゆり》の花咲く庭にいとし子を車にのせてその母はゆく**

※『実録』奉呈後、今上陛下の御指摘により、198は八月六日に詠まれたものと訂正された（十月二十三日各紙朝刊）。

八月六日午前、皇后及び皇太子妃と共に御用邸敷地外の広谷地へ御散策になり、湿地のサギソウ等を御覧になる。同所にて皇后・皇太子妃とお別れになり、お一方にて一ッ樅に向かわれ、同所付近の湿地の植物を御観察になりつつ、御富士山麓まで御散策になる。

○同三十五年十月

二十一日　金曜日　第十五回国民体育大会秋季大会に御臨場のため、二十五日まで熊本県に行幸になる。午前九時五十五分、皇后と共に御出門、東京国際空港より初めてジェット機に搭乗され、福岡市の板付空港へ向かわれる。

途中、伊豆半島上空より操縦室において、日本航空株式会社社長柳田誠二郎の説明をお聞きになる。浜名湖上空を過ぎてからは、前部ラウンジ及び御座席において窓の外を御展望になる。

なお、この御展望をお詠みになった歌は次のとおり。

199　白雲のたなびきわたる大空に雪をいただく富士の嶺みゆ

200　地図を見るごとき海山しづしづと翼の下をさかりゆきつつ

（十月）二十二日　土曜日　御夕餐後、国体前夜祭と奉迎を兼ねた**提灯行列**を、御泊所の窓越しに御覧になり、手を振って応えられる。なお、この景観につき次の御製あり。

201　**人々のつらなりて振る灯火《ともしび》を窓越しに見るゆく秋の夜に**

（十月）二十三日　日曜日　**第十五回国民体育大会**開会式場の熊本市宮水前寺陸上競技場にお着きになる。市内各校区婦人会による「五十四万石」、市内小学生による「肥後わらべ唄」のマスゲームを御覧になる。

なお、同開会式御臨場につき次の御製あり。

202　**大阿蘇の山なみ見ゆるこのにはに技競ふ人らの姿たのもし**

203　**秋の色澄める広場にあまたなるをみな（女）は踊る歌に合はせて**

●昭和三十六年（一九六一）一月　(60歳)

十二日　木曜日　午前十時、皇后と共に西の間に出御され、歌会始の儀を行われる。本年の御題は「若」。

204　**旧き都ローマにきそふ若人を那須のゆふべにはるかに思ふ**

※『おほうなばら』は、204の後に⑩と「福寿草」と題する⑪の二首を載せる。

⑩　**のどかなる春の光にもえいでてみどりあたらし野辺の若草**

⑪　**枯草ののこれる庭にしかぎくの花さきにけり春いまだ浅く**

○同三十六年四月

二十日　木曜日　佐賀駅より唐津駅を経て、玄海国定公園内の鏡山山頂に臨まれ、同所展望台から松浦潟や虹の松原などを御展望になる。なお、ここでの眺望について次の御製あり。

205　**はるかなる壱岐《いき》は霞みて見えねども渚《なぎさ》うつくしこの松浦潟《まつらがた》**

※『おほうなばら』は、205の前に⑫「佐賀 長崎県の旅／日本航空富士号に乗りて」、⑬「佐賀市

付近の鵲」、その後に⑭「嬉野の宿」と題する各一首を載せる。

⑫　**霞立つ春のそらにはめづらしく雪ののこれる富士の山見つ**

⑬　**のどかなる筑紫路ゆけば小山田にさちをつたふる鵲《かささぎ》の飛ぶ**

⑭　**春雨のそぼふる庭に咲きにほふつつじの花は色とりどりに**

（四月）二十一日　**金曜日**　唐津駅より肥前白石駅を経て、**国営有明干拓地**にお着きになる。特設展望台より同地を御覧になりつつ、干拓事業の概要を御聴取になり、災害対策や干拓後の収穫見込量等につき御質問になる。

なお、有明海の干拓につき次の御製あり。

206

めづらしき海蝸牛《うみまひまひ》も海茸《うみたけ》もほろびゆく日のなかれといのる

（四月）二十三日　日曜日　**佐世保市の有料道路西海橋**に進まれ、大串側の橋脚上より**渦潮《うずしお》等を御覧**になる。

なお、西海橋御渡橋につき、次の歌をお詠みになる。

207 潮の瀬の速き伊の浦あたらしくかかれる橋をけふぞ渡れる

次に、長崎市の長崎国際文化会館にお着きになる。直ちに屋上に臨まれ、**原爆被災地の中心付近の復興状況を御展望**になり、同館五階の原爆資料展示室において当時の遺品等を、三階において長崎の歴史に関する陳列品を、それぞれ御覧になる。

なお、長崎に関する次の御製あり。

208 あれはてし長崎も今はたちなほり市の人びとによろこびの見ゆ

※『おほうなばら』は、208の後に⑮「長崎の宿」、⑯「長崎市の街路樹」と題する各一首を載せる。

⑮ 長崎のみなと見おろす春ゆふべめぐりの山はかすみたなびく

⑯ この町のなぎの並木をながめつつ暖かき国としみじみおもふ

次に長崎県庁にお着きになる。玄関前広場において催された木場浮立［佐世保市］・壱州盆唄［壱岐郡］・胴突唄［同］・**竜踊り**［長崎市］**などの郷土民芸等**を二階北側窓より御覧になる。夜には花火・電飾の催しを御覧になる。
なお、竜踊りにつき次の御製あり。

209 唐国《からくに》ゆ伝はりにける竜をどり《じや》は楽《がく》に合はせて荒れくるふなり

（四月）二十五日　火曜日　雲仙天草国立公園内の仁田峠にお出かけになる。薊谷方面へ高山植物を観賞されながら御散策になる。

なお、この時の雲仙岳について次の御製あり。

210 大阿蘇は波路はるかにあらはれて山なみうすく霞たなびく
211 あいらしきはるとらのをは咲にほふ春ふかみたる山峡《やまかひ》ゆけば
212 藤いろのやま瑠璃《るり》草は山峡の岨路《そばぢ》に群れていま咲きさかる

午後、御泊所付近の名所お糸地獄・清七地獄、ついで原生沼付近を御散策になる。
なお、午後の御散策について次の御製あり。

213　わきいづる湯の口の辺に早く咲くみやまきりしまかたちかはれり

※『おほうなばら』は、213の後に⑪⑰「雲仙の宿」一首、および「日本航空シティ・オブ・サンフランシスコ号に乗りて　二首」と題する⑪⑱⑪⑲も載せる。

⑪⑰　ホテルの庭棚にまつはる山藤の花咲きにほふ春もたけつつ

⑪⑱　空翔《か》けて雲のひまより見る難波《なには》ふるき陵《みささぎ》をはるかをろがむ

⑪⑲　白波のよせてはかへす大島をつばさのしたになつかしく見る

（四月）二十九日　土曜日　この日、**満六十歳の御誕生日**を迎えられる。午前、天長祭を行われる。皇居広庭にお出ましになり、皇后・皇太子・同妃・正仁親王と共に**天皇誕生日の一般参賀**を、午前三回・午後四回の計七回にわたりお受けになる。参加者総数は八万三千九百十人に上る。正午、北の間に出御され、天皇誕生日宴会の儀を行われる。

なお、還暦に際して次の御製あり。

214　ゆかりよりむそぢの祝ひうけたれどわれかへりみて恥多きかな

215　還暦の祝ひのをりも病あつく成子《しげこ》のすがた見えずかなしも

216 むそとせをふりかへりみて思ひでのひとしほ深きヨーロッパの旅

○同三十六年五月

二十四日　水曜日　植樹行事に御臨場のため、（北海道）支笏湖畔《しこつこはん》の植栽地モーラップ山麓にお着きになる。同所において、アカエゾマツ三本をお手植えになる。皇后も（中略）、アカエゾマツ三本をお手植えになる。

なお、この度の植樹行事に寄せて次の御製あり。

217 湖《うみ》の風寒きモラップ山麓にもろびとともに苗うゑにけり

218 ひとびととあかえぞ松の苗うゑて緑の森になれといのりつ

その後、苫小牧《とまこまい》営林署第十四林班の水明郷原生林内を御散策になり、シラネアオイ等の群生開花の様子を御覧になる。なお、この御散策について次の御製あり。

219 斧《をの》入らぬ林をゆきて驚きぬしらねあふひは群れ咲きにほふ

※『おほうなばら』は、219の前後に(120)「支笏湖畔」、(121)「登別の宿にて」と題する各一首も載せる。

(120) 湖をわたりくる風はさむけれどかへでの若葉うつくしき宿

(121) わかみどり朝日にはゆる山峡の出で湯の宿にまた来つるかも

○同三十六年九月

六日　水曜日（福島県）会津若松市の赤井谷地［天然記念物指定］において御散策になり、小さな実をつけたホロムイイチゴ等を御観察になる。

なお、この赤井谷地の御散策につき次の御製あり。

220 雨はれし水苔原《みづごけはら》に枯れ残るほろむいいちご見たるよろこび

なお、この度の行幸を機に、次の歌をお詠みになる。

221 なつかしき猪苗代湖《ゐなはしろこ》を眺めつつ若き日を思ふ秋のまひるに

※『おほうなばら』は、221の後に「温海の宿にて」と題する左の一首⑫も載せる。

⑫　雨けぶる緑の山は静かなり庭の山かと思ひけるかな

（九月）七日　木曜日　御視察を終えられ福島駅より黒磯駅を経て、那須御用邸に御帰邸になる。

なお、この日の**磐梯吾妻道路**（スカイライン）の御視察に関して次の御製あり。

222　**さるをがせ山毛欅《ぶな》の林の枝ごとに垂るるを見つつ道のぼりゆく**

○同三十六年十月

八日　日曜日　**第十六回国民体育大会秋季大会開会式**に御臨席のため、秋田市営八橋陸上競技場に向かわれる。御到着後、式場に臨まれお言葉を賜う。

なお、秋田国体に寄せて次の御製あり。

223　**暖かく秋田の人に迎へられてここに正しくきそふ若人**

（十月）十二日　木曜日　**十和田湖を御展望**になる。次に、和井内桟橋より御召船「第六観光丸」に御乗船になり、湖上を御遊覧になる。
なお、この時の十和田湖遊覧につき次の御製あり。

224 **おもしろき物語するたをやめのこゑを聞きつつ五色岩見る**

※『おほうなばら』は、224・223の前後に⑫③「十和田の宿」、⑫④「湯瀬の宿にて」と題する各一首も載せる。

⑫③ **十和田の湖《うみ》波風立たず夕まけて山はあかねにいろかはりゆく**
⑫④ **深谷の岩のはざまを流れゆく米代川の水は澄みにけり**

（十月）十三日　金曜日　（岩手県）花巻市の御泊所松雲閣に御到着になる。ついで、**郷土芸能の鹿踊り等を御覧**になった。

御覧の郷土芸能につき次の御製あり。

225 **打ちならす太鼓を胸にをのこ（男子）らは鹿のふりしてをどりけるかな**

（十月）二十五日　**水曜日**　（東京都）西多摩郡奥多摩町の小河内貯水池及び青梅市の玉堂美術館を御訪問になる。なお、小河内貯水池について次の御製あり。

226
水涸《みが》れせる小河内のダム水底にひと村あげて沈みしものを

○同三十六年十一月

十五日　**水曜日**　午前、国賓の**英国王女アレキサンドラ**と、**皇后と共に御会見**になる。午後、両陛下御座所において皇后と共に、皇太子妃と御対面になり、同妃より去る九日祖父正田貞一郎が死去したことに伴う第一期喪明けの挨拶を受けられる。

王女を迎えて、次の歌をお詠みになる。

227
イギリスの姫を迎へて若き日のたのしき旅を語りけるかな

●昭和三十七年（一九六二）一月（61歳）

十二日　**金曜日**　午前十時、皇后と共に北の間に出御され、**歌会始**の儀を行われる。本年の御題は「土」。

228　武蔵野の草のさまざまわが庭の土やはらげておほしたてきつ

○同三十七年四月

二十一日　土曜日　国土緑化大会及び植樹行事会場である（福井県）坂井郡丸岡町女形谷の植栽地へ向かわれる。

なお、この日植栽地女形谷において御覧になった昭和二十三年の**福井地震からの復興状況**について次の御製あり。

229　地震《なゐ》にゆられ火に焼かれても越《こし》の民よく堪へてここに立直《たちなほ》りたり

※『おほうなばら』は、229の前に「福井県の旅／植樹祭」と題する二首(125)(126)も載せる。

(125)　みどり濃き林になれと女形谷《をながだに》に松の苗木をわれ植ゑむとす

(126)　遠山は霞《かすみ》にくもる女形谷諸人とともに松の苗植う

（四月）二十三日　月曜日　御召船「すずつき」に御乗船、小浜湾内を御巡航になり、養魚場でフグ・ハマチの餌付け等を御覧の後、小浜漁港にお戻りになる。なお、小浜湾について次の御製あり。

230　**波もなき浦をめぐればとらふぐもはまちもあまた遊べるが見ゆ**

次に、小浜駅より京都府の宮津駅を経て、宮津市の文珠第二桟橋より御召船「第五橋立丸」に御乗船、ついで府中駅より傘松駅までケーブルカーにお乗りになり、傘松展望所において天橋立を御展望になる。

なお、天橋立について次の御製あり。

231　**晴れわたる成相山《なりあひさん》のふもとよりあかず見わたす天の橋立**

○同三十七年五月

二十日　日曜日　（三重県志摩市の）志摩観光ホテルに御到着。御泊所の庭を皇后と共に御散策になり、昭和二十六年御滞在時の賢島の御印象を詠まれた御製の碑などを御覧になる。

※賢島には昭和二十六年十一月二十四日行幸。

（五月）二十三日　水曜日　（和歌山県白浜町の）御泊所古賀乃井を御出発になり、京都大学理学部附属**瀬戸臨海実験所を御訪問**になる。

なお、昭和四年に南方熊楠と御散策になった神島を望み、次の御製あり。

232 雨にけぶる神島《かみしま》を見て紀伊《き》の国の生みし南方熊楠《みなかたくまぐす》をおもふ

※『実録』昭和四年（一九二九）の六月一日条（要約）に「神島に御上陸になり、南方熊楠より神島についての説明を御聴取の後、繁茂する樹陰に入られ、粘菌の採取を試みられるも成果なし。御召艦内において南方熊楠より約三十分にわたり粘菌・地衣類・海蜘蛛・ヤドカリ等に関する講話をお聴きになり、日本産粘菌類の献上を受けられる。入御後、南方より献上の粘菌を御覧になる」とみえる。

夕刻より随行の宮内記者会会員十一名の拝謁を受けられる。その際、この度の行幸の感想や御著書についての質問に対し、**神宮参拝**の際、立派だった杉が伊勢湾台風でなくなってしまい、明るくなっていたので悲しく思った旨、『那須の植物』に続いて貝の本の出版を計画している旨をお答えになる。

※『おほうなばら』は、232の前後に、「三重 和歌山 岐阜県の旅」として、⑫⑦「串本」、⑫⑧「下津井の宿」、⑫⑨「那智の滝」と題して各一首を載せる。

⑫⑦ 若葉さす潮《しほ》の岬《みさき》に来てみれば岩にうちよする波しづかなり

⑫⑧ 夕さればあかねにそまる空のした波たたぬ沖の島山の見ゆ

⑫⑨ そのかみに熊野灘よりあふぎみし那智の大滝今日近く見つ

（五月）二十五日　金曜日　岐阜駅に御着車。長良川の古津乗船場より御乗船になり、**鵜飼いによる鮎猟を御覧**になる。途中、鵜匠頭杉山要太郎の説明をお聞きになる。

なお、長良川の鵜飼いについて次の御製あり。

233 篝火《かがりび》をたきつつくだる舟ぞひに鵜は川波をたくみにくぐる

234 長良川《ながらがは》鵜飼《うかひ》の夜を川千鳥河鹿《かじか》の声の近くきこゆる

○同三十七年八月

二十八日　火曜日　この日の（栃木県日光市）華厳の滝及び中禅寺湖行幸につき、次の御製あり。

235 岩が根をつたひて落つる滝の水白きしぶきとなりてとび散る

236 みづうみをわたる船より見わたせば男体山にかかるしら雲

（八月）二十九日　水曜日　午前十時、御泊所日光観光ホテルを御出発になり、戦場ヶ原開拓地に御到着になる。この日の小田代原御散策について、次の御製あり。

237 いく代へしから松林なほき幹のひまにまじりて白樺の立つ

238 から松の森のこずゑをぬきいでて晴れたる空に男体そびゆ

○同三十七年九月

二十八日　金曜日　財団法人日本遺族会主催による同会創立十五周年記念式典に御臨席のため、午前十一時二十六分、皇后と共に御出門になり、千代田区の九段会館に行幸され、次のお言葉を賜う（一部分）。

戦争のため、肉身を失った遺族の心情を思うとき、胸のせまる思いがします。日常生活においては、なにかと苦労も多いことと思いますが、これからも明るい心をもって、互いに励まし合い、おのおの本分に精進し、国家の繁栄に寄与するよう切に望みます。

なお、日本遺族会創立十五周年に際して次の御製あり。

239　年あまたへにけるけふものこされしうから思へばむねせまりくる

○同三十七年十月

十六日　**火曜日**　財団法人日本傷痍軍人会創立十周年記念全国大会に御臨席のため、皇后と共に御出門になり、渋谷区千駄ヶ谷の東京体育館に行幸され、次のお言葉を賜う（一部分）。

国のため身を傷つけたひとびとの上を常に心にかけていましたが、いろいろの苦難に堪えながらも互いに励まし助けあって立派に再起更生し、世のために尽くしていることは、私の深く喜びとするところであります。これからも不自由な身をいとい、相協力して更に国家社会に寄与するよう希望します。

なお、この行幸に関し次の御製あり。

240　国守《も》ると身をきずつけし人びとのうへをしおもふ朝に夕に

241　年あまたへにけるけふも国のため手きずおひたるますらをを思ふ

（十月）十八日　木曜日　午後、靖国神社霊璽奉安祭に各都道府県代表［沖縄を含む］として参列の遺族等計百名に、旧北御車寄門内において、皇后と共に御会釈を賜う。

なお、軍人遺族を思われ次の御製あり。

242　忘れめや戦《いくさ》の庭にたふれしは暮しささへしをのこなりしを

243　国のためたふれし人の魂《たま》をしもつねなぐさめよあかるく生きて

（十月）二十日　土曜日　明治天皇陵［伏見桃山陵］・昭憲皇太后陵［伏見桃山東陵］を御参拝のため、午前九時三十分、皇后と共に御泊所の京都大宮御所を御出発になり、両陵に行幸される。

なお、この年七月三十日に明治天皇五十年祭が執行された。明治天皇陵について次の御製あり。

244　陵《みささぎ》も五十の年をへたるなり祖父《おほぢ》のみこころの忘れかねつも

245　五十をばへにける年にまのあたり国のさま見ていにしへおもふ

246　桃山に参りしあさけつくづくとその御代を思ひむねせまりくる

（十月）二十一日　日曜日

第十七回国民体育大会秋季大会開会式に御臨場のため、岡山県営陸上競技場に向かわれ、お言葉を賜う。

なお、第十七回国民体育大会秋季大会に寄せて次の御製あり。

247　岡山のあがた（県）めぐりて国体にただしくきそふ若人を見つ

●昭和三十八年（一九六三）一月　（62歳）

十日　木曜日　午前十時、皇后と共に北の間に出御され、**歌会始の儀**を行われる。この年の御題は「草原」。

248　那須の山そびえてみゆる草原にいろとりどりの野の花はさく

※『実録』の前年十二月二十六日条に「毎年賜金のあった歌会始講師講頌練習会がこの度（本年六月）披講会と名称を改め、歌会始諸役の養成を強化する趣につき、この日、披講会へ御奨励金を賜う。このほか東京糸竹会・京都糸竹会・蹴鞠保存会・八瀬童子会にそれぞれ御奨励金を賜う」とある。

○同三十八年五月

十八日　土曜日　青森県において行われる昭和三十八年度植樹行事に御臨場、併せて地方事情を御視察のため、この日より二十二日まで宮城県・青森県に行幸される。旧仙台城本丸跡の展望台に上られ、市内の復興状況を御展望になる。

この御展望につき、次の歌をお詠みになる。

249　青葉しげる城より見れば仙台市たちなほりけり眺めもあらたに

また、東北大学理学部**附属植物園を御訪問**になる。虫眼鏡・双眼鏡もご使用になりながら園内を御散策になる。この御散策について、お詠みになった歌は次のとおり。

250 **城あとの森のこかげにひめしやがはうす紫にいま咲きさかる**

（五月）二十日　**月曜日**（青森県）東津軽郡平内町夜越山の植栽地に御到着になる。なお、**植樹行事**につき、次の歌をお詠みになる。

251 **みちのくの国の守りになれよとぞ松植ゑてけるもろびとともに**

青森市の東北大学理学部**附属臨海実験所**に向かわれる。水族館から海岸にお出ましになり、故畑井新喜司［同実験所初代所長］がシロナマコを発見したことで知られる平内町茂浦の位置をお尋ねになり、また陸奥湾一帯を展望される。

なお、故畑井所長につき、お詠みになった歌は次のとおり。

252 **白海鼠《しろなまこ》見つつし思ふありし日の畑井博士に聞きにしことを**

※『おほうなばら』は、252の後に⑬⓪「浅虫の宿」、⑬①「弘前の宿」と題する各一首も載せる。

⑬⓪ はつ夏の雨うちけぶる陸奥《むつ》の浦島影あはく見えてくれゆく

⑬① あかねさすゆふぐれ空にそびえたり紫ににほふ津軽の富士は

○同三十八年九月

十六日　月曜日　池田厚子のお見舞いのため、岡山県に行幸される。なお、天皇・皇后が御親族のお見舞いのため東京都外に行幸になることは、今回が初めてのことで、大阪・岡山間は御召列車ではなく、増結された一般車両に初めて御乗車になる。

（九月）十七日　火曜日

岡山大学医学部附属病院に、病室の厚子を見舞われる。なお、この度の厚子の病気お見舞いにつき、お詠みになった歌は次のとおり。

253 その病ひ篤しとききてはるばると訪ねたる今のこころなぎゆく

○同三十八年十月

二十七日　日曜日　第十八回国民体育大会秋季大会開会式場の山口県陸上競技場に御到着になる。

（十月）二十八日　月曜日　秋芳洞にお着きになり、洞窟内を御巡覧になる。なお、同地を御訪問になるのは、この地を「秋芳洞」と名付けられた、大正十五年五月以来のことで、この御視察につき、次の歌をお詠みになる。

254　若き日にわが名づけたる洞穴にふたたびは来てくだりゆかむとす
255　洞穴もあかるくなれりここに住む生物いかになりゆくらむか

ついで、萩市越ヶ浜の笠山に移動され、御展望所より見島ほかの島々及び国の天然記念物コウライタチバナの自生地を御展望になる。なお、この御展望につき次の御製あり。

256　そのむかしアダムスの来て貝とりし見島をのぞむ沖べはるかに
257　秋ふかき海をへだててユリヤ貝のすめる見島をはるか見さくる
258　波たたぬ日本海にうかびたる数の島影は見れどあかぬかも

○同三十八年十一月

十六日　土曜日　去る九日に発生した東海道本線**鶴見列車事故**において多数の犠牲者が出たため、天皇・皇后より運輸省に御救恤金を賜う。また、同じく九日に発生した三井鉱山株式会社三**池炭鉱三川坑爆発事故**においても多数の犠牲者が出たため、天皇・皇后より通商産業省に御救恤金を賜う。

なお、両事故につき次の御製あり。

259　大いなる禍《まが》のしらせにかかることふたたび（再）なかれとただ祈るなり

●昭和三十九年（一九六四）一月（63歳）

十日　金曜日　午前十時、皇后と共に北の間に出御され、**歌会始の儀**を行われる。御題は「紙」。

260　世にいだすと那須の草木の書編《ふみ》みて紙のたふときことも知りにき

※『おほうなばら』は、260に続けて左の一首132も載せる。

132 わが庭のかうぞの木もて毛の国の紙のたくみは紙にすきたり

○同三十九年四月

十一日　土曜日

昭憲皇太后五十年式年祭の儀につき、皇霊殿において御拝礼になる。併せて昭憲皇太后陵［伏見桃山東陵］において昭憲皇太后山陵五十年式年祭の儀を行われ、侍従永積寅彦に代拝させられる。

なお、昭憲皇太后を偲ばれ、お詠みになった歌は次のとおり。

261 わが祖母《おほば》は煙管《きせる》手にしてうからの遊をやさしくみそなはしたり

262 おとうとら友らつどひておほまへに芝居したりき沼津の宮に

○同三十九年五月

十二日　火曜日　国土緑化推進委員会及び長野県の共同主催にて行われる昭和三十九年度植樹行事に御臨場、併せて地方事情を御視察のため、この日より十六日まで**長野県に行幸**される。岡谷駅にて下車され、長野県精密工業試験場に向かわれる。
なお、この地域の工場につき次の御製あり。

263 みづうみの辺にたちならぶ工場のさかえゆかなむ日を経るごとに

（五月）十三日 水曜日 植樹行事に御臨席のため、（長野県）白樺湖畔八子が峰の植栽地にお着きになり、カラマツ三本を植樹される。なお、この植樹祭につき次の歌をお詠みになる。

264 八子《やし》が峯にはかに雹《ひょう》のふるなかをもろ人も苗を植ゑをはりたり

○同三十九年六月

六日 土曜日 第十九回国民体育大会開会式場の新潟県営新潟陸上競技場に御臨場、お言葉を賜う。なお、同開会式について、お詠みになった歌は次のとおり。

265 山なみは春ふかくして広庭にあまたの鳩のそらたかくとぶ

（六月）八日　月曜日　（新潟県）佐渡郡真野町の**順徳天皇火葬塚**にお着きになり、御拝礼になる。ついで、順徳天皇火葬塚に隣接する真野宮を御拝礼になる。宮司真木山幸二郎の説明により、大正五年七月にお手植えになった松並びに御使用になった鍬を御覧になる。

御召船「おけさ丸」に御乗船になる。上甲板に立たれ、埠頭より奉送する元海軍三等兵曹池貞蔵の紹介を新潟県知事塚田十一郎より受けられ、御会釈を賜う。池は大正五年七月八日、天皇が皇太子として来島の折、急速な天候悪化により御召艦「生駒」が真野湾内に停泊を余儀なくされた際、連絡の途絶えた同艦に他の在郷水兵と共に佐渡中学校のボート鳳号に乗り込んで連絡を行った者である。

なお、御出港につき、次の歌をお詠みになる。

266　**風つよき甲板にして佐渡島にわかれをしみて立ちつくしたり**

※『おほうなばら』は、266の前に「佐渡の宿」と題する左の一首⑬も載せる。

⑬　**ほととぎすゆふべききつつこの島にいにしへ思へば胸せまりくる**

（六月）十一日　木曜日　**笹ヶ峰の県営放牧場**に御到着になる。周囲の黒姫山・天狗原山・金山を御展望の後、牧場内を御散策になる。なお、この日の御散策についてお詠みになった歌は次のとおり。

267

靄《もや》もなく高くそびゆる火打岳雪のこれるを山越しに見つ

（六月）十八日　木曜日　去る十六日に発生した新潟地震により甚大な被害を受けた新潟県・山形県にこの日、天皇・皇后よりそれぞれ御救恤金を賜う。特に被害の大きかった新潟県には侍従永積寅彦を差し遣わされ、天皇・皇后のお言葉及び御救恤金を伝達させられる。なお、この地震により、同県長岡市にて八月一日より開催が予定されていた国民体育大会夏季大会は中止される。

この地震につき、次の歌をお詠みになる。

268

新潟の旅の空よりかへりきて日数も経ぬに大き地震《なゐ》いたる

○同三十九年九月

三十日　水曜日　正仁親王結婚式中朝見の儀につき、皇后と共に西の間に出御される。天皇・皇后の御前に参進した正仁親王・同妃華子から謝恩の辞をお受けになり、これに対し次のお言葉を賜う（一部分）。

本日は、めでたく結婚の式をすませ、慶賀に堪えません。今後は、互いにむつまじく、心を合わせて一家をいとなみ、国家社会に貢献することを望みます。

なお、正仁親王の結婚につき、お詠みになった歌は次のとおり。

269　しづかなる朝ぼらけかな若き二人のけふの祝ひをテレビにて見つ

○同三十九年十月

十日　土曜日　第十八回オリンピック東京大会開会式に御臨席のため、午後一時三十五分皇后と共に御出門、国立競技場に行幸になる。天皇は大会名誉総裁として開会を宣言される。ついで、オリンピック旗の入場・掲揚、聖火の入場・点火、選手代表小野喬による選手宣誓を御覧になる。続いて、八千羽の鳩が放たれ、君が代斉唱の際、航空自衛隊［浜松基地］のジェット戦闘機により、大空に五輪のマークが描かれる。これを皇后と共に御覧になる。

なお、同大会につき次の御製あり。

270

この度のオリンピックにわれはただことなきをしも祈らむとする

第六章

昭和四十年代の前半

昭和 41 年（1966）11 月 6 日、後楽園球場で日米野球をご観戦（65 歳）

●昭和四十年（一九六五）一月（64歳）

十二日　火曜日　午前十時、皇后と共に北の間に出御され、**歌会始の儀**を行われる。この年の御題は「**鳥**」。

271　国のつとめはたさむとゆく道のした堀にここだも鴨は群れたり

※『おほうなばら』は、271に続けて左の一首⑬④を載せる。

⑬④　**草ふかき那須の原より飛びいでしせつかの声を雲間にぞきく**（せつかはスズメの一種）

○同四十年五月

七日　金曜日　鳥取県において行われる昭和四十年度植樹行事に御臨場、併せて地方事情を御視察のため、この日より十五日まで岡山県・鳥取県・島根県・京都府に行幸になる。東京駅より新大阪駅まで、初めて**新幹線に御乗車**になる。

なお、新幹線について次の歌をお詠みになる。

272 四時間にてはや大阪に着きにけり新幹線はすべるがごとし
273 避け得ずに運転台にあたりたる雀のあとのまどにのこれり

（五月）九日　日曜日　植樹行事が行われる（鳥取県）西伯郡大山町上槇原の植栽地に臨まれる。ダイセンマツ三本をお手植えになる。この日の植樹行事に寄せて、次の歌をお詠みになる。

274 静かなる日本海をながめつつ大山の嶺《ね》に松うゑにけり

※『おほうなばら』は、274の次に「鳥取の宿にて」と題する左の二首⑬⑭も載せる。
⑬ 飼ひなれしきんくろはじろほしはじろ池にあそべりゆふぐれまでも
⑭ 夏はきぬ波路の末の隠岐の島靄《もや》にくもりて見れども見えず

（五月）十一日　火曜日　（島根県）簸川郡大社町の出雲大社に御到着になる。モーニングコートにお召し替えになり、宮司千家尊祀の先導により境内を進まれる。楼門手前中庭において御修祓の後、本殿浜床下の御座において御拝礼になり、神前に玉串を奉奠される。御昼食後、島根県の無形文化財に指定されている海潮神楽「簸之川大蛇退治」を御鑑賞になる。

次に、宍道湖の景観を御展望になる。なお、宍道湖について次の歌（三首）をお詠みになる。

275 夕風の吹きすさむなべに白波のたつみづうみをふりさけてみつ

276 湖のますあみを見ておもふかな白魚むれてきたりしころを

277 夏ちかし湖《うみ》をへだてて島根なるみさきの山をはるかみさくる

（五月）十二日　水曜日　御夕餐前、昭和二十二年（一九四七）に御宿泊になった部屋である（鳥取県東伯郡）三朝《みささ》閣を御覧になる。なお、「三朝の宿」として次の歌をお詠みになる。

278 戦《たたかひ》の果ててひまなきそのかみの旅をししのぶこの室を見て

※『おほうなばら』は、278の次にもう一首⑬⑦を載せる。

⑬⑦ 夜の間に河鹿《かじか》のこゑのひびくなりきよきながれの三朝《みささ》の川に

（五月）十四日　金曜日　天然記念物の鳥取砂丘を御展望になる。なお、鳥取砂丘について次の歌をお詠みになる。

279　砂の丘四里もつづけりかなたなる松のはやしに雲雀《ひばり》のこゑす

○同四十年八月

三日　火曜日　午後、去る五月二十八日に岡山大学医学部附属病院を退院した池田厚子、及びその夫池田隆政が参邸につき、皇后と共に御対面になる。なお、病気が全快した厚子について、次の歌をお詠みになる。

280　背のねがひ民のいのりのあつまりてうれしききはみ病なほりぬ
281　あたらしき薬と医師《くすし》のまことにより岡山の子の病癒《い》えたり
282　この秋は病の癒えてすこやかになりたる吾子《あこ》とあひにけるかも

○同四十年十月

二十四日　日曜日　第二十回国民体育大会秋季大会開会式の会場である岐阜県総合運動場陸上競技場に向かわれる。なお、この度の国民体育大会に寄せて、次の歌をお詠みになる。

283　晴るる日のつづく美濃路に若人は力のかぎりきそひけるかな

ついで、株式会社後藤孵卵場にお着きになり、雛の生産・出荷状況、鶏の品種改良研究の概要などをお聞きになる。

●**昭和四十一年（一九六六）一月（65歳）**

十三日　木曜日　午前十時、皇后と共に北の間にお出ましになり、**歌会始の儀**を行われる。本年の御題は「声」。

284　日日のこのわがゆく道を正さむとかくれたる人の声をもとむる

※『おほうなばら』は、284の後に「鳩　二首」と題して左の⑱⑲を載せる。

⑱　国民《くにたみ》のさちあれかしといのる朝宮居の屋根に鳩はとまれり

⑲　静かなる世になれかしといのるなり宮居の鳩のなくあさぼらけ

○同四十一年四月

十七日　日曜日　植樹行事会場である（愛媛県）温泉郡久谷村大久保山の植栽地に向かわれる。スギ三本を植樹される。なお、この日の植樹祭についての御製は次のとおり。

285　風つめたく雨ふる中に杉苗を人びとともにうゑてけるかな

286　久谷村を緑にそむる時をしもたのしみにして杉うゑにけり

※『おほうなばら』は、286の後に「道後の宿」と題する左の一首⑭を載せる。

⑭　晴れわたるこの朝ぼらけはるけくも霞む四国の山なみを見つ

○同四十一年十月

二十三日　日曜日　第二十一回国民体育大会秋季大会開会式に御臨場のため、大分市営陸上競技場に向かわれ、開会のお言葉を賜う。なお、この大会について次の歌をお詠みになる。

287　秋ふけてこの広庭に子らはみなふるさとぶりのをどり見せたり

（十月）二十四日　月曜日　国体庭球会場の別府市営青山庭球コートに御到着。一般男子等の庭球競技を御観戦になる。これに関し、次の歌をお詠みになる。

288　若人の力のこもる球はとぶ高崎山見ゆるテニスコートに

（十月）二十五日　火曜日　大分郡湯布院町で国体ホッケー競技を御観戦になる。これに関し詠まれた歌は次のとおり。

289　由布岳《ゆふだけ》の麓《ふもと》の庭に若人は力つくしてホッケーきそふ

※『おほうなばら』は、「大分　熊本県の旅」として、右の288・289以外に⑭「山下湖畔の宿」を載せる。また、⑭「五色台に少年団の訓練を見て日本にはじめて結成されし頃のことを思ひいでて」、および「飛行機の旅にて」と題する二首⑭⑭も載せる。

⑭　しづかなる山下湖には白鳥のうかぶすがたも見えてくれゆく

⑭　この岡につどふ子ら見てイギリスの旅よりかへりし若き日思ふ

⑭　飛行機の翼のました工場を雲間に見たり水島のあたり

⑭ 晴れわたる大海原ははてもなし八丈島も遠《をち》にうかびて

●昭和四十二年（一九六七）一月（66歳）

十二日　木曜日　歌会始の儀につき、午前十時より北の間に皇后と共に出御される。この年の御題は「魚」。

290　わが船にとびあがりこし飛魚をさきはひとしき海を航《ゆ》きつつ

○同四十二年四月

九日　日曜日　この日の植樹行事並びに国土緑化大会会場である岡山市高野尻の金山植栽地に向かわれ、県木であるアカマツの苗木を卓上の鉢にそれぞれ三本ずつお手植えになる。この折につい て次の御製あり。

291　春ふかみ雨ふりやまぬ金山のみねに赤松の苗うゑにけり

※『おほうなばら』は291未収。290の次に「岡山　兵庫　京都府県の旅」と題して、⑭⑮「岡山県植樹祭」と「孝明天皇陵参拝　二首」⑭⑯⑭⑰を載せる。また、その後に「牡丹」と題して⑭⑱を載せる。

⑭⑮ 靄《もや》ふかくあたりもみえぬ金山に赤松の苗をこころして植う

⑭⑯ 百年のむかししのびてみささぎををろがみをれば春雨のふる

⑭⑰ 春ふけて雨のそぼふる池みづにかじかなくなりここ泉涌寺

⑭⑱ 春ふかみゆふべの庭に牡丹花はくれなゐふかくさきいでにけり

○同四十二年十月

二十日　金曜日　元内閣総理大臣吉田茂この日死去につき、天皇・皇后より霊前に盛菓子を賜う。翌二十一日には、弔問使として侍従入江相政を神奈川県中郡大磯町の吉田邸に差し遣わされる。なお、吉田の死について次の御製あり。

292 君のいさをけふも思ふかなこの秋はさびしくなりぬ大磯の里

293 外国《とつくに》の人とむつみし君はなし思へばかなしこのをりふしに

（十月）二十二日　日曜日　埼玉県において開催される第二十二回国民体育大会秋季大会に御臨

場、開会式場である**埼玉県上尾運動公園**陸上競技場に向かわれる。なお、この大会について次の御製あり。

294

川もあり山もそびゆる広き野のこの武蔵野に若人きそふ

（十月）二十五日　**水曜日**　国体柔道競技会場である**秩父宮記念市民会館**に移られる。なお、同館はこの度の国体にあわせて完成され、名称はスポーツ振興に尽力した故雍仁親王に由来する。この折のことについて次の御製あり。

295

おとうとをしのぶゆかりのやかたにて秋ふかき日に柔道を見る

※『おほうなばら』には、295の後に「武甲山登山口」と題する左の一首⑭を載せる。

⑭　**山裾の田中の道のきぶねぎくゆふくれなゐににほへるを見つ**

（十月）二十七日　**金曜日**　午前、**民生委員制度創設五十周年**に当たり、特別功労者として厚生大臣より表彰される同委員八名の拝謁を、西の間においてお受けになり、お言葉を賜う。なお、民生委員制度五十周年に当たり次の御製あり。

296　いそとせもへにけるものかこのうへもさちうすき人をたすけよといのる

●昭和四十三年（一九六八）一月（67歳）

十二日　金曜日　歌会始の儀につき、午前十時より北の間に皇后と共に出御される。この年の御題は「川」。

297　岸近く烏城《うじやう》そびえて旭川ながれゆたかに春たけむとす

○同四十三年五月

十七日　金曜日　午前、吹上御所において宮内庁長官宇佐美毅より、昨日北海道・東北地方を襲った青森県東方沖を震源とする地震により、秋田県下の植樹行事及び県内事情御視察のための行幸をお取り止めになる。

（五月）十八日　土曜日　この度の秋田県下行幸お取り止めに伴い、同県田沢湖町田沢湖畔の大森植栽地においてお手植えの御予定であったアキタスギの苗を、この日午前、皇居内の辰巳《たつみ》の庭において皇后と共に鉢にお手植えになる。なお、この度のお手植えにつき次の御製あり。

298　湖《うみ》のながめえならずと聞く大森に杉を植ゑむと思ひしものを

299　鉢の土に秋田の杉を植ゑつつも国の守りになれといのりぬ

○同四十三年九月

四日　水曜日　（北海道上川町）大雪山国立公園の大函付近にお出かけになる。御泊所のホテル層雲にお帰りになる。屋上より周囲を展望される。なお、層雲峡に関して次の御製あり。

300　そびえたつ大雪山のたにかげに雪はのこれり秋立ついまも

（九月）五日　木曜日　稚内公園展望所をお訪ねになる。浜森辰雄市長より、樺太島民慰霊碑である氷雪の門、さらに終戦後ソ連軍の侵攻により自決した樺太真岡郵便局電話交換手の慰霊碑である九人の乙女慰霊碑について、それぞれ説明をお聞きになり、黙礼される。この稚内公園の慰霊碑に寄せて、次の御製あり。

301 樺太《からふと》に命をすてしたをやめのこころを思《も》へばむねせまりくる

○同四十三年十月

一日　火曜日　第二十三回国民体育大会秋季大会開会式に御臨場のため、会場である福井運動公園陸上競技場に向かわれ、お言葉を賜う。この国民体育大会について詠まれた歌は次のとおり。

302 秋なかば福井あがたに若人は力のかぎりきそはむとする

（十月）五日　土曜日　（兵庫）県が特別天然記念物コウノトリの飼育を目的に建設した、こうのとりケージを御視察。コウノトリの人工孵化に関して御質問になる。なお、このことに寄せて詠まれた歌は次のとおり。

303 この秋の最中に見たるこふのとり雛をもつらむその日思ほゆ

○同四十三年十一月

十四日　木曜日　午前十一時より挙行の宮殿落成式に御臨席のため、皇后・皇太子・同妃と共に、式部職楽部による「賀殿」の演奏裡に新宮殿東庭にお出ましになる。なお宮殿竣工について、詠まれた歌は次のとおり。

304　新しく宮居成りたり人びとのよろこぶ声のとよもしきこゆ

●昭和四十四年（一九六九）一月（68歳）

二日　木曜日　新年一般参賀につき、この日特別に新宮殿を御使用になる。午前三回と午後七回の計十回、皇后・皇太子・同妃・正仁親王・同妃と共に長和殿ベランダにお出ましになり、宮殿東庭に参集の一般参賀者に御会釈を賜う。この日の一般参賀についての御製は次のとおり。

305　あらたまの年をむかへて人びとのこゑにぎはしき新宮の庭

（一月）十日　金曜日　午前十時、北の間に皇后と共に出御され、歌会始の儀を行われる。本年の御題は「星」。

306　なりひびく雷雨のやみて彗星のかがやきたりき春の夜空に

○同四十四年四月

一日　火曜日　この日より新宮殿を正式に御使用になる。午前、皇后と共に新宮殿にお出ましになり、御車寄において写真撮影をお受けになる。新宮殿についての御製は次のとおり。

307　のどかなる春もなかばの新宮にいろとりどりのつばき花さく

新宮殿御使用初めにつき、天皇・皇后より皇太子・同妃に五種交魚代料を、各宮家・御親族等にそれぞれ三種交魚代料を賜う。新宮殿は、明治宮殿と異なり、国事行為並びに国及び国民統合の象徴としての天皇の公的な行為が行われる場所として建設され、御所を併置していない。全体は、儀式用の正殿、夜会・レセプション等に用いられる長和殿、大饗宴のための豊明殿、小饗宴用の連翠、休所に用いられる千鳥の間・千草の間、国事行為・公的行為に伴う事務を行われる表御座所南棟及び北棟の七棟からなる。

○同四十四年五月

二十六日　月曜日　（富山県）砺波市《となみ》に向かわれ、頼成植栽地［植樹行事及び国土緑化大会会場］に御到着になる。お野立所の御席に進まれ、次のお言葉を賜う。

本日、この頼成において、全国から参集した諸君とともに、植樹を行なうことは、まことに喜びにたえません。植樹行事が、関係者の努力により、年をおって盛んになり、国土緑化に大きな貢献をしてきたことは、深く多とするところであります。植樹は、森林資源の造成、生活環境の美化、水源の涵養、災害の防止などの上からきわめて重要なことでありますから、今後も、関係者一同が、ますます協力して、国土緑化を推進し、国運の進展に寄与するよう、切に希望します。

なお、植樹行事にお言葉を賜うことはこの年を嚆矢とする。この度の植樹行事についてお詠みになった歌は、次のとおり。

308　頼成《らんじやう》もみどりの岡になれかしと杉うゑにけり人々とともに

御昼食後、東礪波郡城端町の酒池観光ホテルに到着される。これより非公式の御日程として、同ホテルより縄ヶ池みずばしょう群生地に皇后と共にお出ましになり、群生地内を散策される。この御散策につき次の御製あり。

309　水きよき池の辺《ほとり》にわがゆめのかなひたるかもみづばせを咲く

○同四十四年八月

二十八日　木曜日　（秋田県）仁別国民の森にある仁別森林博物館に御到着になる。ヒヨドリバナやリョウメンシダの群落などを御観察になり、またトチの木に寄生するオシャグジデンダを双眼鏡にて詳しく御覧になる。なお、この御視察に関する次の御製あり。

310　下草のしげれる森に年へたる直き姿の秋田杉を見つ

○同四十四年十月

二十日　月曜日　靖国神社創立百年記念大祭につき、御参拝のため午前十時六分、皇后と共に御出門、靖国神社に行幸になる。御到着後、本殿御拝座において御拝礼になる。ついで、皇后も同じく御拝礼になる。この度の行幸について次の御製あり。

311 **国のためいのちささげし人々をまつれる宮はももとせへたり**

また、同百年祭の記念事業として霊璽簿奉安殿が建設〔昭和四十七年三月十三日、竣工奉告祭・新殿祭を執行〕されるにつき、天皇・皇后より造営費として金一封を賜う。

(十月)二十六日　日曜日　**国民体育大会開会式場の長崎県立総合運動公園陸上競技場**に向かわれる。お言葉を賜う。なお、国民体育大会について次の御製あり。

312 **長崎のあがたの山と海の辺にわかうどきそふ秋ふかみつつ**

(十月)二十七日　月曜日　(長崎県)福江市の福江島福江港にお着きになり、海岸の砂地に密生した植物を入念に御覧になる。この度の福江島行幸に関して、次の歌をお詠みになる。

313 **久しくも五島を視むと思ひゐしがつひにけふわたる波光《て》る灘を**

（十月）三十日　木曜日　午前十時、御泊所を御出発、国体相撲競技会場である平戸市営相撲場に御到着、相撲競技を御覧になる。なお、この相撲競技御視察について、次の歌をお詠みになる。

314　ゆく秋の平戸の島にわたりきて若人たちの角力《すまひ》見にけり

第七章
昭和四十年代の後半

昭和 46 年（1971）10 月 1 日、英国バッキンガム宮殿をご訪問（70 歳）

●昭和四十五年（一九七〇）一月（69歳）

十三日　火曜日　午前十時より正殿松の間に皇后と共に出御され、歌会始の儀を行われる。この年の御題は「花」。

315　白笹山のすその沼原黄の色ににっこうきすげむれさき《咲》にほふ

○同四十五年三月

十四日　土曜日　日本万国博覧会開会式に御臨場のため、大阪府吹田市の日本万国博覧会会場に向かわれる。開会式に臨まれ、内閣総理大臣等の挨拶・祝辞に続き、次のお言葉を賜う。

世界各国の協力をえて、人類の進歩と調和をテーマとする日本万国博覧会が開催されることは、まことに喜びにたえません。ここに開会を祝い、その成功を祈ります。

なお、日本万国博覧会開会に際し、次の御製あり。

316　きのふよりふりいでし雪はやはれて万国博開会の時はいたりぬ

○同四十五年四月

二十九日　水曜日　この日、満六十九歳の御誕生日を迎えられる。この年より、皇族及び内閣総理大臣・衆参両院議長・最高裁判所長官の祝賀を「天皇誕生日祝賀の儀」として行われる。天皇誕生日一般参賀につき、午前中四回にわたり、皇后・皇太子・同妃・正仁親王・同妃と御一緒に長和殿ベランダにお出ましになり、宮殿東庭に参集した一般参賀者に御会釈を賜う。この日の参賀者は、午後の記帳者も含め四万五千四百四十五名に上る。

なお、御誕生日［数えで七十歳］に際し、次の御製あり。

※『実録』のデジタル版（公表、刊本以前）の割注には［数えで七十歳］の後に「四首詠む。(317) おもはゆい、(318) ただ平安祈る、(319) 国民とともに、(320) 五十年前の外国旅行忘れられない」との原注がある。

317　七十《ななそぢ》の祝ひをうけてかへりみればただおもはゆく思ほゆるのみ

318　ななそぢを迎へたりけるこの朝も祈るはただに国のたひらぎ

319　よろこびもかなしみも民と共にして年はすぎゆきいまはななそぢ

320　ななそぢになりしけふなほ忘れえぬいそとせ前のとつ国のたび

○同四十五年五月

十九日　火曜日　（福島県）猪苗代町天鏡台の第二十一回全国植樹祭会場に御到着、お言葉を賜う。ついで、三本のツシママツ［アカマツの一種］をお手植えになる。なお、この地は御新婚時に滞在されたこともある。この植樹祭について次の御製（「磐梯《ばんだい》」）あり。

321　松苗を天鏡台に植ゑをへて猪苗代《ゐなはしろ》湖をなつかしみ見つ

※『おほうなばら』は、321の後に「裏磐梯の宿にて」と題する左の一首⑮も載せる。

⑮　赤松の林の緑の中の宿ゆふべさはやかにみづばせを咲く

会津若松市の富士通株式会社会津工場を御視察、ダイオードおよびＩＣの組立作業等を御覧になる。なお、この御視察に関し次の御製あり。

322　いたつきもみせぬ少女らの精こむるこまかき仕事つくづくと見つ

○同四十五年十月

十日　土曜日　国民体育大会開会式会場である岩手県営運動公園陸上競技場に向かわれ、お言葉を賜う。なお、この度の国民体育大会に際して次の御製あり。

323　人びとは秋のもなかにきそふなり北上川のながるるあがた

※『おほうなばら』は、323の後に「盛岡にて」と題する左の一首⑮も載せる。

⑮　すみわたる秋空のかなたはるかにも駒ヶ岳のみね煙はく見ゆ

（十月）十四日　水曜日　大正七年（一九一八）七月以来二度目の御訪問となる西磐井郡平泉町の中尊寺に御到着になり、貫主今春聴《こんしゅんちょう》［東光］の説明により金色堂の堂内を御覧になる。なお、中尊寺に関して次の御製あり。

324　みちのくのむかしの力しのびつつまばゆきまでの金色堂《こんじきだう》に佇《た》つ

※『おほうなばら』は、324の後に「折にふれて」と題する左の一首⑯も載せる。

⑮②　筑紫の旅志布志《しぶし》の沖にみいでつるカゴメウミヒドラを忘れかねつも

○同四十五年十一月
五日　木曜日　明治神宮鎮座五十年に当たり、同神宮に行幸される。次の御製あり。

325　おほぢのきみのあつき病の枕べに母とはべりしおもひでかなし

●昭和四十六年（一九七一）一月（70歳）
十二日　火曜日　歌会始の儀につき、午前十時、正殿松の間に皇后と共にお出ましになる。本年の御題は「家」。

326　はてもなき礪波《となみ》のひろの杉むらにとりかこまるる家々の見ゆ

※『おほうなばら』は、326の後に「吹上にて」と題する左の三首⑮③⑮④⑮⑤を載せる。

⑮③　白たへの辛夷《こぶし》の花のさきにほふ岡のあたりにきぎすのあそぶ

⑮④ 夕さればたにうつぎの花はもも色のにほひにみてり春ふけむとす

⑮⑤ 春さりて日かげぬるめる堀の辺にむれゐる鴨のしづかにいこふ

○同四十六年四月

十八日　日曜日　第二十二回全国植樹祭の会場である島根県大田市三瓶町の三瓶山植栽地に向かわれる。クロマツ［島根県の県木］の苗三本をお手植えになる。なお、この植樹祭について詠まれた歌は次のとおり。

327 春たけて空はれわたる三瓶《さんべ》山もろびととも《（共）》に松うゑにけり

それより、男三瓶山《おさんべさん》北斜面山麓の自然林を一時間余りにわたり御散策になり、自生のウバユリ・ダイセンヤナギ等を御観察になる。

※『おほうなばら』は、327の次に「三瓶山のふもとにて」と題する左の一首⑮⑥も載せる。

⑮⑥ 春浅き林をゆけば白花のミヤマカタバミむれさきにほふ

○同四十六年九月

七日　火曜日　朝より雨天のため、皇大神宮及び豊受大神宮の両宮御参拝とも雨儀となる。この神宮御参拝に寄せて、詠まれた歌は次のとおり。

328　**外つ国の旅やすらけくあらしめとけふはきていのる五十鈴《いすず》の宮に**

※『おほうなばら』は、328に続けて左の一首⑮も載せる。

⑮　**戦をとどめえざりしくちをしさななそぢになる今もなほおもふ**

※『実録』昭和四十六年（一九七一）の九月二十六日条に訪欧の途上、「最初の寄航地である米国アラスカ州アンカレジに向かわれる」とある。『おほうなばら』は、後掲の⑯の後に左の一首⑱を載せる。

⑱　**アラスカの空に聳えて白じろとマッキンレーの山は雪のかがやく**

（九月）二十七日　月曜日　現地時間の二十七日午後六時二十分、デンマーク国コペンハーゲン市のカストラップ空港に御到着になる。同国は公式の訪問ではないが、国王フレデリック九世・

王妃イングリッドのお出迎えを受けられる。この（カストラップ）空港御安着に寄せて、次のようにお詠みになる。

329　この国の空港に着きて国王のみむかへをうく秋の日の暮

※『おほうなばら』は、329の次に「人魚の像を見る」と題する二首⑲⑳も載せる。
⑲　若き頃読みふけりたる人魚のはなし思ひつつ今日その像を見ぬ
⑳　この像をおとづれきたりし人々もまじはりて我をむかへくれにき

（九月）二十八日　火曜日　十九世紀まで王室所有だったロイヤル・コペンハーゲン陶器工場を御訪問になる。天皇は同工場からの記念品として「ブルー・フィッシュ」と名付けられたシーラカンスの陶磁製置物［ジャンヌ・グリュー原型］の献上をお受けになり、皇后はフローラ・ダニカの陶製蓋物［台皿付］の献上を受けられる。この折及び献上のシーラカンスの陶磁製置物につき、詠まれた歌は次のとおり。

330　いそとせまへの外国の旅にもとめたる陶器《すゑもの》思ひつつそのたくみ場に立つ

331　大いなるシーラカンスのすゑものを室にかざりぬ旅をおもひつつ

※『おほうなばら』は、331の後に「鹿の公園にて」と題する左の一首⑯も載せる。

⑯　車に乗り走りつつ見る秋深きしづかなる森のあかしかのむれ

（九月）三十日　木曜日　（ベルギー国）アントワープ動物園［一八四三年に開園した王立動物園］を御訪問になる。オカピー［キリン科の哺乳動物］の前では車を止められ、これを御覧になる。この動物園に寄せて詠まれた歌は次のとおり。

332　かねてより見まくほりせしオカピーを車とどめてこの園にみぬ

○同四十六年十月

一日　金曜日　ワーテルローの古戦場にて、この日のために特別展示されたナポレオンの遺品等を御覧になる。続いて、ワーテルローの戦いを描いたパノラマ絵画［ルイ・デュムーラン作、一九一二年］を御覧になる。この折のことを詠まれた歌は次のとおり。

333　戦の烈《はげ》しきさましのびつつパノラマみれば胸せまりくる

（十月）二日　土曜日　フランス国パリ市のオルリー国際空港に御到着になる。コンコルド広場に面する御泊所のホテル・クリヨンに向かわれる。御料室はルイ十六世の間、大サロン、戦いの間などを使用される。

御泊所よりコンコルド広場を眺められて、詠まれた歌は次のとおり。

334　この広場ながめつつ思ふ遠き世のわすれかねつる悲しきことを

（十月）三日　日曜日　ルーブル美術館を御訪問になる。一八一四年、ナポレオン・ボナパルトはエルバ島に追放される際、この宮殿で将兵と告別したが、そのナポレオンに思いを寄せて詠まれた歌は次のとおり。

335　鯉に餌をあたへつつ思ふこのあしたナポレオンのこと心に沁《し》みて

それよりバルビゾン村のホテル「バ・ブレオ」の食堂に入られ、エスカルゴを始めとする御昼食を御会食になる。この折につき、詠まれた歌は次のとおり。

336
エスカルゴをこのひるさがり味はひてとものものらとたのしくかたる

その殻を記念としてお持ち帰りになる。パリ市内で御夕食のため、セーヌ河畔にあるレストランのトゥール・ダルジャンに向かわれる。

御会食中、大正十年（一九二一）の御訪欧の際に同レストランの鴨料理を御泊所に取り寄せたことが話題となり、レストランの主人より、以前召し上がった日は六月二十一日で、鴨は五万三千二百十一羽目のものであり、この日の鴨は四十二万三千九百羽目のものとお聞きになる。同レストランに寄せて、詠まれた歌は次のとおり。

337
すぎし年のこの国の旅を思ひつつ夕餉《げ》に鴨をあぢはひにけり

御会食を終えて、窓外には、特別に定刻より早くライトアップされたノートルダム大聖堂や、ポン・ド・ラ・トゥレルの橋などが見え、夜景を楽しまれる。

※『おほうなばら』は、337の次に左の一首⑯も載せる。

⑯　ノートルダム光をうけつつ夜の空にあをく浮びてながめはつきず

（十月）四日　月曜日　パリ市郊外イヴリーヌ県のヴェルサイユ宮殿に御到着になる。車内から庭園・大トリアノン宮・小トリアノン宮を御覧になる。小トリアノン宮近くの水車小屋付近では下車されて御散策になる。この水車小屋に寄せて、詠まれた歌は次のとおり。

338　華ばなしきやかた（館）のかたへひなびたる庵のたちたるに心ひかれぬ

午後三時過ぎ、ブローニュの森の中にあるウィンザー公エドワード［元英国国王エドワード八世、故英国国王ジョージ五世の長男］邸を御訪問になる。同公からは、大正十年の御訪欧の際、皇太子として接待を受けられ、また翌十一年同公が訪日の際には、摂政として接待されており、この度は、天皇が特に御会見を希望され、英国王室との協議を経て行われた。

同公とは五十年ぶりの再会で、同公及び同夫人と五十年前のアルバムや思い出の品々を見ながら御懇談になる。この御訪問を詠まれた歌は次のとおり。

339 若き日に会ひしはすでにいそとせまへけふなつかしくも君とかたりぬ

（十月）五日　火曜日　ロンドン市のガトウィック空港に御到着になる。この日以降八日までの英国御滞在につき、イギリスに寄せて詠まれた歌は次のとおり。

340 かはらざるイギリスをみて今更に五十年前の旅をししのぶ

341 秋の日に黒き霧なきはうらやましロンドンの空はすみわたりたる

342 戦果ててみそとせ近きになほうらむ人あるをわれはおもひかなしむ

343 さはあれど多くの人はあたたかくむかへくれしをうれしと思ふ

また、次の御製は、御泊所のバッキンガム宮殿について詠まれたものである（『おほうなばら』は、詞書に「バッキンガム宮殿にやどりて／そのかみは庭に鳥を見ることもなかりしに」とある）。

344 フラミンゴの遊べる庭は女王のみこころやさしく匂へるが如し

（十月）七日　木曜日　リンネ協会［博物学者カール・フォン・リンネの遺品の受け皿として一七八八年に設立された学会］を御訪問になる。スウェーデンの博物学者カール・フォン・リンネ［分類学の父と呼ばれる］が所蔵していた動物や植物の標本コレクションを御覧になる。ロンドン動物学協会を御訪問になる。同協会が運営するロンドン動物園［一八二八年会員に開園、一八四七年に一般公開］に入られる。ジャイアントパンダ［名前はチーチー］を御覧になり、次いで爬虫類館に移動され、毒ヘビ・ゾウガメ・カメレオンなどを御覧になる。ロンドン動物園に寄せて、詠まれた歌は次のとおり。

345　かねてよりの訪《と》はむ思ひのかなひたりけふはロンドンに大パンダみつ

346　この園のボールニシキヘビおとなしくきさき（后）の宮の手の上にあり

347　緑なる角もつカメレオンおもしろしわが手の中におとなしくゐて

（十月）八日　金曜日　この日英国をお発ちになるため、御泊所バッキンガム宮殿でお別れの行事が行われる。ロンドンを発たれる折の御製は次のとおり。

348　朝霧のふかきロンドンをあとにしてはれたる空港をとびたちにけり

午後零時五分、オランダ国ハーレマーメール市のスキポール空港に御到着になる。お召自動車がハーグ市内に入った四時三十分頃、車体に液体入り魔法瓶が投げつけられるという事件が起きる。以後、同国御滞在中、こうした御訪問反対運動が各所で起きる。オランダに寄せて詠まれた歌は次のとおり。

349 戦にいたでをうけし諸人《もろびと》のうらむをおもひ深くつつしむ

350 時しもあれ王室の方の示されしあつきなさけをうれしとぞ思ふ

（十月）九日　土曜日　アムステルダム動物園［一八三八年開園］に向かわれる。海棲哺乳類ジュゴンを御覧になった際、皇后に海牛目であることを説明される。

なお、同園へは大正十年（一九二一）の御訪欧の際にも訪問されており、この度同園のジュゴンを御覧になったことに寄せて詠まれた歌は次のとおり。

351 なつかしき園にフロリダのうみうしのおよぐを見ればこころうれしも

（十月）十日　日曜日　スイス国ジュネーブ市のジュネーブ国際空港に御安着になる。ホテルでは、眼下のレマン湖、ヴヴェイの街並みや山々の風景を眺められる。ついで、一階のテラスで景色を展望される。この折のことに寄せて詠まれた歌は次のとおり。

352
アルプスの峯はをしくもみえざれどながめのどかに寒さおぼえず

（十月）十一日　月曜日　（西ドイツ）ボン市のケルン・ボン空港に御到着になる。夜、ブリュールにあるアウグストゥスブルク城における大統領代行夫妻主催の公式晩餐会及び夜会に臨まれる。同国に寄せて詠まれた歌は次のとおり。

353
戦ひて共にいたつきし人々はあつくもわれらをむかへくれける

（十月）十二日　火曜日　ライン河下り。ローレライの岩［ライン河岸の高さ約百三十メートルの岩山で、そこに立つ美しい少女が歌声の魔力で舟人を魅惑して人も舟も沈めるというローレライ伝説がある］に差し掛かると、岩の上に日章旗が掲げられているのを御覧になる。また、船内では、ドイツの詩人ハインリッヒ・ハイネの詩によるフィリップ・フリードリヒ・

ジルヒャー作曲の「ローレライ」が演奏され、河岸では、花火が打ち上げられる。ライン下りの折に詠まれた歌は次のとおり。

354 若き乙女の悲しき話思ひたり文《ふみ》に名高きローレライを見て

355 大いなる川をのどかにくだりつつ城あまたみて昔しのびつ

ケルン市庁舎に向かわれる。特別に陳列された、ローマ・ゲルマン博物館の所蔵品を御覧になる。また地下に保存されているローマ時代のプレトリウム〔執政官官邸〕の遺構や遺品を御覧になり、執政官官邸復元図の根拠、建築物の歴史的背景など種々御質問になる。この折を詠まれた歌は次のとおり。

356 ローマの世の街あとの今も残りゐて史《ふみ》みるごとくいにしへを思ふ

※『おほうなばら』は、356の次に左の一首⑯を載せる。

⑯ 外つ国の空の長旅事なきはたづさはりし人の力とぞ思ふ

（十月）二十四日　日曜日　「明るく、豊かに、たくましく」を基調として行われる第二十六回国民体育大会秋季大会開会式会場である和歌山県営紀三井寺運動公園陸上競技場に向かわれ、お言葉を賜う。なお、国民体育大会に寄せて、次の歌をお詠みになる。

357　**黒潮のうちよする紀伊《き》の秋たけてけふあひきそふ若人たちは**

●昭和四十七年（一九七二）一月（71歳）

十四日　金曜日　歌会始の儀につき、午前十時より正殿松の間に皇后と共にお出ましになる。本年の御題は「山」。

358　**ヨーロッパの空はろばろととびにけりアルプスの峰は雲の上に見て**

○同四十七年二月

三日　木曜日　札幌オリンピック冬季大会開会式に名誉総裁として御臨席になるため、式場の真駒内スピードスケート競技場に赴かれ、開会を御宣言になる。ついで、オリンピック旗の入場・

掲揚の際、御起立になられ、御答礼になる。聖火が点火され、小学生スケーター八百名によって一斉に風船が飛ばされる。この様子について次の御製あり。

359 真駒内《まこまない》の白き広場に子供らのあぐる風船の青空にはゆ

※『おほうなばら』は、359の前に左の一首⑯と、359の次に「伊豆須崎」と題する一首⑯を載せる。

⑯ 真白なる胆振《いぶり》の野辺に恵庭岳《ゑにはだけ》つづくやまなみもそびえたちつつ

⑯ 谷かげの林の春は淡くして風藤葛《ふうとうかつら》の実のあかあかと見ゆ

○同四十七年五月

二十一日　日曜日　（新潟県）北蒲原郡黒川村胎内平の全国植樹祭会場に御到着、三本のスギ苗をお手植え箱にお手植えになる。この植樹祭について次の御製あり。

360 黒川の胎内平《たいないだひら》にうゑし杉やがては山をみどりにそめむ

○同四十七年十月

二十二日　日曜日　第二十七回国民体育大会秋季大会開会式会場である鹿児島県立鴨池陸上競技場に向かわれ、お言葉を賜う。なお、国民体育大会について、次の歌をお詠みになる。

361 まのあたり桜島みゆる秋晴の広場にけふは人びとつどふ

（十月）二十五日　水曜日　名瀬市有屋にある国立療養所奄美和光園を御訪問になる。講堂の舞台裏に設けられた御休所において園長大島新之助よりハンセン病患者の療養施設である同園の概況についての奏上をお聞きになり、職員に対する励ましのお言葉を賜う。

続いて、入園患者約二百五十名の集まる講堂内を廻られ、御会釈を賜い、その際、明るい気持ちで療養につとめるようにとの励ましのお言葉を賜う。なお、御視察に際し、患者自治会に対し金員を賜う。また、次の御製あり。

362 薬にて重き病も軽くなりし人びとにあひてうれしかりけり
363 この園を我たづねたりたらちねの母はいかにとおぼしめすらむ
364 くすしなき里の保健所ここにつとむる人のいたつきおもひみにけり

※『おほうなばら』は、「奄美大島の旅」として右三首の後に⑯「マングローブの自生地にて」、⑰「薩川湾にてグラスボートより」、⑱「観光ホテルにて」、⑲「全日空特別機内より」の四首も載せる。

⑯ 潮のさす浜にしげれるメヒルギとオヒルギを見つ暖国に来て

⑰ 海底を覗き見たればイシサンゴのひまひまをゆくさまざまの魚

⑱ 朝なぎの名瀬の浜辺をみてあればまなかひななめにルリカケスとぶ

⑲ 桜島ふきいでし煙はたちまちにくろぐろとして空高く立つ

※『おほうなばら』は、この後に左の⑰「ミュンヘンのオリンピック」、⑱「青」の二首を載せる。

⑰ 朝も夕もドイツに競ふ若人をテレビに見つつ思ひやるなり

⑱ 岩かどの女神の声の聞ゆとふカプリは青きうなばらの上

●昭和四十八年（一九七三）一月（72歳）

十二日　金曜日　歌会始の儀につき、午前十時より正殿松の間に、（香淳）皇后と共にお出ましになる。本年の御題は「子ども」。

365　氷る広場すべる子どものとばしたる風船はゆくそらのはるかに

○同四十八年四月

四日　水曜日　昨三日、英国滞在中の東久邇《ひがしくに》信彦に天皇の初曾孫《ひまご》となる男子誕生につき、侍従長名の電報を以て信彦に天皇・皇后よりの祝意を表せられる。十六日には征彦《ゆきひこ》と命名につき、再び侍従長名の電報を以て信彦に天皇・皇后よりの祝意を表せられる。なお、曾孫の誕生について次の御製あり。

366　外つ国に曾孫《ひまご》の生れし喜びをしづけき春にききにけるかな

367　やすらけく日向路《ひうがぢ》さして立ちにけり曾孫のあれしよろこびを胸に

※『おほうなばら』は、367の次に「信彦の親子帰る」と題する左の一首⑰⑫も載せる。

⑰⑫　つつがなくかへりきたれる信彦親子をむかへたりけり秋深くなりて

（四月）八日　日曜日　（宮崎県）霧島山麓夷守台の全国植樹祭会場に向かわれ、三本のオビスギをお手植えになる。この植樹祭について次の御製あり。

368　飫肥《をび》杉を夷守《ひなもり》台にうゑをへて夷守岳をふりさけみにけり

※『おほうなばら』は、368の後に366・367・⑰を出し、その次に「宮崎県の旅行」と題する左の三首⑬⑭⑮、その次に「伊豆須崎の夏」と題する一首⑯を載せる。

⑬　滑走路を真下にみれば黄の色にキバナルピナス咲きつづくなり
⑭　高原をさして登れば道のへの林の中にやまざくら咲く
⑮　日本猿の親は子をつれゆくりなくも森のこかげにあらはれたりけり
⑯　夏の朝をさなき孫の紀宮も汐あみしつつあそびけるかな

○同四十八年九月

十二日　水曜日　午前、神宮式年遷宮に当たり、鳳凰ノ間において、神宮大宮司徳川宗敬の拝謁をお受けになり、お言葉を賜う。ついで、正殿竹の間において、神宮の御装束・神宝を御覧になる。続いて、皇后及び皇太子・同妃以下の皇族がこれを御覧になる。なお、このことに関して次の御製あり。

369　宮《みや》移りの神にささぐる御宝のわざのたくみさみておどろけり

○同四十八年十月

二日　火曜日　午後八時、神嘉殿《しんかでん》南庭において皇大神宮式年遷宮遙拝の儀を行われる。皇后は、吹上御所バルコニー前庭において御遙拝になる。また、勅使として掌典長永積寅彦を皇大神宮に参向させ、翌三日に奉幣させられる。

さらに三日夜、皇大神宮に御神楽及び秘曲を御奉納になる。五日の午後八時には神嘉殿南庭において豊受大神宮式年遷宮遙拝の儀を行われる。皇后は、吹上御所バルコニーにおいて御遙拝になる。また、勅使として掌典長永積寅彦を豊受大神宮に参向させ、翌六日に奉幣させられる。さらに六日夜、豊受大神宮に御神楽及び秘曲を御奉納になる。なお、この年の式年遷宮に当たり次の御製あり。

370　秋さりてそのふの夜のしづけきに伊勢の大神をはるかをろがむ

（十月）十四日　日曜日　第二十八回国民体育大会開会式会場である千葉県総合運動場陸上競技

場に向かわれ、お言葉を賜う。なお、この度の国民体育大会に関して次の御製あり。

371　**よべよりの雨はいつしかふりやみて人びとはつどふ千葉の広場に**

※『実録』昭和四十八年（一九七三）の十一月二十三日条に「金曜日　新嘗祭を行われる。神嘉殿の儀夕の儀は御親祭になる。暁の儀は掌典長永積寅彦が奉仕する」とある。『おほうなばら』は375の後に「楽」と題する左の一首⑰を載せる。

⑰　**豊年のにひなめまつりの夜はふけてしづけき庭に楽の音きこゆ**

○同四十八年十一月

二十六日　月曜日　台東区の東京都恩賜上野動物園に行幸され、パンダ舎・ペンギン舎・ゴリラ舎・トキ舎・ゾウアザラシ舎・ラクダ舎の順に御覧になる。なお、この行幸に関する御製は次のとおり。

372　**ロンドンの旅おもひつつ大パンダ上野の園にけふ見つるかな**

373 この園を十年《ととせ》の前に見しよりもペンギン鳥の種《しゆ》の増えにけり
374 アフリカにすむてふボンゴの珍しさかひなれしさまを見ておどろけり
375 今日ここにボールニシキヘビを見るにつけ今なほ忘れぬロンドンの旅

※『おほうなばら』は、375の後の⑰の次に「須崎の冬の月」と題する左の一首⑱を載せる。

⑱ 風さむく師走の月はさえわたり海をてらしてひかりかがやく

●昭和四十九年（一九七四）一月（73歳）

十日　木曜日　歌会始の儀につき、午前十時三十分より皇后と共に正殿松の間に出御される。御題は「朝」。

376 岡こえて利島《としま》かすかにみゆるかな波風もなき朝のうなばら

※『おほうなばら』は、376の後に「須崎の早春」二首⑲⑳と「鳩」二首㉑㉒を載せる。

⑲ 海のかなた春はいまだし大島の山の谷間に雪ののこりゐて

⑱緑こきしだ類をみれば楽しけど世をしおもへばうれひふかしも
⑱三島なる社の鳩に弟と餌をあたへたるむかしなつかし
⑱我が庭のあまたの鳩にまじはりてやまばとも今朝は餌をあさりゐる

○同四十九年二月

十九日　火曜日　地方事情御視察のため、静岡県に行幸になる。清水市の石垣いちご栽培地に御到着になる。皇后と共にいちごをお摘み採りになる。なお、この御視察について次の歌をお詠みになる。

377　栽培の話ききつつ石垣いちごつみにけるかな清水の朝に

○同四十九年四月

五日　金曜日　来る二十三日落成式が行われる迎賓館赤坂離宮を御視察のため、同所に行幸になる。なお、この御視察について次の歌をお詠みになる。

378　たちなほれるこの建物に外《と》つ国のまれびとを迎へむ時はきにけり

○同四十九年五月
十九日　日曜日　全国植樹祭会場である岩手郡松尾村の岩手県民の森植栽地に臨まれ、お言葉を賜う。なお、植樹祭をお詠みになった歌は次のとおり。

379　岩手なるあがたの民の憩場《いこひば》の森となれかしけふ植ゑし苗

※『おほうなばら』は、379の前後に⑱「奥羽路の車中より」、⑱「大船渡にて」、⑱「八幡平ハイツにて」と題する各首も載せる。

⑱ 初夏のみちのくゆけば田のをちにりんごの花のさきにほふなり
⑱ 夜の雨いつしかやみて入海の朝あけになくうみねこのこゑ
⑱ 夕空にたけだけしくもそびえたつ岩手山には雪なほのこる

○同四十九年八月
八日　木曜日　栃木県黒磯市の深山ダム管理事務所並びに沼原発電所を御視察のため、地下発電所において発電機模型・水車ピット室・所内動力盤室等を御覧になる。なお、沼原発電所行幸についての御製は次のとおり。

380　沼原の大き発電所は地下にしてながめたくみにたもちけるかな

※『おほうなばら』は、380の前に「那須にて」と題する二首⑱⑲を載せる。

⑱　霧ふかくながめさびしき高原に秋風ふきて尾花なみだつ

⑲　小深堀のすすきの原に一つ立つこごめやなぎはいく年へにけむ

（八月）二十二日　木曜日　那須町共同利用模範牧場を御視察のため、畜舎において搾乳状況を、農機具陳列所においてトラクター・モアーなど大型農機具を、乾燥舎において飼料となる牧草をそれぞれ御覧になる。同牧場の御視察について、次の歌をお詠みになる。

381　あまたの牛ののびのびとあそぶ牧原にはたらく人のいたつきを思ふ

○同四十九年九月

四日　水曜日　那須郡那須町の社会福祉法人みその会聖園《みその》那須老人ホームを御訪問。入居者を慰問され、同二階の納骨堂・居室を御巡覧になる。ついで、小会議室において入居者の内職作業を御覧になり、続いて管理棟集会室において活花・彫刻・陶芸の作業を御覧の後、十一時二十分御帰邸になる。なお、同所について次の御製あり。

382 **尼たちの深きなさけに老人ら那須の聖園にたのしくすごす**

（九月）二十四日　火曜日　人事院総裁佐藤達夫［植物学研究者］去る十二日死去につき、侍従小林忍を杉並区高円寺南の佐藤邸へ差し遣わされ、祭粢料及び生花を賜う。佐藤は昭和二十二年法制局長官に就任し、退官後の三十年に国立国会図書館専門調査員となり、三十七年には人事院総裁に就任した。植物学に造詣が深く、しばしば那須御用邸における天皇の植物御調査に同行し、また献上した植物を吹上御所に移植することもあった。なお、佐藤の死去について、次の歌をお詠みになる。

383 **わが庭のあづましらいとさうをみておもふゆかりもふかきかへらぬ君を**

○同四十九年十月

二十日　日曜日　（茨城県水戸市）弘道館［水戸藩の藩校］にお着きになる。館内の正庁に進まれ、床の間の掛軸［弘道館記碑の拓本］や鴨居の上に掲げられた額［游於芸］について中島事務所長の説明をお聞きになる。同所についての御製は次のとおり。

384　館《やかた》にて若人たちに蘭学を教へしかの日の斉昭《なりあき》思ふ

次に、偕楽園を御訪問になる。大正元年（一九一二）学習院初等学科の遠足の際に御休息になった奥御殿梅の間を栞戸前より御覧になる。なお、同所につき次の御製あり。

385　幼き日学びの友との旅にしてこの偕楽園《かいらくゑん》も訪ねたりけり

次に茨城県護国神社に立ち寄られ、国民体育大会開会式会場である那珂郡那珂町の茨城県笠松運動公園陸上競技場に御到着、お言葉を賜う。なお、この大会に寄せて次の御製あり。

386　南より北より来つる選手らの常陸《ひたち》の秋にあひきそひけり

（十月）二十一日　月曜日　那珂郡東海村の日本原子力研究所東海研究所を御視察になる。なお、同所について次の御製あり。

387　新しき研究所にてなしとげよ世のわざはひをすくはむ業《わざ》を

※『実録』昭和四十九年（一九七四）の十月二十二日条に、鹿島神宮御拝礼の後「土浦市の御泊所土浦市国民宿舎水郷に御到着になる」とある。『おほうなばら』は、387の次に「国民宿舎水郷にて」と題する左の二首⑱⑲を載せる。

⑱　おそ秋の霞ヶ浦の岸の辺に枯れ枯れにのこる大きはちす葉

⑲　枯れ残る蓮の立葉に雨そそぎ浦のほとりの秋ゆかんとす

（十月）二十三日　水曜日　結城市の県立鬼怒商業高等学校に向かわれる。結城紬実演室において、結城紬保存会長でもある大木（庫）市長の説明により、はた織り・真綿かけ・糸とり等を御覧になる。なお、この実演御覧について次の御製あり。

388　昔よりつたはりて来し結城紬《ゆふきつむぎ》おりゆくをみなのわざみごとなり

（十月）二十八日　月曜日　川崎市高津区の鷲ヶ峯老人ホームにお着きになる。養護棟食堂において入居者に、養護棟集会室において職員にそれぞれお言葉を賜う。

次の東京都稲城市のよみうりランドホテルにお着きになり、隣接するよみうりランド海水水族館［川崎市多摩区］入口に進まれ、南海の魚類のほか、特別展示のオーストラリアハイギョ等を御覧の後、マナティ水槽において餌のアジを投げ入れられ、マナティと同じ水槽で飼育されているピラルク［世界最大の淡水魚］がそれに飛びつく様子を御覧になる。なお、この日の行幸について、次の二首をお詠みになる。

389　暖かきこの岡にすむ老人にたすけあひつつくらせよと思ふ

390　オランダの旅思ひつつマナティーのおよぐすがたをまたここに見ぬ

○同四十九年十一月

七日　木曜日　昨秋第六十回式年遷宮が行われた神宮を御参拝のため、三重県に行幸になる。午後一時二十三分近鉄宇治山田駅に御着車、豊受大神宮の外宮斎館にお着きになる。御潔斎の後、正殿階下の御座に進まれ、御拝礼になる。ついで、皇后も同様に御拝礼になる。なお、外宮御参拝について次の御製あり。

391 みどりこき杉並木みちすすみきて外宮ををろがむ雨はれし夕

（十一月）八日　金曜日　御潔斎の後、午前九時五十一分内宮斎館御座所をお発ちになり、皇大神宮の正殿階下の御座に進まれ、御拝礼になる。ついで、皇后も同様に御拝礼になる。なお、内宮御参拝について次の御製あり。

392 冬ながら朝暖かししづかなる五十鈴《いすず》の宮にまうできつれば

（十一月）二十一日　木曜日　米国大統領ジェラルド・ルドルフ・フォード（十九日宮中晩餐）の退京行事に御出席のため、午前九時二十二分御出門、迎賓館赤坂離宮に行幸になる。大統領より暇乞の挨拶を受けられ、同所より車でヘリポートに向かう大統領をお見送りになり、同五十三分還幸になる。米国大統領の初来日を詠まれた次の御製あり。

393

大統領は冬晴のあしたに立ちましぬむつみかはせしいく日《にち》を経て

第八章
昭和五十年代の前半

昭和 50 年（1975）10 月 8 日、訪米中、ディズニーランドをご見学（74 歳）

●昭和五十年（一九七五）一月（74歳）

十日　金曜日　歌会始の儀につき、正殿松の間に皇后と共にお出ましになる。本年の御題は「祭り」。

394　我が庭の宮居に祭る神々に世の平らぎをいのる朝々

※この時の皇后宮御歌「星かげのかがやく空の朝まだき君はいでます歳旦祭に」

※『おほうなばら』は、394の後に「吹上にて」一首⑲、および「須崎にて」二首⑲⑲も載せる。

(190)　朝空は寒く晴れたり枯れ残るしもばしらとふ草に氷つく

(191)　かんざくらの花咲きにほふ須崎の岡風寒くして空晴れわたる

(192)　かに沢のをぐらき林朱の実のふうとうかづらたれさがりたり

○同五十年五月

二十五日　日曜日　琵琶湖ホテルを御出発、第二十六回全国植樹祭の会場である（滋賀県）金勝山植栽地に向かわれる。今回の植樹祭が「水と緑のふるさとづくり」を強調して行われることを深く満足に思う旨のお言葉を賜う。ヒノキの苗三本をお手植えになる。皇后は、モミジ〔県木〕の苗三本をお手植えになる。この植樹祭に寄せて次の御製あり。

395　金勝山《こんぜやま》森の広場になれかしと祈りはふかしひのき植えつつ

（野洲町の）御上神社前の悠紀斎田に足を運ばれる。同斎田は昭和三年（一九二八）の大嘗祭に当たり点定され、当時の斎田の奉耕手等による奉迎をお受けになる。お野立所において野洲町長宇野勝より祭の由来について説明をお聞きになりつつ、赤色や黄色の袴を着けた野洲中学校男女生徒による、田植え歌に合わせた斎田での田植えや畦道での踊りを御覧になる。

（五月）二十六日　月曜日　天智天皇を祀る大津市神宮町の近江神宮に向かわれる。次に、比叡山ドライブウェイ経由にて大津市坂本本町の天台宗総本山比叡山延暦寺を御訪問になる。それより奥比叡ドライブウェイ経由にて、高島郡高島町の国民年金保養センター翠湖苑に向かわれる。琵琶湖大橋を渡られ、守山市今浜町の御泊所株式会社ホテルレークビワに御到着になる。対岸の満月寺浮御堂や比良連峰を御遠望になり、三井寺の場所や琵琶湖大橋の強度などを種々お尋ねになる。

※『おほうなばら』は、395の次に「比叡山ドライブウェーにて」と題する左の二首⑲⑳と「湖畔の宿にて」と題する一首⑮を載せる。また、その後に「青葉梟」と題する一首⑯を載せる。

⑲ 寺をさして山坂ゆけばもちつつじ花さきにけりふぢむらさきに

⑳ やまみちのみどりにはえてたにうつぎうす桃色にさきみちてあり

⑮ 比良の山比叡の峯の見えてゐて琵琶の湖暮れゆかむとす

⑯ わが庭の木々はしげりてこのゆふべさびしきこゑにあをばづくなく

○同五十年八月

四日　月曜日　宇都宮市内の諸施設を御視察のため、午前九時二十分、皇后と共に那須御用邸を御出門になる。この日、マレーシア国クアラルンプールにおいて、米国及びスウェーデン国大使館が、日本赤軍［国際テロリスト組織］の五名により占拠され、館内の米国総領事等五十二名が人質にされる事件が発生する。このことに関して、次の歌をお詠みになる。

396　しづかなる那須に来りていこふ日におもひもかけぬことおこりけり

（八月）三十日　土曜日　午後、御座所において侍従長入江相政より、エチオピア国の元皇帝ハイレ・セラシエ一世が去る二十七日に死去したとの知らせをお聞きになる。このことに寄せて次の御製あり。

397　永き年親しみまつりし皇帝の悲しきさたをききにけるかな

○同五十年十月一日（〜十四日、御訪米）

一日　水曜日　馬車にて御泊所ウィリアムズバーグ・インを皇后と共に御出発になる。旧バージニア州議会議事堂に御到着になる。英国からの独立を決議した歴史的な場所であることなどの説明を受けられる。ウィリアムズバーグの町について、次の御製あり。

398　秋めけるウィリアムズバーグの町にして古きむかしをしぬびつるかも

※『おほうなばら』は、398の次に左の二首⑲⑲も載せる。

⑲　のどかなる町のホテルに二日ゐて長旅の疲れやすめけるかな

⑲　大いなる富の力によりてこのむかしのさまのたもたれてあり

（十月）二日　**木曜日**　米国大統領差し回しの自動車で、歓迎式御臨場のためホワイトハウスへ向かわれる。（フォード）大統領から歓迎の挨拶を受けられる。これに対して、天皇は次の答辞を述べられる。（一部分）

今回の米国訪問は、私にとりまして、日米両国の関係の過去を思い、未来を考える貴重な機会であります。両国の国民は、静けさの象徴である太平洋に、波風の立ち騒いだ不幸な一時期の試練に耐え、今日、ゆるぎない友好親善のきずなを築き上げております。私は、このことに限りない喜びを感ずるとともに、両国関係の将来に、大きな期待を抱くものであります。

この日の官民の歓迎に寄せて、次の歌をお詠みになる。

399　あたたかき大統領夫妻のもてなしにはるばるときて心うたれぬ

400　この国のあまたの人のもてなしにわが旅ごころうれしさにみつ

401　去年の冬語り合ひたる大統領とホワイトハウスにまたあひにけり

（十月）三日　金曜日　バージニア州のアーリントン国立墓地の中の無名戦士の墓［第一次及び第二次世界大戦、朝鮮戦争の戦死者が眠る墓］に赴かれる。（二十一発の）礼砲が放たれる中、基地に到着。HERE RESTS IN HONORED GLORY AN AMERICAN SOLDIER KNOWN BUT TO GOD［神のみが知るアメリカ将士の英霊、栄光とともにここに眠る］と刻まれた側面の墓石を御覧になる。

この墓参について、次の歌をお詠みになる。

402　この国の戦死将兵をかなしみて花環ささげて篤くいのりぬ

次に、第十六代米国大統領エイブラハム・リンカーンを記念して一九二二年に建てられたリンカーン記念館へ向かわれる。ジャパン・ソサエティ名誉理事ウィリアム・ジョセフ・シーボルト［元駐日米国大使館勤務］の説明にて、リンカーン像、ワシントン記念塔を御遠望になる。

なお、このことに寄せて、次の歌をお詠みになる。

403　思ひ出の館を訪ひて世のためにいのちをすてし君をしのびつ

404　戦の最中も居間にほまれの高き君が像《すがた》をかざりゐたりき

405

わが国にてしりしなつかしきシーボルトここにきたりて再びあひぬ

※『おほうなばら』は、404と405の間に左の一首⑲も載せる。この佐分利貞男（明治十二年〜昭和四年）は、優秀な外交官で昭和天皇にリンカーン像を贈ったが、のち箱根で自殺している。

⑲　君が像をわれにおくりし佐分利貞夫《ママ》の自らいのちをたちし思ほゆ

ついで、初代米国大統領ジョージ・ワシントンの墓所に向かわれ、墓前に花環を献ぜられる。ついで、ワシントンが晩年まで暮らした私邸に御到着、一階の書斎において御記帳になり、窓よりポトマック川を俯瞰される。

このジョージ・ワシントン私邸につき、次の歌をお詠みになる。

406

在りし日のきみの遺品を見つつ思ふをさなき頃にまなびしことなど

（十月）四日　土曜日　（マサチューセッツ州）ウッズホール海洋学研究所及び海洋生物学研究所［WHMBL］合同の歓迎式に臨まれる。

※『おほうなばら』には、「スミソニアン・インスティチューション、ウッズホール海洋学研究所、ウッズホール海洋生物学研究所、ニューヨーク植物園、ラホヤのスクリップス海洋研究所を見る」と題する左の一首⑳⓪を載せる。

⑳⓪　**数々の研究所訪ひてまなびたりいとまなき旅の時ををしみて**

（十月）五日　日曜日

ニューヨーク市内セントラル・パークにお立ち寄りになり、市立**サイモン・バルーク・ジュニア・ハイスクール**のコーラスグループ［日本人を含む各国中学生約六十名、指揮は同スクール教諭ロバート・シャロン］の合唱 *Consider Yourself*［ミュージカル「オリバー！」より］、及びその二番目の歌詞を日本語の替え歌にした合唱「よくいらっしゃいました、いつまでもお元気で」をお聴きになる。終わって生徒の側まで歩み寄られ、握手をされる。

この公園へのお立ち寄りについて、次の歌をお詠みになる。

407　**歓迎につどへる生徒の歌声のはれやかにひびく秋空のもと**

ロックフェラー副大統領邸に御到着になる。副大統領夫妻の出迎えを受けられ、和風別館［東京芸術大学名誉教授吉村順三設計の木造住宅］の建物内にお入りになる。同夫妻の案内で、一階テラスから庭を御観賞になる。同邸に関して、次の歌をお詠みになる。

408　招かれしきみが別邸にやまと風ただよふこともなつかしくして

次に、**ロックフェラー財団理事長**ジョン・デイヴィソン・ロックフェラー三世（副大統領の兄、米国ニューヨークのジャパン・ソサエティ会長）の招待による非公式午餐会に御臨席。次の歌をお詠みになる。

409　日本をよくしる人と語り合ふけふのもてなしの心にしみぬ

午後、**アメリカンフットボール**の試合を御観戦になるため、ニューヨーク市クイーンズ区のシエイ・スタジアムに向かわれる。

※『おほうなばら』は、409の次に左の一首㉑を載せる。

(201) アメリカの人にまじりてこの国のフットボール観しも長く思はむ

（十月）六日　月曜日　国際連合本部を御訪問になる。事務総長クルト・ヨーゼフ・ワルトハイム及び同夫人の出迎えをお受けになり、玄関ロビー内の国連旗と日章旗が並んでいる前で記念の写真撮影を受けられる。

中庭に設置された「平和の鐘」［一九五四年、日本国際連合協会宇和島支部長中川千代治が、戦争の悲惨さ、核廃絶の尊さを訴え、当時の国連加盟国六十五箇国のコインと銅を合金して鋳造して製作し、国際連合本部に寄贈したもの］を御覧になる。これに寄せて次の歌を詠まれる。

410 日本よりおくりたる鐘永世のたひらぎのひびきつたへよと思ふ

※『おほうなばら』は、410の次に左の一首(202)も載せる。

(202) 万国博に里がへりせし平和の鐘ここに再びわれは見にけり

（十月）七日　火曜日　シカゴ市郊外トロイ町の農家バルツ家が経営する農場を御視察。コンバイン機による大豆の収穫作業を御覧になる。このことに寄せて次の御製あり。

411　畑つもの大豆のたぐひ我が国にわたり来む日も遠からなくに

ジョン及び同夫人マリアンヌ、その子供四名などの出迎えをお受けになる。ハロウィーン用のカボチャのランタンを御覧になる。また同農場では、生まれたばかりの子豚をジョンの子どもから差し出され、思いがけなく子豚をお抱きになる。

バルツ家の農場について、詠まれた歌は次のとおり。

412　はてもなき畑をまもる三代のはたらきをみつつ幸いのるなり

413　飼ひなれしちひさき豚を手にうけてしばし愛《いと》しむ秋のゆふべに

414　農場に見つるかぼちやの雪洞《ぼんぼり》にをさなき頃を思ひ出だしぬ

（十月）八日　水曜日　御召機にてロサンゼルスへ向け御出発になる。御召機はグランドキャニオン上空で五千メートルまで高度を下げて、景観を御覧になる。このことに寄せて次の御製あり。

415　大いなる谷のはざまを流れゆくコロラド川を機上より見つ

アナハイム市のディズニーランドに向かわれ、米国建国二百年祭記念のアメリカ・オン・パレードを御覧になる。パレードは、独立戦争時の愛国歌*Yankee Doodle*で始まり、メイフラワー号から幌馬車、フットボールに宇宙ロケットまで、建国から二百年の歴史や文化を描き出したフロート車［山車］が、米国音楽と共に行進するもので、これに寄せて詠まれた歌は次のとおり。

416 **二百年のすぎゆきを示すアメリカのパレードを見つ少年らとともに**

（十月）九日　木曜日　**サンディエゴ動物園**［一九二二年設立、絶滅危惧種を飼育する世界最大級の動物園］に御到着、オカピ地区にてオカピを御観察になり、コアラ地区では飼育係の抱いているコアラに触れられる。これらのことに寄せて次の御製あり。

417 **オカピーを現《うつ》つにみたるけふの日をわれのひと世のよろこびとせむ**

418 **濠洲よりユーカリの木をうつしうゑて飼ひならしたりこのコアラベアは**

※『おほうなばら』は、418の次に左の一首㉓を載せる。

(203) われもまた囲ひに入りてとびかへる小禽《ことり》のすがたにただにふれたり

（十月）十日　金曜日　在サンフランシスコ日系人・在留邦人歓迎行事御出席のため、沿道では数千名の日系人・在米邦人が日章旗・星条旗の小旗を振り歓迎する様子、また平和公園付近に特設された舞台で、在米邦人田中誠一が主宰するサンフランシスコ太鼓道場に通う日米混成の男女らによる太鼓・笛・ホラ貝の演奏、獅子舞の光景を御覧になり、これらに手を振って応えられる。このことに関して、次の歌をお詠みになる。

419 にぎははし半被《はっぴ》をきたる人々の太鼓をうちつつわれらをむかふ

（十月）十一日　土曜日　ハワイ州知事ジョージ・良一・有吉主催午餐会御出席のため、同知事公邸のワシントン・プレースへ向かわれる。御食事中、ハワイアン音楽、フラダンス等の民族色豊かな催し物が行われる。この午餐会について次の御製あり。

420 公邸に招かれてとりしハワイ料理味はひながらたのしみにけり

※『おほうなばら』は、420の次に「マウナ・ケア・ビーチのホテルの眺望」と題する左の一首㉚、および「多くの日系人にあひて」と題する二首㉛㉜を載せる。

㉚ 秋晴に笠のすがたの山々のみゆる浜辺はながめつきせぬ
㉛ アメリカのためにはたらく人々のすがたをみつつたのもしと思ふ
㉜ 幸得たる人にはあれどそのかみのいたつきを思へばむねせまりくる

（十月）十四日　火曜日　皇后と共に皇居に還御される。この度の米国御訪問に関して、次の御製あり。

421 こともなくアメリカの旅を終へしこともろもろのひとの力ぞと思ふ
422 時々は捕鯨反対をわれに示す静かなるデモにあひにけるかな

※『おほうなばら』は、421の前に「北米合衆国の旅行」と題する二首㉝㉞、422の後に「米国の紅葉」と題する一首㉟も載せる。

㉝ いそぢあまりたちしちぎりをこの秋のアメリカの旅にはたしけるかな
㉞ ながき年心にとどめしことなれば旅の喜びこの上もなし

㉐209　**うすくこく木々はもみぢせりおそ秋の岩手あがたの山々に似て**

（十月）二十四日　**金曜日**　**神宮御参拝**、第三十回国民体育大会秋季大会に御臨席、併せて地方事情を御視察のため、三重県に行幸になる。

（十月）二十五日　**土曜日**　米国より御帰国につき奉告のため、伊勢市の神宮へ向かわれる。豊受大神宮に御拝礼になる。ついで、皇大神宮に御拝礼になる。終わって内宮斎館にお戻りになり、神宮祭主鷹司和子より、挨拶をお受けになる。

※『おほうなばら』は、「米国の旅行を無事に終へて帰国せし報告のため伊勢神宮に参拝して」と題する左の一首㉐210を載せる。

㉐210　**たからかに鶏《とり》のなく声ききにつつ豊受の宮を今日しをろがむ**

（十月）二十六日　**日曜日**　第三十回国民体育大会秋季大会開会式に御臨場のため、三重県営総合競技場陸上競技場に向かわれる。この大会について次の御製あり。

423　秋深き三重の県《あがた》に人びとはさはやかにしもあひきそひけり

（十月）二十七日　月曜日　伊勢志摩スカイラインを経由し、伊勢市の朝熊山《あさまやま》展望所に御到着、鳥羽湾等を御眺望になる。この眺望について、次の歌をお詠みになる。

424　をちかたは朝霧こめて秋ふかき野山のはてに鳥羽の海みゆ

※『おほうなばら』は、424の次に一首㉑①も載せる。

㉑①　賢島《かしこじま》おつる夕日はあかあかと空に映りて秋ふかみゆく

●**昭和五十一年（一九七六）一月（75歳）**

九日　金曜日　歌会始の儀につき、皇后と共に正殿松の間に出御される。本年の御題は「坂」。

425　ほのぐらき林の中の坂の道のぼりつくせばひろきダム見ゆ

※『おほうなばら』は、425の後に「夢」と題する左の一首㉑②を載せる。

㉑② 紫色好みましたる母宮をしみじみとみぬ夜明の夢に

○同五十一年五月

二十三日　日曜日（茨城県）久慈郡大子町高柴台の全国植樹祭会場にお着きになる。ヤマザクラ一本・スギ二本をお手植えになる。皇后は、ヤマザクラ一本・スギ二本をお手植えになる。この植樹祭に寄せて、次の歌をお詠みになる。

426 人びととけふ苗木うゑぬ茨城の自然観察の森とはやなれ

終わって、多賀郡十王町の国際電信電話株式会社茨城衛星通信所を御視察になる。この御視察について次の御製あり。

427 新しき衛星通信のかずかずの施設をまもる人をしおもふ

終わって、高萩市の御泊所高萩大心苑に御到着になる。**郷土芸能**「浅川のささら」（同町浅川の熊野神社正遷宮祭に奉納する獅子舞）を御鑑賞になる。この郷土芸能御鑑賞に関する御製は次のとおり。

428　古くよりつたはる浅川のささらの舞音にあはせてはげしくをどる

（五月）二十五日　火曜日　筑波山京成ホテルを御出発。皇居に還幸になる。今次の行幸につき、お詠みになった御製は次のとおり。

429　蛙の声さやにきこゆる初夏の常陸《ひたち》の旅をたのしみにけり

430　瓜連の田の中の道このゆふべのどかにいまだひばりなくなり

※『おほうなばら』は、430の後に「那須にて」と題する左の二首㉑㉓㉑㉔を載せる。

㉑㉓　このゆふべ南伊豆にて大雨のふるとしききてうれひはふかし

㉑㉔　夏木立涼しき小屋にいこひつつ細谷川の水の音きく

○同五十一年十月

二十四日　日曜日　第三十一回国民体育大会秋季大会開会式会場の佐賀県総合運動場陸上競技場に向かわれる。この度の国民体育大会に寄せて次の御製あり。

431　ことそぎて秋の国体はひらかれぬ人びとはつどふ佐賀の広場に

（十月）二十五日　月曜日　神埼郡の神埼町役場において御昼食の後、国体ハンドボール競技会場の佐賀県立神埼高等学校運動場に御到着になる。この御観戦をお詠みになった歌は次のとおり。

432　ゆく秋ををしみつつけふは若人のハンドボールを神埼に見つ

※『おほうなばら』は、432の次に左の一首㉟も載せる。

㉟　朝晴の楠の木の間をうちつれて二羽のかささぎのとびすぎにけり

○同五十一年十一月

十日　水曜日　御在位五十年につき、午前、賢所・皇霊殿・神殿祭典の儀を行われ、内閣主催の天皇陛下御在位五十年記念式典に御臨場のため、日本武道館に行幸される。次のお言葉を賜う。

今ここに過去五十年の歳月を顧みるとき、多くの喜びと悲しみとが思い出されるのでありますが、何にもまして国民が幾多の苦難と試練を乗り越えて今日に至っていることに深い感慨を覚えます。しかしながら、さきの戦争により犠牲となった数多くの人々とその家族の上を思い、今に至ってもなお戦争の傷跡が残るのを見るとき、私は哀痛の念に堪えないのであります。

終戦以来ここに三十年、国民が廃虚の中から立ち上がりたゆまぬ努力を重ねて、我が国が経済的にも大きく発展し、また平和国家として国際社会に名誉ある地位を占めるに至ったことは、まことに感銘の深いものがあります。

御在位五十年に当たり、次の歌をお詠みになる。

433 **喜びも悲しみも皆国民とともに過《す》ぐしきぬこの五十年を**

※『おほうなばら』は、433の次に左の二首㉖㉗も載せる。

㉖ **わが庭に冬はきぬらし石垣の蔦のもみぢのいろはさえたり**

㉗217 夕餉《ゆふげ》をへ辞書をひきつつ子らと共にしらべものすればたのしくもあるか

○同五十一年十二月

二十七日　月曜日　御在位五十年奉祝の内宴に御出席のため、東宮御所に行幸になる。この内宴について次の御製あり。

434 しらかんばなみたつ庭を見やりつつうからとかたるこの日うれしも

435 鮮かなるハタタテハゼ見つつうからららとかたるもたのししはすにつどひて

●昭和五十二年（一九七七）一月（76歳）

十四日　金曜日　歌会始の儀につき、皇后と共に正殿松の間に出御される。御題は「海」。

436 はるばると利島《としま》のみゆる海原の朱《あけ》にかがやく日ののぼりきて

※『おほうなばら』は、436の後に「葉牡丹」一首218、「須崎の立春」と題する三首219220221、およ

び「ゆりかもめ」一首㉒を載せる。

㉘ 冬枯の庭に彩《いろ》へる葉牡丹に集りてくるひよどりのむれ

㉙ ふぢいろのたちつぼすみれの花さきて伊豆の成宮に春たちにけり

㉚ 風さゆる須崎の丘のあさまだきみぞれふるなり白く光りて

㉛ 春たてど一しほ寒しこの庭のやぶかうじの葉も枯れにけるかな

㉒ ゆりかもめ白々と群れ春のきてのどかになりぬ桜田堀は

○同五十二年二月

二十二日　火曜日　昨年新築された常陸宮邸（渋谷区東四丁目）に行幸になる。この御訪問をお詠みなった歌は次のとおり。

437 新しき宮のやしきをおとづれて二人のよろこびききてうれしも

※『おほうなばら』は、437の後に「三月の須崎」と題する左の二首㉓㉔を載せる。

㉓ 大島は霞《かすみ》たなびきこちの風ふく入海に白波のたつ

㉔ 暖かき三井の浜に汐ひきて岩のはざまにひじきあらはる

○同五十二年四月

十七日　日曜日　（和歌山県）那智高原の第二十八回全国植樹祭会場にお着きになる。スギの苗三本をお手植えになる。皇后は、ヒノキの苗三本をお手植えになる。この度の植樹祭に寄せて、次の歌をお詠みになる。

438 かすみたつ春のひと日をのぼりきて杉うゑにけり那智高原に

（四月）十八日　月曜日　和歌山県林業センター［お手播き会場並びに林業展示会場］に御到着になる。天皇はスギの種子を、皇后はヒノキの種子をそれぞれ播かれる。ついで、南海電鉄高野山駅に御着車になる。それより、鳥羽天皇皇后藤原得子［美福門院］が葬られている高野山陵を御参拝になる。参道を徒歩にて進まれ、霊元天皇始め天皇・皇族二十四方の髪・歯・爪などが埋納された髪歯爪塔を御参拝になる。

なお、高野山行幸について次の歌をお詠みになる。

439 史《ふみ》に見るおくつきどころををがみつつ杉大樹並《おほきな》む山のぼりゆく

○同五十二年十月

二日　日曜日　青森県総合運動場陸上競技場において行われる第三十二回国民体育大会開会式に臨まれる。同開会式に寄せて、次の歌をお詠みになる。

440 花火ひらき風船あがり青森の秋の広場に若きらつどふ

（十月）三日　月曜日　この度の青森県行幸についての御製は次のとおり。

441 弘前の秋はゆたけしりんごの実小山田の園をあかくいろどる

442 強き雨のまがにもめげず青森のあがたの小田に稲穂いろづく

443 東岳薄藍色にそびえつつあたたかき秋のこのゆふべかも

※『おほうなばら』は、この三首の前に「羽田空港より青森へ」と題する左の一首㉕を載せる。

㉕ 羽田より飛び立ちてまだひまもなきに青空に白き雲のみね見ゆ

○同五十二年十一月
十七日　木曜日　日本遺族会創立三十周年記念式典に御臨場のため、千代田区の九段会館に行幸になる。次の歌をお詠みになる。

444　みそとせをへにける今日ものこされしうからの幸をただいのるなり

※『おほうなばら』は、444の後に「新月」一首(226)と、「入道雲」一首(227)を載せる。

(226)　**さえわたる伊豆の成宮屋根の上の夜空に遠くみかづきの光《て》る**

(227)　**初秋の空すみわたり雲の峯ひざかりにそびゆ那須岳の辺に**

●昭和五十三年（一九七八）一月（77歳）

十二日　木曜日　正殿松の間に出御され、**歌会始の儀**を行われる。この年の御題は「母」。

御製

445　母宮のひろひたまへるまてばしひ焼きていただけり秋のみそのに

※この時の皇后宮御歌「今もなほ母のいまさばいかばかりよろこびまさむうまごらをみて」

※『おほうなばら』は、445の後に「春一番　二月二日」と題する左の二首㉘㉙を載せる。

㉘　春はやく南風《はえ》ふきたてて鳴神のとどろく夜なり雨ふりしきる

㉙　ふくじゆさうの蕾もみえて春の苑《その》木々の芽ぶきの日ごとのどけし

○同五十三年五月

二十日　土曜日　高知県において開催される第二十九回全国植樹祭に御臨場、併せて地方事情を御視察のため二十四日まで同県に行幸になる。五台山麓の高知県護国神社に御到着になる。ついで同県出身の植物学者牧野富太郎を顕彰するため、五台山に設立された高知県立牧野植物園に向かわれる。この植物園御訪問に寄せて、次の歌をお詠みになる。

446　さまざまの草木をみつつ歩みきて牧野の銅像の前に立ちたり

（五月）二十一日　日曜日　お手播き会場である香美郡土佐山田町の高知県林業試験場に向かわ

れる。ヤナセスギ、トサミズキを御播種になる。このお手播きについて、次の歌をお詠みになる。

447　とさみづきの種蒔きをへてうつくしく花さく春の日をまたむとす

土佐山田町の甫喜ヶ峰森林公園に向かわれる。ヤマモモ〔県花〕一本・ヤナセスギ〔県木〕二本をお手植えになる。この植樹祭に寄せて、次の歌をお詠みになる。

448　甫喜《ほき》ヶ峰みどり茂りてわざはひをふせぐ守りになれとぞ思ふ

○同五十三年九月

四日　月曜日　午前、（栃木県）沼原にお出ましになり、植物を御調査になる。沼原湿原は日照り続きのためほとんど水がなく、地割れが生じていた。このことにつき次の御製あり。

449　湿原とふ沼原に地割れあるを見て雨のすくなきことにおどろく

※『おほうなばら』は、449に続けて左の三首㉚㉛㉜も載せる。

(230) 見はるかす那須の高嶺の浮雲は夕日にはえてあかねににほふ

(231) 我が庭の秋の御空の積雲はあかねのいろにほのぼのにほふ

(232) すみわたる秋空たかくそびえたつ榛名《はるな》の山はなつかしきかも

○同五十三年十月

十四日　土曜日　(長野県) 上水内郡戸隠村の戸隠森林植物園に向かわれる。園内の高山植物やシナノキ・チマキザサなどを御覧になり、みどりが池ではカルガモに御手ずから餌をお与えになる。この度の戸隠御訪問につき、次の御製あり。

450 秋ふけて緑すくなき森の中ゆもとまゆみはあかくみのれり

(十月) 十五日　日曜日　午前、松本市大字芳川野溝の長野県繊維工業試験場に向かわれる。コンピューター試験・織物試験・手織物試験・メリヤス試験などの模様を御視察になる。同所の御視察に関して、次の御製あり。

451 コンピューター入れて布地を織りなせるすすみたるわざに心ひかるる

次に第三十三回国民体育大会秋季大会開会式に御臨場のため、式場の長野県松本運動公園陸上競技場に向かわれる。長野国民体育大会に寄せて、次の歌をお詠みになる。

452 **秋ふかき広場に若人のつどひきてやまびこ国体ひらかれむとす**

※『おほうなばら』は、452の後に「中央線の車中にて」と題する一首㉝、および「須崎にて」と題する一首㉞を載せる。

㉝ **山々の峯のたえまにはるけくも富士は見えたり秋晴れの空**

㉞ **大島をさして飛びゆくほしがらす須崎の丘にやすむにやあらむ**

●昭和五十四年(一九七九) 一月 (78歳)

十二日 金曜日 正殿松の間に出御され、歌会始の儀を行われる。この年の御題は「丘」。

453 **都井岬《とゐみさき》の丘のかたへに蘇鉄《そてつ》見ゆここは自生地の北限にして**

※『おほうなばら』は、453の次に左の一首㉟を載せる。

㉟ 初春の須崎の浜は水仙の花さきみちてかをりけるかも

○同五十四年五月

二十六日　土曜日　愛知県において開催される第三十回全国植樹祭に御臨場、お手播き会場である**南設楽**《したら》**郡鳳来町**の愛知県民の森に御到着になる。スギの種子をお手播きになる。皇后はヒノキの種子をお手播きになる。このお手播きに関する御製は次のとおり。

454 **杉の種鳳来**《ほうらい》**町に蒔きをへてこのはづくなく山を見放**《さ》**けぬ**

（五月）二十七日　日曜日　第三十回全国植樹祭会場である西加茂郡藤岡町の**藤岡県有林**に向かわれる。ヒノキの苗三本をお手植えになる。皇后は、ハナノキの苗三本をお手植えになる。この植樹祭に関する御製は次のとおり。

455 **初夏の猿投**《さなげ》**のさとに苗うゑてあがたびとらのさちをいのれり**

ついで、海部郡蟹江《かにえ》町の愛知県蟹江川排水機場に向かわれる。**蟹江町一帯**は昭和三十四年伊勢湾台風の際に大きな被害が生じた地でもあり、この御視察に関して次の歌をお詠みになる。

456 **台風のまがなきことをいのりつつ排水機場をわれは見たりき**

（五月）二十九日　**火曜日**　財団法人**博物館明治村**を御訪問になる。動態展示として運行される京都市電［明治二十八年日本初の市街路面電車として開業した］に御乗車になり、続いて蒸気機関車［明治七年より新橋・横浜間を運行した］の牽引する客車にお乗りになる。移築された帝国ホテル中央玄関・日赤中央病院棟・三重県庁舎・二重橋飾電灯［明治二十一年宮城正門鉄橋に設置］等を御覧の後、学習院長官舎を御覧になる。

この御視察につき次の御製あり。

457 **人力車瓦斯《ガス》灯などをここに見てなつかしみ思ふ明治の御代を**

※『おほうなばら』は、457の後に「那須」と題する左の三首㉓㉔㉕を載せる。

㉖ 夏の風涼しき森の木下闇えぞあぢさゐの花さきにほふ
㉗ 沼原をめざしてゆけばところどころ木立のかたへをみなへしさく
㉘ 秋なれやわが庭にみのる白桃をながめておもふ岡山の里

○同五十四年十月
十四日　日曜日　国民体育大会開会式会場である宮崎県総合運動公園陸上競技場に向かわれる。この国民体育大会について、詠まれた御製は次のとおり。

458　若人の競ふ広場を囲みたるカナリー椰子《やし》に南国を思ふ

（十月）十五日　月曜日　宮崎市郊外の宮崎自然休養林にお着きになり、バイカアマチャ［宮崎県が分布の南限域］、ヒュウガギボウシ［加江田渓谷が種の誕生地と推定される］、アツバニガナ［宮崎県が分布の北限域］等を御観察になる。この御散策について次の御製あり。

459　蘚《こけ》むせる岩の谷間におひしげるあまたのしだは見つつたのしも

（十月）十六日　**火曜日**　西都市の特別史跡公園**西都原古墳**《さいとばる》群に向かわれる。西都原資料館に移られ、舟形埴輪・家形埴輪・出土鏡・出土馬具などの展示品を御覧になる。また、地下式横穴墓から出土した人骨を御覧の際、熊襲との関係について御質問になる。なお、この度の御訪問につき、次の歌をお詠みになる。

460　掘りいでし風土記の岡の品々を見つつし思ふ遠き世の史《ふみ》

○同五十四年十二月

三日　**月曜日**　地方事情を御視察のため、奈良県に行幸になる。奈良県庁に御着後、昭和二十六年の行幸時に知事公舎［御泊所］にて使用された机と椅子［行幸中、対日平和条約批准書への御署名に使用された］、及びその机上に陳列された太安万侶墓誌及び真珠［ともに本年一月に奈良市田原地区より出土］、人面墨書土器［大和郡山市稗田遺跡より出土］についての説明も受けられる。平城京の復元模型［縮尺千分の一］を御覧の後、聖武天皇陵［佐保山南陵］・聖武天皇皇后陵［佐保山東陵］に向かわれる。

次に、正倉院事務所を御訪問になり、北倉・中倉・南倉の各倉から選ばれた二十点の宝物［東大寺献物帳や螺鈿紫檀五絃琵琶ほか］を御覧になる。この日の**正倉院行幸**につき、次の歌をお詠みになる。

461　遠つおやのいつき給へるかずかずの正倉院のたからを見たり

462　冷々としたるゆふべに校倉《あぜくら》のはなしをききつつ古《いにしへ》を思ふ

（十二月）四日　火曜日　高市郡明日香村にある国営飛鳥歴史公園内の甘樫《あまかし》丘に向かわれる。展望台において大阪大学名誉教授犬養孝より、持統天皇御製を始め万葉集歌の朗詠を交えた説明を受けられつつ、西方の金剛・葛城の峰々や大津皇子墓のある二上山、北方の藤原宮跡・天香久山・東方の三輪山・飛鳥板蓋宮伝承地・大原の里［藤原鎌足生誕の地］等を御展望になる。この御展望につき次の御製あり。

463　丘に立ち歌をききつつ遠つおやのしろしめしたる世をししのびぬ

（十二月）五日　水曜日　生駒郡斑鳩町の法隆寺に向かわれる。金堂内において釈迦三尊像［止利仏師作］、薬師如来坐像、再現金堂壁画［昭和二十四年焼損のものを再現］などを、五重塔内において釈迦の事績を表現した塑像群を御巡覧になる。また、大講堂より伽藍の景観を御展望になる。

それより収蔵庫において、焼損した金堂の柱や壁画、玉虫厨子、百済観音、聖徳太子二歳像［この像に掛けられたお衣は皇后が御結婚前にお手縫いになり同寺に納められたもの］等を、夢殿［国宝］においては特別に開かれた扉より救世観音像を御覧になる。

この日の法隆寺行幸につき、次の御製あり。

464

過ぎし日に炎をうけし法隆寺たちなほれるをけふはきて見ぬ

第九章

昭和五十年代の後半

昭和 58 年（1983）11 月 10 日、皇居で米国のレーガン大統領夫妻をご歓迎（82 歳）

●昭和五十五年（一九八〇）一月（79歳）

十日　木曜日　正殿松の間に出御され、歌会始の儀を行われる。この年の御題は「桜」。

465 紅《くれなゐ》のしだれざくらの大池にかげをうつして春ゆたかなり

※『おほうなばら』は、465の後に「須崎の春」と題する左の二首㉓⑨㉔⓪を載せる。

㉓⑨ うばめがししげれる岡ゆふりさくる利島に今朝はかすみかかれり

㉔⓪ 朝風に白波たてりしかすがに霞の中の伊豆の大島

○同五十五年二月

二十三日　土曜日　この日、満二十歳に達した徳仁親王の成年式が行われる。徳仁親王成年式に関して、次の歌をお詠みになる。

466 初春におとなとなれる浩宮のたちまさりゆくおひたちいのる

○同五十五年五月

二十二日　**木曜日**　三重県において開催される第三十一回**全国植樹祭**に御臨場、併せて神宮御参拝及び地方事情を御視察のため、同県に行幸になる。志摩郡阿児町の御泊所、志摩観光ホテルに御到着後、屋上より英虞湾を御展望になる。

※『おほうなばら』は、466の次に「賢島宝生の鼻」と題する左の一首㉑を載せる。

㉑　**花のさくそよごうばめがし生ひ茂り浜辺の岡はこきみどりなり**

（五月）二十三日　**金曜日**　**豊受大神宮**［外宮］に御到着、御拝礼になる。続いて、皇后も同様に御拝礼になる。ついで、**皇大神宮**［内宮］に御到着、御拝礼になる。続いて、皇后も同様に御拝礼になる。終わって、内宮斎館御座所において神宮祭主鷹司和子の挨拶をお受けになる。この御参拝につき、次の歌をお詠みになる。

467　**五月晴内外《うちと》の宮にいのりけり人びとのさちと世のたひらぎを**

（五月）二十五日　**日曜日**　**全国植樹祭に御臨場**のため会場の三重県民の森に向かわれる。ヒノキ苗三本をお手植えになる。皇后は、ヒノキ苗三本をお手植えになる。この植樹祭に寄せて、次の歌をお詠みになる。

468　人びととうゑたる苗のそだつとき菰野《こもの》のさとに緑満つらむ

○同五十五年七月

三日　木曜日　**箱根神社**に向かわれる。神社内のヒメシャラの群生等を御観察になる。この箱根御旅行について次の御製あり。

469　岩かげにおほやましもつけ咲きにほふところどころのももいろの花

470　若きころ登りし山をなつかしみかへりみてゆく旅はたのしき

○同五十五年八月

二十八日　木曜日　（那須）**嚶鳴亭**にお出ましになり、知事より献上されたキジ五十羽を放たれる。この放鳥について次の御製あり。

471　このたびは今までになくきほひよくきぎすは手よりとびたちにけり

※『おほうなばら』は、471の前に「那須　箒川のほとり滝岡にて」と題する左の一首㉔㉒を載せる。

㉔㉒　小雨ふる那須野が原を流れゆく小川にすめりみやこたなごは

○同五十五年十月

十二日　日曜日　第三十五回国民体育大会開会式会場の栃木県総合運動公園陸上競技場に臨まれる。この度の国民体育大会に寄せて、次の歌をお詠みになる。

472　とちのきの生ふる野山に若人はあがたのほまれをになひてきそふ

○同五十五年十一月

六日　木曜日　明治神宮鎮座六十年祭につき御参拝のため、明治神宮に行幸になる。明治天皇を偲ばれてお詠みになった歌は次のとおり。

473　外《と》つ国の人もたたふるおほみうたいまさらにおもふむそぢのまつりに

※『おほうなばら』は、473の後に「東優子の結婚　十二月三日」として左の一首㉓を載せる。東優子は東久邇盛厚と成子内親王の次女で、東作興と結婚。

㉓　はるかなるブラジルの国のあけくれをやすらけくあれとただいのるなり

●昭和五十六年（一九八一）一月（80歳）

十三日　火曜日　正殿松の間に出御され、**歌会始の儀**を行われる。皇后は御欠席になる。本年の御題は「音」。

474　伊豆の海のどかなりけり貝をとる海人《あま》の磯笛の音のきこえて

（一月）十七日　土曜日　昨年六月十七日に落成した千代田区霞が関の**警視庁本部庁舎**を御視察のため、同所に行幸になる。この度の行幸について次の御製あり。

475　新しき館を見つつ警察の世をまもるためのいたつきを思ふ

○同五十六年三月

七日　土曜日　出光興産株式会社の創業者**出光佐三**が死去する。天皇は同人の死去を悼み、次の歌をお詠みになる。

476　国のためひとよつらぬき尽したるきみまた去りぬさびしと思ふ

出光は昭和十五年に出光興産株式会社を設立し、戦後は二十八年に英国と係争中のイラン国からの石油輸入に成功するなど、同社を国内有数の石油元売会社に発展させた。

(三月) 九日　月曜日　侍従職御用掛**富山一郎**、この日死去につき、天皇・皇后より祭粢料を賜い、霊前に切花・押物等をお供えになる。富山は東京帝国大学・同大学院で魚類分類学を専攻し、東京大学助教授であった昭和二十四年十月より、侍従職御用掛として天皇の御研究のお相手を務める。長年にわたり御研究に奉仕した富山の死去に際し、次の歌をお詠みになる。

477　幾年もわれのまなびを助けくれしきみあかつきにきえしと聞きぬ

※『おほうなばら』は、477の後に「春一番　三月十五日」と題する一首㉔④、および「春潮」と題する二首㉔⑤㉔⑥を載せる。

244　**南風《はえ》つよく雨もはげしき春のあらしことしはおくれてやうやくきにけり**

245　**人々の子らうちつれて汐のひく春の浜辺にあそぶさま見ゆ**

246　**春さりて朝うららかに汐のひく磯のいはまは魚むれて居り**

○同五十六年五月

二十二日　**金曜日**　奈良県において開催される第三十二回**全国植樹祭に御臨場**、併せて地方事情を御視察のため、二十五日まで奈良県及び兵庫県に行幸になる。神武天皇陵［畝傍山東北陵］を御拝礼になる。ついで、皇后が御拝礼になる。終わって、吉野郡吉野町の御泊所竹林院群芳園に御到着になる。

（五月）二十三日　**土曜日**　天皇お一方にて**妹山**に向かわれ、御登山になり、林床に群生するテンダイウヤク・ツルマンリョウ等を御覧になる。

次に東大寺に御到着になる。昨年に大修理を終えた大仏殿内を御視察になり、盧舎那仏の蓮華台までお登りになる。この東大寺御視察に関して次の御製あり。

478　いくたびか禍《まが》をうけたる大仏もたちなほりたり皆のさちとなれ

※『おほうなばら』は、478の後に「妹山にて」と題する一首㉔⑦を載せる。

㉔⑦　妹山のつるまんりやうはつぶらしひの花さく森の下かげにおふ

（五月）二十四日　日曜日　全国植樹祭会場である平城宮跡に向かわれる。イチイガシの苗一本をお手植えになる。皇后も、イチイガシの苗一本をお手植えになる。続いて、吉野スギの種子をお手播きになる。皇后は、ヤマザクラの種子をお手播きになる。この植樹祭につき次の御製あり。

479　いちひがしの苗うゑをへて吉野杉の種まきにけり宮居の跡に

（五月）二十五日　月曜日　神戸新交通ポートアイランド線の市民広場駅に向かわれる。ポートライナーは、コンピューター操作により無人運転される世界初の新交通システムで、この度の御乗車につき次の御製あり。

480　めづらかにコンピューターにて動きゆく電車に乗りぬここちよきかな

※『おほうなばら』は、480の後に「県立伊香保森林公園にて　六月三日」と題する左の二首㉔⑧㉔⑨を載せる。

㉔⑧　伊香保山森の岩間に茂りたるしらねわらびのみどり目にしむ

㉔⑨　須崎より帰りきにけるわが庭にはなあやめさけりつゆさむのけふ

○同五十六年七月

二十九日　水曜日　午後、沖縄県の児童・生徒による「**沖縄の民謡・舞踊のつどい**」に御臨席のため、桃華楽堂に皇后と共にお出ましになる。御到着後、琉球舞踊の「赤馬節」「上り口説」、三線の「安里屋ユンタ」、琉球舞踊の「くわでーさ」「鳩間節」「豊年の歌」、沖縄民謡の「てぃんさぐの花」「芭蕉布」を御鑑賞になる。

この度の催しは、昭和三十七年（一九六二）から行われている本土と沖縄の小中学生の「豆記者交歓会」がこの年二十回目を迎えるに当たり、その記念として行われた。この催しに関する御製は次のとおり。

481　沖縄の昔のてぶり子供らはしらべにあはせたくみにをどる

※『おほうなばら』は、481の後に「那須における台風　八月二十三日」と題する一首㉕⓪、「嚶鳴亭付近放鳥　八月二十四日」と題する一首㉕①を載せる。

㉕⓪　野分の風ふきあれくるひ高原の谷間のみちはとざされにけり

㉕①　山鳥の百日たちたる幼鳥をはじめてはなつ朝はれわたる

○同五十六年十月

十三日　火曜日　第三十六回国民体育大会開会式に御臨場のため、お一方にて会場である大津市の皇子山総合運動公園陸上競技場に向かわれる。この国民体育大会に寄せて、次の歌をお詠みになる。

482　秋ふかき琵琶湖《びはこ》をはさみ若人は力をつくしきそひけるかも

○同五十六年十一月

二十五日　水曜日　**侍従山本岩雄**［侍従職事務主管］昨二十四日死去、山本は昭和三十八年以来、長きにわたり侍従として奉仕した。山本の死去に際し、次の歌をお詠みになる。

483　**夜昼のつとめにはげみ若くしてうせにしきみをしみじみおもふ**

○同五十六年十二月

二十五日　金曜日　**管理部技術補佐員秋元末吉**昨二十四日死去につき、天皇・皇后より祭粢料を賜う。秋元は昭和二十一年（一九四六）より天皇の那須御用邸御滞在中における案内役を務めた。なお、秋元の死去に際し、次の歌をお詠みになる。

484　**はじめより那須成宮《なるみや》に勤めたるきみをおもへば来む年さびし**

●**昭和五十七年（一九八二）一月（81歳）**

十三日　水曜日　正殿松の間に出御され、**歌会始の儀**を行われる。この年の御題は「橋」。

485　ふじのみね雲間に見えて富士川の橋わたる今の時のま惜しも

※『おほうなばら』は、485に続けて左の一首252、その後に「東照宮の裏の仏岩にて」と題する一首253、「霧降高原にて」と題する一首254を載せる。

252　のどかなる春の風ふく朝庭に福寿草はも花さきにほふ

253　宮の裏にしげれる森のこしたやみこあつもりさうはあはれに咲けり

254　高原のそぞろありきにかたくりのあかむらさきの花を見たりき

○同五十七年五月

二十三日　日曜日　宇都宮駅より矢板駅を経て、第三十三回全国植樹祭の会場である矢板市の県民の森に向かわれる。トチノキの苗一本、スギの苗二本をお手植えになる。皇后は、トチノキの苗一本、ヒノキの苗二本をお手植えになる。お野立所の前に設けられた放鳥箱の紐をお引きになり、ヤマドリ約二百羽を放たれる。

この植樹祭に寄せて、次の歌をお詠みになる。

486　栃と杉の苗植ゑをへて山鳥をはなちたりけり矢板の岡に

※『おほうなばら』は、486に続けて左の一首㉕を載せる。

㉕ **晴れわたる宿の晨は清らかに雪をいただく奥白根見ゆ**

487

（五月）二十四日　月曜日　大田原市滝岡の国の天然記念物であるミヤコタナゴ［コイ科の淡水魚］を御観察になる。当地には一昨年十月十三日に行幸になったが、その折には雨天でよく御観察になれなかったため、この度再度の御訪問となった。この御視察に関する御製は次のとおり。

流れゆくいささ小川の藻のかげに夏日に映えて小さかなおよぐ

※『おほうなばら』は、「那須滝岡の小川にて（みやこたなご）」と題して、487に続けて左の四首㉖～㉙を載せる。

㉖ **さんしゆゆの花を見ながら公魚《わかさぎ》と菜の花漬を昼にたうべぬ**

㉗ **わが庭のひとつばたごを見つつ思ふ海のかなたの対馬の春を**

㉘ **わが庭のそぞろありきも楽しからずわざはひ多き今の世を思へば**

㉙ **八月なる嵐はやみて夏の夜の空に望月のかがやきにけり**

○同五十七年十月

三日　日曜日　第三十七回国民体育大会秋季大会開会式に御臨場のため、式場の松江市営陸上競技場に向かわれる。この国民体育大会に寄せて、次の歌をお詠みになる。

488　きその雨いつとしもなく晴れゆきて秋の松江に国体はひらく

（十月）四日　月曜日　八束郡宍道町の木幡家住宅［国の重要文化財、享保十八年建築］を御訪問になる。皇太子嘉仁親王の明治四十年山陰行啓における行在所「飛雲閣」の外観や、同家住宅の内部を御覧になる。ついで、出雲大社に向かわれる。次に、日御碕神社に御着になる。この御参拝について、次の歌をお詠みになる。

489　秋の果の碕《みさき》の浜のみやしろにをろがみ祈る世のたひらぎを

（十月）二十九日　金曜日　千葉県行徳野鳥観察舎及び宮内庁新浜鴨場を御視察のため、市川市に行幸になる。この日の行幸につき次の御製あり。

490　秋ふくる行徳《ぎやうとく》の海を見わたせばすずがもはむれて渚にいこふ

○同五十七年十一月
十五日　月曜日　東京都八丈島及び三宅島を御視察のため、同地へ行幸になる。八丈島を御訪問になるのは、昭和四年五月以来五十三年ぶりで、三宅島へは初めての行幸である。次に（八丈島）南原千畳岩に移動され、黄八丈染元を御訪問になり、その際、昭和二十六年に皇后より下賜された小石丸［紅葉山御養蚕所の蚕］から黄八丈が織られたことをお聞きになる。
この下賜は、かつて貞明皇后が黄八丈をお知りになり、小石丸を下賜されることを望んでおられながら、果たせぬまま崩御されたことを承けたものである。このことにつき、次の歌をお詠みになる。

491　小石丸《こいしまる》の糸の話を島人より聞きて母宮をしのびけるかも

※『おほうなばら』は、491の前に「八丈島にて」と題する左の一首㉖⓪を載せる。
㉖⓪　暖かき八丈島の道ゆけば西山そびゆふじの姿して

（十一月）十七日　水曜日　三宅村の七島展望台に向かわれる。御着後、東京都三宅支庁長村野博志の説明により、霧のかかる中、伊豆七島・村営牧場・雄山方面を御展望になる。三宅島の縄文時代以来の出土遺物、木造楽面［東京都指定の有形文化財］、普済院銅鉦［三宅村指定の有形文化財］、三宅島に生息するカンムリウミスズメ［国の天然記念物］等の野鳥やハコネコメツツジ等の植物に関する写真パネルなどを御覧になる。

この度の三宅島行幸について、次の歌をお詠みになる。

492　**住む人の幸いのりつつ三宅島のゆたけき自然に見入りけるかな**

※『おほうなばら』は、492の後に左の一首㉛と、その次に「新しく葉山の家の立ちて」と題する二首㉜㉝を載せる。

㉛　やうやくに霜枯れそむるわが庭にもみぢのいろのうすくこく見ゆ

㉜　浜をゆく提灯行列にこたへつつわれらもともにともしびをふる

㉝　晴れわたる夜空に里人の打ちあげし花火はたのしひさしぶりなり

●昭和五十八年（一九八三）一月（82歳）

十四日　金曜日　正殿松の間に出御され、歌会始の儀を行われる。本年の御題は「島」。

御製

493
凪《な》ぎわたる朝明《あさけ》の海のかなたにはほのぼのかすむ伊豆の大島

※この時の皇后宮御歌「島人のたつき支へし黄八丈《きはちぢやう》の染めの草木をけふ見つるかな」

※『おほうなばら』は、493の後に「花見」と題する左の二首㉖㉖を載せる。

㉖④ たつ春の須崎の岡にさきにほふあたみざくらの花を見にけり

㉖⑤ 春なれや桜を見むと堀のべにわれは来にけり人もきにけり

○同五十八年四月

五日　火曜日　宮内庁御用掛木俣修二［修］、昨四日死去につき、天皇・皇后より祭粢料を賜い、霊前に切花及び菓子をお供えになる。木俣は歌人・国文学者として知られ、昭和三十四年（一九五九）より歌会始詠進歌の選者をほぼ毎年務めた。三十五年に侍従職御用掛、翌年に宮内庁御用掛となり、天皇及び皇后・正仁親王の歌作のお相手を奉仕した。また四十九年（一九七四）に刊行された天皇・皇后御結婚満五十年記念の御製・御歌集『あけぼの集』の編纂に尽力した。

木俣の死去を悼み、次の歌をお詠みになる。

494 **義宮に歌合せなどを教へくれし君をおもへばかなしみつきず**

○同五十八年五月
二十二日　日曜日　第三十四回**全国植樹祭の会場**である河北郡津幡町の石川県森林公園に向かわれる。アテ苗一本及びスギ苗二本をお手植えになる。この植樹祭に寄せて、次の歌をお詠みになる。

495 **津幡《つばた》なる県《あがた》の森を人びとのいこひになれと苗うゑにけり**

御昼食の後、**羽咋市の気多神社**に向かわれ、「入らずの森」と称される社叢［昭和四十二年国の天然記念物に指定］に入られ、北陸地方の原生的林相を伝える社叢の植物を御観察になる。この御観察について次の御製あり。

496　斧《をの》入らぬみやしろの森めづらかにからたちばなの生ふるを見たり

※『おほうなばら』は、496の後に「埼玉県の旅行　行田《ぎやうだ》の足袋を思ふ」と題する左の一首㉖㉖、その後に「那須の夏」二首㉖㉗㉖㉘、「初秋」一首㉖㉙、および「キャンプ」と題する一首㉗⓪を載せる。

㉖㉖　足袋《たび》はきて葉山の磯を調べたるむかしおもへばなつかしくして
㉖㉗　雨やみて森のかなたの夏空を鳴きてすぎゆくやまほととぎす
㉖㉘　夏山のゆふくるる庭に白浜のきすげの花はすずしげにさく
㉖㉙　秋くれど暑さは厳し生業《なりはひ》の人のよろこびきけばうれしも
㉗⓪　ボーイスカウトのキャンプにくははりし時の話浩宮より聞きしことあり

○同五十八年十月

十四日　金曜日　第三十八回国民体育大会秋季大会に御臨場、併せて地方事情を御視察のため、十六日まで群馬県に行幸になる。赤城山頂の覚満淵に向かわれ、エゾシロネやアカギキンポウゲなどの植物を御覧になる。
この御視察につき、次の歌をお詠みになる。

497 秋くれて木々の紅葉は枯れ残るさびしくもあるか覚満淵《かくまんぶち》は

（十月）十五日　土曜日　第三十八回国民体育大会開会式に御臨場のため、会場である前橋市の敷島公園群馬県営陸上競技場に向かわれる。この度の国体に寄せて、次の歌をお詠みになる。

498 若人の居並ぶ秋に赤城山みえてたのもし炬火《きよか》の進みゆく

499 薄青く赤城そびえて前橋の広場に人びとよろこびつどふ

（十月）十六日　日曜日　伊勢崎市役所に御到着になる。窓から赤城山と日光連山を御展望になる。今回の行幸につき、次の歌をお詠みになる。

500 そびえたる三つの遠山みえにけり上毛野《かみつけの》の秋の野は晴れわたる

（十月）二十六日　水曜日　国営昭和記念公園開園式典に御臨席のため、（東京都）立川市及び昭島市に跨がる同園に行幸になる。式典終了後、カナール［噴水と水の流れのある広場］を御視察になり、同公園御訪問につき次の歌をお詠みになる。

501　秋ふかきカナールのほとりに色づける公孫樹《いちやう》並木の黄なるしづけさ

※『おほうなばら』は、501の後に「蜜柑《みかん》山」一首㉗、その後に「須崎の冬」一首㉗を載せる。

㉗　小田原をすぐれば山に黄なる実の蜜柑はなれりかがやきて見ゆ

㉗　冬空の月の光は冴えわたりあまねくてれり伊豆の海原

●昭和五十九年（一九八四）一月（83歳）

十二日　木曜日　正殿松の間に出御され、歌会始の儀を行われる。この年の御題は「緑」。

502　潮ひきし須崎の浜の岩の面みどりにしげるうすばあをのり

※『おほうなばら』は、502の後に「千葉県南房総方面旅行」と題する左の二首㉗㉗、その次に「鴨川シーワールドにて」と題する一首㉗、および「三月中旬の伊豆須崎」一首㉗を載せる。

㉗ この海はアメリカまでもはるばるとつづくと思ふ鴨川の宿

㉗ みわたせば町の灯りのかがやけり白波は浜にくだけてやまず

㉗ いと聡《さと》きばんどういるかとさかまたのともにをどるはおもしろきかな

㉗ あたたかき須崎の岡も春寒くあたみざくらのまだ咲きのこる

○同五十九年四月

九日　月曜日　来る十一日の昭憲皇太后七十年祭に先立ち明治神宮を御参拝のため、同神宮に行幸される。この行幸につき、次の歌をお詠みになる。

503 祖母の宮のかむあがりよりななそぢへぬそのかみの静浦《しづうら》思へばなつかし

（四月）二十二日　日曜日　去る四月十日に銀婚式を迎えた皇太子・同妃の招待により、東宮御所に行幸になる。この行幸に関する御製は次のとおり。

504　桜の花さきさかる庭に東宮らとそぞろにゆけばたのしかりけり

○同五十九年五月
二十日　日曜日　第三十五回全国植樹祭の植樹行事会場である（鹿児島県姶良郡）自然教育の森に向かわれる。スギの苗三本をお手植えになる。この植樹祭に寄せて、次の歌をお詠みになる。

505　霧島の麓《ふもと》に苗をうゑにけりこの丘訪ひしむかし偲びて

※『おほうなばら』は、505の後に「城山観光ホテルにて　五月十九日」、「ホテル林田温泉の朝五月二十一日」と題する左の各一首㉗㉘、およびその後に「那須にて」と題する二首㉙㉚を載せる。

㉗　朝ぼらけ雲のかかれる桜島は波しづかなるうなばらにみゆ
㉘　みわたせばしづかなる朝をちかたに白きけむりのたつ桜島
㉙　石塀を走り渡れるにほんりすのすがたはいとし夏たけし朝
㉚　いつとなくにつこうきすげひろごりて黄にそみにけり夏の沼原

○同五十九年八月

一日　水曜日　日本鳥学会評議員葛精一、去る七月二十九日死去につき、霊前に菓子を賜う。葛は昭和四年以来、吹上御苑・紅葉山・御内庭における野鳥の巣箱調査等に従事した。葛の死去に関し次の御製あり。

506 幾年もきぎすとともにくらしたる君きえしかな秋の日さびし

（八月）八日　水曜日　東北大学名誉教授木村有香・京都大学名誉教授北村四郎・東京教育大学名誉教授伊藤洋・東京大学名誉教授原寛を伴われ、那須町芦野において遊行柳の調査を行われる。この地は松尾芭蕉の『奥の細道』に見える旧跡でもあり、この御調査について次の歌をお詠みになる。

507 里社の遊行柳《ゆぎやうやなぎ》をみておもふ名に負ふ芭蕉の奥の細道
508 秋たちて里の社に博士らと遊行柳をみてかたりけり

※『おほうなばら』は、508の後に「ロサンゼルス・オリンピック」と題する左の一首㉘1を載せる。

㉘1 外つ国人とをしくきそふ若人の心はうれし勝ちにこだはらず

（八月）十一日　土曜日　この日、北白川房子の十年祭が行われるにつき、お出ましを控えられる。この十年祭につき、次の歌をお詠みになる。

509 古事《ふるごと》をしのぶ初秋叔母上のみまつりもはやととせとなりぬ

○同五十九年九月

二十五日　火曜日　福島県を御視察のため、福島市の福島県果樹試験場に御到着になる。ナシ［二十世紀］を御手ずから収穫される。続いて、ブドウ圃場・リンゴ圃場を御巡覧になる。この御視察に関し次の御製あり。

510 黄の色にみのりたる実をもぎとれり梨の畑の秋ゆたかなる

※『おほうなばら』は、510の後に「天鏡閣　九月二十六日」一首㉘2、および「福島県の旅」一首㉘3を載せる。

㉜ むそぢ前に泊りし館の思出もほとほときえぬ秋の日さびし
㉝ 雲もなき安達太良山《あだたらやま》のすその田にいなつかならぶゆたかなる秋

○同五十九年十月

十二日　金曜日　春日大社万葉植物園を御訪問になる。万葉集に詠まれた草木であるイネ・イチイガシ・ナンバンギセル・ハギ・ムラサキ・アカネ等を御覧になる。続いて、春日大社ナギ樹林に移られ、ナギ［マキ科］の大群落を御観察になる。この御訪問に関する御製は次のとおり。

511 珍しきなぎの林をみておもふ人のあがむる宮のまもりと

御泊所奈良ホテルにおいて御昼食の後、第三十九回国民体育大会開会式に御臨場のため、式場の奈良市鴻ノ池陸上競技場に向かわれる。この国民体育大会に寄せて、次の歌をお詠みになる。

512 若草山見ゆる広場の秋晴にあまたの人のよろこびつどふ

第十章
昭和六十年代の前半

昭和 63（1988）8 月 15 日、政府主催の全国戦没者追悼式にご臨席（87 歳）

●昭和六十年（一九八五）一月（84歳）

十日　木曜日　正殿松の間に出御され、歌会始の儀を行われる。この年の御題は「旅」。

513　遠つおやのしろしめしたる大和路の歴史をしのびけふも旅ゆく

※『おほうなばら』は、513の後に「伊豆須崎にて　三月」二首㉘㉔㉘㉕、「春灯」二首㉘㉖㉘㉗、および「茨城県の旅　筑波山にて　四月」二首㉘㉘㉘㉙、「国際科学技術博覧会　南太平洋、アフリカ、ソ連、大韓民国、タイ、中国の館にて」一首㉙⓪、「リニアモーターカーに乗りて」一首㉙①の計八首を載せる。

㉘㉔　成宮の室の中にてほたるいかひかりはなつをこの目に見たり
㉘㉕　春の海光るほたるいか集りて網代《あじろ》の夜はうつくしからむ
㉘㉖　ほのぼのと霞たなびき稲取のともしびはみゆ春の夜にして
㉘㉗　夜霞の須崎の庭を灯はほのかにてらす春さりにけり
㉘㉘　はるとらのをま白き花の穂にいでておもしろきかな筑波山の道
㉘㉙　山道にみみがたてんなんしやう花さくをたのしくみたり春草の間に
㉙⓪　知らざりし外つ国のたつきを館にてはじめて見つつたのしみにけり

㉑　リニアモーターカーに初めて乗りぬやや浮きてはやさわからねどここちよきなり

○同六十年五月

十二日　日曜日　第三十六回全国植樹祭に御臨場のため、会場である（熊本県）阿蘇郡阿蘇町の阿蘇みんなの森に向かわれる。スギの苗三本をお手植えになる。この植樹祭に寄せて次の歌をお詠みになる。

514　阿蘇山のこの高原に人びとと苗うゑをへてともに種まく

ついで、阿蘇郡高森町の南阿蘇国民休暇村を御訪問になる。はなしのぶ広場［短草型草地内］において、私立尚絅高等学校［昭和六年十一月に前身の尚絅高等女学校に行幸］のマンドリンクラブが演奏する組曲「はなしのぶ」［同クラブ技術顧問林田戦太郎作曲・指揮］の第三楽章「そよ風と野の会話」をお聴きになる。この模様について、次の歌をお詠みになる。

515　はなしのぶの歌しみじみ聞きて生徒らの心は花の如くあれと祈る

※『おほうなばら』は、515の後に「熊本にて」一首㉙②、「皇居のベニセイヨウサンザシ」一首㉙③、「嚶鳴亭の眺望」一首㉙④を載せる。

㉙② なつかしき雲仙岳と天草の島はるかなり朝晴れに見つ

㉙③ 夏庭に紅の花さきたるをイギリスの浩宮も見たるなるべし

㉙④ 秋空の果ての遠山もよく見えて那須野が原のながめはひろし

○同六十年十月

二十日　日曜日　第四十回国民体育大会開会式会場である鳥取県立布勢総合運動公園陸上競技場に向かわれる。この開会式に寄せて、次の歌をお詠みになる。

516 雨ふらぬ布勢の広場の開会式つどへる人はよろこびにみつ

※『おほうなばら』は、516の次に「米子市にて」一首㉙⑤、および「後水尾天皇を偲びまつりて」一首㉙⑥を載せる。

㉙⑤ あまたなるいか釣り舟の漁火《いさりび》は夜のうなばらにかがやきて見ゆ

(296) 建物も庭のもみぢもうつくしく池にかげうつす修学院離宮
（後者は『実録』昭和六十年（一九八五）の十一月五日条に、「昨四日放送の『秋・修学院離宮』（ＮＨＫ総合）の録画を皇后と共に御覧になる」と関連）

●昭和六十一年（一九八六）一月（85歳）

十日　金曜日　正殿松の間に出御され、歌会始の儀を行われる。この年の御題は「水」。

517　須崎なる岡をながるる桜川の水清くして海に入るなり

※『おほうなばら』は、517の後に「両国の国技館　一月十二日」一首(297)、「伊豆須崎にて」一首(298)、「須崎より帰京の車中」一首(299)を載せる。

(297) ふたたび来て見たるやかた《（館）》のこの角力さかんなるさまをよろこびにけり
(298) 寒桜と藪椿との花の蜜をめじろ吸ふなりすがたうるはし
(299) 春ながら雪をいただく富士の山《やま》相模川へだてはろばろとみゆ

○同六十一年二月

二十四日　**月曜日**　**元横浜国立大学教授酒井恒**、去る二十二日死去につき、霊前に菓子を賜う。酒井は甲殻類の研究者として知られ、日本甲殻類学会の初代会長等を務めた。昭和二十年代以来、天皇の御研究の補助を務めたほか、葉山での御採集品に基づいてまとめられた生物学御研究所編『相模湾産蟹類』〔昭和四十年、丸善より刊行〕の解説を執筆した。酒井の死去を悼み、次の歌をお詠みになる。

518　**船にのりて相模《さがみ》の海にともにいでし君去りゆきぬゆふべはさびし**

519　**幾年もかにのしらべにつくしたる博士のなきをふかくかなしむ**

○同六十一年三月

十八日　**火曜日**　午前四時二十五分頃より、（須崎）**御用邸屋上**において、望遠鏡・双眼鏡を用いてハレー彗星を御観測になる。また、土星・火星等も御観測になる。この御観測に際し、次の歌をお詠みになる。

520　**晴れわたる暁空に彗星は尾をひきながらあをじろく光《て》る**

521　暁の空にかがやく土星の輪を見しよろこびは忘れざるべし

※『おほうなばら』は、521の後に左の一首⑳と、その次に「皇居の春」と題する二首㉛㉜を載せる。

⑳　伊豆の海あまたかがやくいさり火に海人《あま》らのさちをこひねがふなり

㉛　わが庭にむらさきけまんの花あまたむらがりさけりのどかなる春

㉜　あたたかき卯月の庭の桜花ふる春雨にさきみちにけり

○同六十一年五月

十一日　日曜日　（大阪府）堺市大仙町の仁徳天皇陵［百舌鳥耳原中陵］に向かわれ、同陵を御参拝になる。ついで、第三十七回全国植樹祭会場である大仙公園に御着になり、クスノキの苗一本をお手植えになる。ついで、ヒノキの種子をお手播きになる。この植樹祭に寄せて、次の歌をお詠みになる。

522　大阪のまちもみどりになれかしとくすの若木をけふうゑにけり

和泉市の**大阪府立母子保健総合医療センター**を御訪問になる。誕生時に同センターで治療を受けた子供たちと、その母親の見送りを受けられる。その際、子供たちに御握手を賜う。

※『おほうなばら』は、522の後に左の一首㉓⓪③、その後に「須崎の夏」と題する二首㉓⓪④㉓⓪⑤、および「高松宮　二首」㉓⓪⑥㉓⓪⑦を載せる。

(303)　母子センターにはぐくまれたる子供らのよろこびのいろ見つつうれしき

(304)　葉の細きにほひゆりの花さきにほふ須崎の岡にささゆりに似て

(305)　夏たけて岡の林にかかりたるていかかづらのしろき花さく

(306)　うれはしき病となりし弟をおもひつつ秘めて那須に来にけり

(307)　成宮に声たてでなくほととぎすあはれにきこえ弟をおもふ

○同六十一年八月

六日　水曜日　広島原爆の日に当たり、（那須の御用邸で）お出ましをお控えになる。**文化勲章受章者木原均**［日本学士院会員］去る七月二十七日死去につき、祭粢料を賜う。木原は植物遺伝学者として知られ、京都大学農学部教授、国立遺伝学研究所長等を務めた。昭和十八年に恩賜賞日本学士院賞を受賞、二十二年の講書始においては進講者を務め、二十三年に文化勲章を、五十年には勲一等旭日大綬章を受章する。

四十年（一九六五）四月の静岡・神奈川両県行幸において国立遺伝学研究所を御視察になった際には、小麦研究の近況について説明を行った。その後、四十八年・五十五年の箱根行幸の際にも植物の説明を奉仕した。なお、同人の死去を悼み、次の歌をお詠みになる。

523 久しくも小麦のことにいそしみし君のきえしはかなしくもあるか

524 文月《ふみづき》の箱根の山に咲きにほふやまぐははいかに君をおもひて

（八月）十五日　金曜日　政府主催の全国戦没者追悼式に御臨席のため、日本武道館に行幸になる。この日の御心情につき、次の歌をお詠みになる。

525 この年のこの日にもまた靖国のみやしろのことにうれひはふかし

※『おほうなばら』は、525の後に左の五首㉚⑧～㉛⑫を載せる。

㉚⑧ 秋づけば空澄みわたり望月の光さやけき那須の成宮

㉚⑨ 沼原にからくも咲けるやなぎらんの紅の花をはじめて見たり

⑶⑽ 秋草のむれしげりたる小深堀にあさまふうろの花さきにけり
⑶⑾ 秋あさき林の谷間もみぢがさの花むらの見ゆところどころに
⑶⑿ 常ならぬ大きこならの木を見たり余笹川の谷の林の中に

○同六十一年九月

二十五日　木曜日　東京大学名誉教授原寛、昨二十四日死去につき、霊前に切花・菓子を賜う。原は植物分類学者であり、日本植物学会会長などを務めた。昭和二十年に軽井沢に疎開されていた貞明皇后が天皇に御贈進のための植物標本を選定される際、その作業に奉仕したのを契機として、以後、昭和二十五年より長年にわたって天皇の御研究に奉仕し、御採集標本の同定などに従事した。

また、御用邸御滞在中の植物御調査にしばしば同行したほか、天皇の植物に関する御著書の編集にも尽力した。なお、同人の死去を悼み、次の歌をお詠みになる。

526 外つ国の人と草木をしらべたる君のきえしはをしくもあるかな
527 君の力さらにもとめむとおもひしにはやかへりこぬ人となりけり

○同六十一年十月

十二日　日曜日　第四十一回国民体育大会秋季大会開会式会場である山梨県小瀬スポーツ公園陸上競技場に向かわれる。この度の国体に寄せて、次の歌をお詠みになる。

528　晴れわたる秋の広場に人びとのよろこびみつる甲斐路《かひぢ》国体

※『おほうなばら』は、528の後に左の二首⑬⑭、その次に「大島の噴火」二首⑮⑯を載せる。

⑬　山梨を旅する毎に進みゆく地場産業のととのひうれし

⑭　斧入らぬ青木ヶ原のこの樹海のちの世までもつたへらるべし

⑮　すさまじく火のふきいでて流れゆく大島の里をテレビにて見る

⑯　島人の帰りきたりて新玉の年をむかふるよろこびはいかに

○同六十一年十二月

十三日　土曜日　元禁衛府長官後藤光蔵［元侍従武官］昨十二日死去につき、天皇・皇后より祭粢料を賜う。後藤は、昭和九年から十三年まで侍従武官を務める。また、二十年九月には初代の禁衛府長官に任じられ、翌二十一年一月までその任に在った。同人の死去を悼み、次の歌をお詠みになる。

529　知恵ひろくわきまへ深き軍人のまれなる君のきえしををしむ

※『おほうなばら』は、529の後に「風車　三月六日」と題する左の一首317を載せる。

317　いにしへの唐《から》の国よりわたりこしかざぐるまこそうるはしきもの

●昭和六十二年（一九八七）一月（86歳）

十三日　火曜日　正殿松の間に出御され、**歌会始の儀**を行われる。この年の御題は「木」。

530　わが国のたちなほり来し年々にあけぼのすぎの木はのびにけり

※『おほうなばら』は、530の後に「しるしの木にたぐへて兄弟のうへをよめる」と題する左の一首318を載せる。

318　わが庭の竹の林にみどりこき杉は生ふれど松梅はなき

○同六十二年五月

十五日　金曜日　（高松宮）宣仁親王墓を御拝礼のため、豊島岡墓地に行幸になる。

この日、貝類研究家黒田徳米が死去する。天皇は同人の死去を悼み、次の歌をお詠みになる。

531 明治の世に平瀬を助けて貝類のしらべすすめしきみおもふなり

532 わがために貝の調べを助けくれしきみもまた世を去りにけるかな

黒田は明治末年より京都の平瀬与一郎の貝類収集事業を補助し、平瀬貝類博物館にて貝類の収集・整理に従事した。昭和初年より、天皇が葉山で御採集になった貝類の同定や標本の整理を行ったほか、たびたび貝類に関する進講を奉仕した。また生物学御研究所編『相模湾産貝類』［昭和四十六年、丸善より刊行］の解説を執筆した。

※『おほうなばら』は、昭和六十二年の532の後に「酒井恒博士逝く　二首」を載せるが、既述のごとく『実録』は昭和六十一年二月二十四日条に、518・519を引いていた（『おほうなばら』の係年訂正）。

（五月）二十四日　日曜日　第三十八回全国植樹祭の会場である（佐賀県）嬉野総合運動公園に向かわれる。ヒノキの苗三本をお手植えになる。ついで、クスノキの種子をお手播きになる。この植樹祭に寄せて、次の歌をお詠みになる。

533 晴れわたる嬉野《うれしの》の岡に人々と苗うゑをへて種まきにけり

※『おほうなばら』は、533の後に「有明海」と題する左の二首⑲⑳も載せる。

⑲ 面白し沖べはるかに汐ひきて鳥も蟹も見ゆる有明の海

⑳ 色々のうろくづと貝水槽にかはれゐるさまたのしくぞある

○同六十二年六月

二十二日　月曜日　昨年十一月二十一日の三原山噴火により約一箇月にわたり全島避難を余儀なくされた島民を労われるとともに、被災地を御視察になるため、伊豆大島に行幸になる。この行幸に際し、次の「大島　ヘリコプターに乗りて」と題する歌をお詠みになる。

534 うれはしき島のまがごとみ空よりまのあたりにもはじめて見たり

535　大島の人々の幸いのりつつ噴きいでし岩を見ておどろけり
536　初春は椿花さき初夏はみどりのこりてうれひすくなし

※『おほうなばら』は、536の後に「高速船シーガルに乗りて」と題する左の一首㉑も載せる。また、その次に「ブータン訪問」と題する左の一首㉒と、三首㉓㉔㉕を載せる。
㉑ ひさしぶりにかつをどりみて静かなるおほうなばらの船旅うれし
㉒ ブータンのならはしわれに似る話浩宮よりたのしく聞けり
㉓ 思はざる病となりぬ沖縄をたづねて果さむつとめありしを
㉔ 秋なかば国のつとめを東宮にゆづりてからだやすめけるかな
㉕ 国民に外つ国人も加はりて見舞を寄せてくれたるうれし

●昭和六十三年（一九八八）一月（87歳）

十二日　火曜日　正殿松の間において、歌会始の儀を行われる。この年の御題は「車」。

537　国鉄の車にのりておほちちの明治のみ世をおもひみにけり

天皇は御体調に配慮して御欠席になり、天皇に代わり皇太子（明仁親王）を臨席させられ、御製使として侍従小林忍を差し遣わされる。

※『おほうなばら』は、537の後に左の九首㉖～㉞を載せる。

(326) 埼玉の野よりうつしし桜草春のなかばにわが庭に咲く（題「桜草　三月六日」）
(327) くすしらの進みしわざにわれの身はおちつきにけりいたつきをおもふ
(328) 去年《こぞ》のやまひに伏したるときもこのたびも看護婦らよくわれをみとりぬ
(329) みわたせば春の夜の海うつくしくいかつり舟の光かがやく（題「伊豆須崎」）
(330) 夏たけて堀のはちすの花みつつほとけのをしへおもふ朝かな（題「道灌堀」）
(331) あぶらぜみのこゑきかざるもえぞぜみとあかえぞぜみなく那須の山すずし（題「那須」）
(332) やすらけき世を祈りしもいまだならずくやしくもあるかきざしみゆれど（題「全国戦没者追悼式　八月十五日」）
(333) 秋立ちて木々の梢に涼しくもひぐらしのなく那須のゆふぐれ
(334) あかげらの叩《たた》く音するあさまだき音たえてさびしうつりしならむ（題「秋の庭（那須）」）

■平成二年（一九九〇）二月

二月六日　火曜日　午前十時より春秋の間において、昭和天皇を偲ぶ歌会が行われる。これは御喪が明けたことを機に、天皇の思召しにより、昭和六十四年一月に予定されておりながらお取りやめになった**歌会始の儀**の御題「晴」による歌を披講して、昭和天皇を偲ぶこととされたものである。

538　空晴れてふりさけみれば那須岳《なすだけ》はさやけくそびゆ高原のうへ

以上、『実録』収載の五三八首と、『実録』不採でも『おほうなばら』所収の三三四首を合せて、八七二首が既発表の大御歌ということになる。それに、補章の二六二首（他に四首）中、上記両書未収の新発見歌稿二二八首と、解説に列挙したメモ歌稿五八首のうち、以上と重複しない四五首を加えれば、合計一一四五首にのぼる（近似の歌を別とみるか否かで数首増減する）。

補章

晩年の直筆大御歌草稿

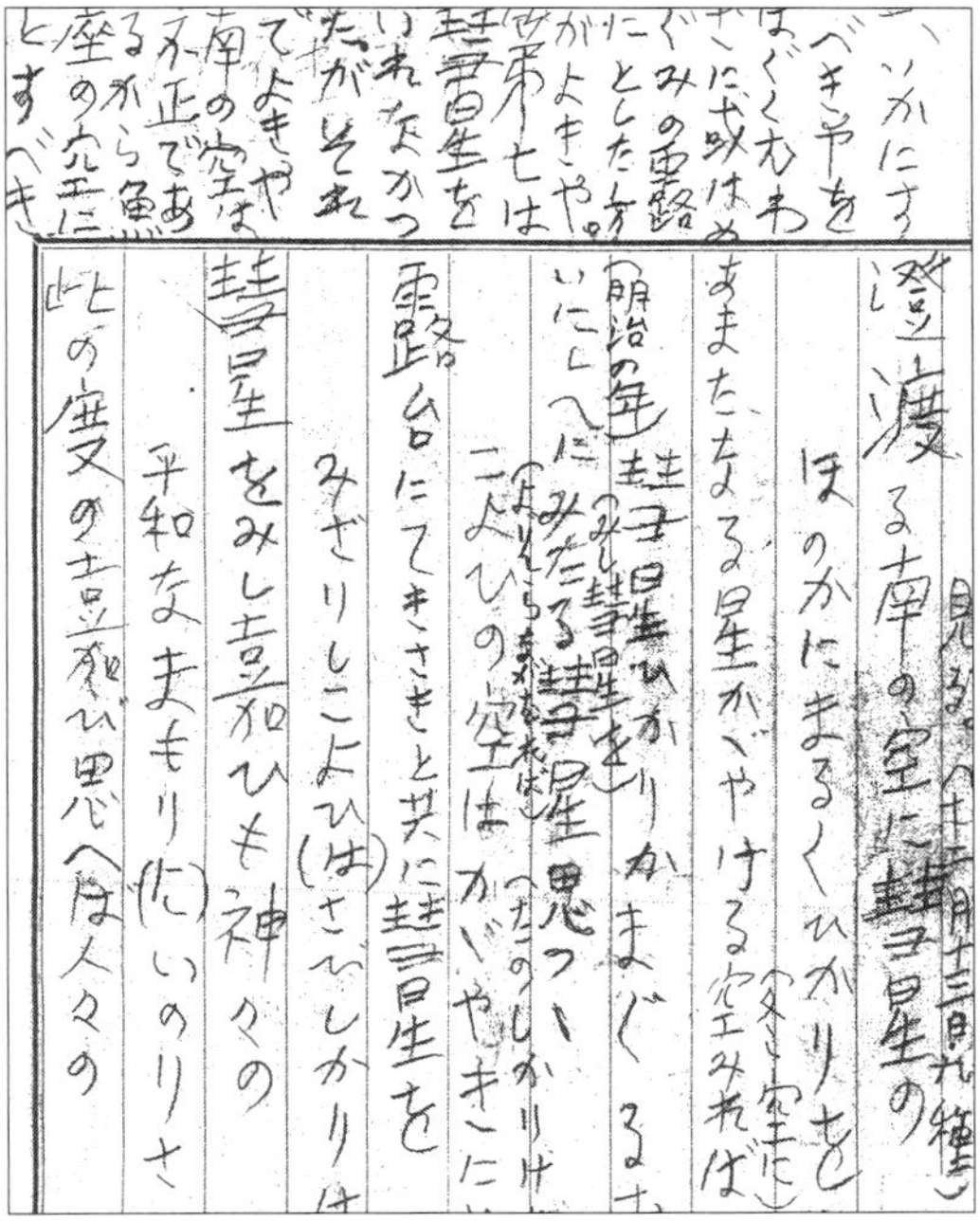

昭和 60 年（1985）12 月の昭和天皇（84 歳）ご直筆歌稿

〈略解と凡例〉

昭和天皇の大御歌は、序章・第一章〜第十章に列挙した八七二首が、宮内庁（侍従職）から公表されている。これだけでもありがたいことながら、それ以外にも天皇直筆の草稿が二二八首ある、という驚くべき事実が、つい最近判明した。その不思議な経緯などは、後掲解説「昭和天皇の御理想と大御歌」の九・十に詳述したので、参照していただきたい。

この補章には、昭和天皇が晩年に下書きして推敲され、所々に頭注（本文の上欄に記された注）まで付けられた自筆草稿を、ほぼ年月日の順に掲げる。その歌稿に記されている句中の（ ）、傍注の（ ）や末尾にある点・丸など、踊り字・取り消し線、正画漢字・歴史的仮名遣いなどは、可能な限り原文のままとする（漢字の一部は現行の字体。／は改行）。

また、『おほうなばら』（読売新聞社）既収歌は番号の上に○印（小さい丸）を加え、『昭和天皇実録』（東京書籍）に関係の記事があれば、少し抄出して添える。さらに、草稿と既発表の大御歌との異同などを※の下に注記する。

昭和六十年（一九八五）

東光園にて（昭和60年十月21日）

(1)松苗をききさと共に植にける／大山（の）《（を）》ながめふることしのぶ《（なつかしくおもふ）》。」

㊕昭和六十年十月二十一日条に「伯耆大山駅を経て、午後……米子市の御泊所東光園に御到着になる」とある。

※「ふること」とは、昭和四十年五月九日、鳥取県大山町上槇原での植樹祭に行幸され、皇后陛下と共に「お手植え」されたことを指す（前掲御製274「静かなる日本海をながめつつ大山の嶺《ね》に松うゑにけり」参照）。

境漁港にて

(2)秋ふかき海辺の眺め澄渡り／みれどもあかずホテルのひるに。」

〈頭注〉（十）澄渡りをよくありて或は美しくとした方がよきや

㊕同六十年十月二十二日条に「境漁港に向かわれ……荷揚げの模様を御覧になる。……ついで境港マリーナホテルに向かわれ……御昼食の後、……大山や島根半島を御展望になる」とある。

大正天皇の崩御により秩父宮の英國留學を途中中止せしこと

(3) 浩宮の祝うれしき（も）弟を／おもへばかなしむかししのびて《（ふることしのび（て））》。」

〈頭注〉一、浩宮の祝は十一月二十五日にて大正天皇の崩御は大正十五年十二月二十五日なり。

㊡同六十年十一月二十五日条に「徳仁親王が英国における修学を終えて帰国につき、連翠北において晩餐を催される。皇太子・同妃・徳仁親王・正仁親王・同妃・故雍仁親王妃・宣仁親王・同妃・崇仁親王・寛仁親王・同妃・宜仁親王・憲仁親王・同妃、並びに鷹司和子・池田隆政・島津久永・同貴子が出席する」とある。

※「ふること」とは、大正十五年（一九二六）十二月二十五日の天皇崩御により、践祚された昭和天皇の弟宮の秩父宮雍仁親王が、英国留学を中止して帰国されたことを指す。

(4) 礼宮もおとなとなりて式あげし／みなとともぐ（に）いはふけふかな。」

礼宮の成年式（十一月三十日）

㊡同六十年十一月三十日条に「満二十歳の誕生日を迎えた文仁親王の成年式が行われる。……午後一時より春秋の間において、文仁親王成年式加冠の儀（皇太子・同妃が主催）に臨まれる。……正殿松の間に出御され……身を鍛え心をみがき、皇族の本分を尽くすことを希望する旨のお言葉を賜う」とある。

大根（十一月）

(5)初瀬なる岡の畠にすく〳〵と／そだつおほねの葉はあをきかな。」

(6)高原に鍬をとりたる人々の／おほねのはたけ（を）みておもふなり。

〈頭注〉一、高原は戰場ヶ原のこと（昭和37年八月29日）

㊮同六十年十一月二十五日条「午前、宮殿北溜において、昭和六十年度農林水産祭における天皇杯受杯者等十四名の拝謁をお受けになる。……ついで宮殿中庭口において……受杯の対象となった農産品等及び業績を紹介する写真パネルを御覧になる」とある。

※(6)に関しては、㊮昭和三十七年八月二十九日条に「御泊所日光観光ホテルを御出発になり、戦場ヶ原開拓地に御到着になる。……終戦後に引揚者や復員者等が入植した同開拓地の状況や主要生産品の概況等をお聞きになり……励ましのお言葉を賜う」とある。

(7)①澄渡る南の空に彗星の／ほのかにまるくひかりをはなつ。」

伊豆須崎の御用邸にてハレー彗星を見る。（十二月十三日・九種（※首））

〈頭注〉南の空は不正（※不確か）であるから魚座の空にとすべきか

(8)②あまたなる星かゞやける空みれば（冬空に）／彗星ひかりかまぐる（ママ）おもふ。」

(9)③いにしへ（明治の年）にみたる彗星（みし彗星を）思つゝ／こよひの空は（よぞらながむれば）かゞやきにけり（たのしかりけり）。」

〈頭注〉明治の年　かくで　のがよきや。

(10)④露台にてきさきと共に彗星を／みざりしこよひ（は）さびしかりけり。」

(11)⑤彗星をみし嘉ひも神々の／平和なまもり（に）いのりさゝぐる。」

(12)⑥此の度の嘉び思へば人々の／たすけならんとうれしかりけり。」

(13)⑦嘉びを授けられざる諸人は／あはれなるらんいかにすべきや。」

〈頭注〉一、いかにすべきやをはぐくむわざに、或はめぐみの露にとした方がよきや。第七（※

(13)は彗星をいれなかつたがそれでよきや

(14)⑧國々の人よ力を合せてこそ／彗星のまなび（を）なしとげるらん。」

(15)~~文明はあゝさびしきかなあかるくて／彗星み（え）ざるみやこおほぢは~~」。

(16)⑨彗星のみゆる須崎はのどかなる（も）／うちそといまだ平和にならず。」

㊇同六十年十二月五日条に「御夕餐後、吹上御所において、この年より翌年にかけてハレー彗星が地球に接近することに因み、前回接近時の明治四十三年五月に御自身で描かれたハレー彗星の絵を御覧になる」、同十三日条「御夕餐後、（須崎）御用邸屋上において、望遠鏡を用いてハ

レー彗星を御覧になる」とある。

※「いにしへに（明治の年）みたる彗星」に関して、(実)明治四十三年五月十九日条に「この頃ハレー彗星に格別の興味を示され……二十一日には……ハレー彗星の尾に地球が包まれる想像図をお描きになる」、同二十九日条「この夜は好天で……御就床前、雍仁親王と共に初めてハレー彗星を御覧になる」とある。

冬（霜月）の須崎

(17)白波のたゝぬ靜けき海原に／ほのかにみゆる伊豆の大島。」（十二月十三日）

(18)風《（朝）》なぎの須崎の岡の空晴《（は）》て／あまぎのやまはつらなりてみゆ。」

〈頭注〉一、以下は十二月18日汽車にての眺望

(実)同六十年十二月十八日条に「須崎御用邸より還幸……皇后と共に御出門、四時一分皇居に御到着になる」とある。

(19)稲取のあたりの海は靜かにて《（はれわたり）》／伊豆七島もはろ〴〵とみゆ。」

(20)晴わたる《みわたせば》二宮あたり（に）富士山は／雪のころもをきてそびえたつ。」

皇居の冬の朝（十二月十八日）

(21)今までに《(の)》なく早き《(よりも早くに)》かなしもばしらに《(は)》／むすぶ氷《(氷しにけり)》のみゆみごとにて《(うつくしくみて)》。」

〈頭注〉一、美しくみてよりみごとにみえての方がよきや

筑波山にての改訂（かたくりの三種《※首》の歌四月26日）

(22)むれさけるかたくりの花（を）うゐにみし《(みたる)》／つくばのやまはたのしかりけり《(うつくしきかな)》。」

(23)那須山にまだみざる時かたくりの／はなむれさけり筑波の山に。」

〈頭注〉此の歌は昭和60年九月10日の第二と十一月の第一なり。那須山にすれば那須岳との區別如何又高原或は谷とすべきか。これと第一（11月）といづれがよきや。又春山は第《※題》が筑波山なればこれでよきや

(24)みちさけるかたくりの花（を）春のなす《(野と山に)》（に）／ゆくひまもなくつくばやま《(みるときもなし)》（に）《(うるに)》みゆ。」

冬野（十二月）

(25)かれのこるすゝきの庭をみて思へば／まふゆの野べはかくやあるらん。」

昭和六十一年（一九八六）

(26)にひ年に宮ゐさして人々の／きたるはうれしはれたるあさに。」

昭和六十一年／参賀（一月二日）

(27)こぞよりも人のあまたに事なきは／うれしくおもふ《（ぞある）》晴日のあさに。」

㊮昭和六十一年一月二日条「新年一般参賀につき、皇后及び皇太子・同妃・徳仁親王・文仁親王・正仁親王・同妃と共に、午前三回・午後四回の計七回、長和殿ベランダにお出ましになり、……新年のお言葉を述べられる。参賀者総数は十三万七千三百人に上る」とある。

兩國の國技館（一月十二日）

(28)ふたたびもみたるやかたのこの角力／さかえゆくさまよろこひにけり《（たのしかりけり）》。」

㊄同六十一年一月十二日条に「大相撲一月場所初日を御覧のため……国技館に行幸になる。……弓取式まで御覧になる」とある。

※『おほうなばら』には、「ふたたび来て見たるやかたのこの角力さかんなるさまをよろこびにけり」に作る。

伊豆須崎の立春

○(29)寒櫻ヤブ椿との花みつを／メジロすふなりうるはしくして。」

※『おほうなばら』には、(29)の末尾「……すがたうるはし」に作る。

(30)たつ春の須崎の岡にいとほしき／メジロのむれてみゆあさばれに。」

㊄同六十一年三月十一日条に「須崎御用邸に行幸……二十日まで御滞在になる」とある。

桃（皇后の誕生）

(31)あけわたる春べの庭に花桃は／あかとましろにむれさきにほふ。」

㊄同六十一年三月六日「皇后誕生日につき……鳳凰の間において……祝賀をお受けになる」とある。

書き初め（一月）

(32)立つ年の幼なき頃に筆とりて／かきぞめをせしふることしのぶ。」

(33)あら玉の年を迎へて筆ぬらし／かみひきのべ《（だんしひきのべ）》てうたかきにけり。」

初春の皇居の庭（昭和61年）

(34)春寒く雪がこひせるふかみぐさ／いろとり〳〵に《（の）》はなはざき《（うつくし）》たり。

〈頭注〉一、あはれといふことば感どうの意味ならばよいが

(35)桃色と赤白の花さきにほふ／ふかみぐさ《（かんぼたん）》みゆはつはるの《（はるさむくして）》にはに」。

(36)ながむれば春なほ寒きわが庭の／しかまぎくさく《（さちくささけり）》ひあたりつゝ。」

酒井恒の死去（二月二十二日夕六時頃）

○(37)幾年《とせ》もかにのしらべにつくしたる／はかせきえしはなみだなるらん。」

〈頭注〉一、しらべは音學でなく研究の事博士はたゞの學者（ものしり）のこと。

(38)あゝかなし相模の海にともにせし／きみのさりたるいふべはさびし《（おもひでふかし）》。」

(実)同六十一年二月二十四日条に「元横浜国立大学教授酒井恒去る二十二日死去につき、霊前に菓子を賜う。……昭和二十年代以来、天皇の御研究の補助を務めたほか、葉山での御採集品に基づいてまとめられた生物学御研究所編『相模湾産蟹類』〔昭和四十年、丸善より刊行〕の解説を執筆した」とあり、(37)(38)を基にした二首を逆順に掲げる。

※『おほうなばら』と(実)は、(37)の後半を「博士のなきをふかくかなしむ」に作る。また、(38)を「船にのりて相模の海にともにいでし君去りゆきぬゆふべはさびし」に作る。

鶯

(39)晴わたる須崎の朝に鶯の／はつなききこゑ《（ねきこゑて）》はるつけそむる《（やきぬらん）》。」

(40)春風に梅が香ぞするあさぼらけ／うぐひすなくをかのしつけさ。」

村山定男博士よりハレー彗星の話をきく。（二月三日）

(41)彗星の話しつばらに《（こま〴〵に）》博士より／きゝてうれし《（にけるかな）》くたとひものなし《（かまぐるおもひ）》。」

(実)同六十一年二月三日条に「正殿竹の間において、国立科学博物館理化学研究部長村山定男よりハレー彗星についての進講［スライド使用］をお聴きになる」とある。

三月の須崎

(42)(しづか)のとかなる春の朝風ふく濱を／そゞろありきにたのしかりけり（三月13日）

(43)又の日は白波もたち雨風も／はけしきはるのあらしとなれり。」（三月14日）

㊮同六十一年三月十一日条に「須崎御用邸に行幸……二十日まで御滞在になる」、翌十二日条に「好天の日はしばしば御用邸敷地内及びその周辺において植物を御調査になる」とある。

(44)國々は探査機とばし彗星の／しらべのきそをつくりし（は）うれし。」

（NHKのテレビでみるハレー彗星の國際協力（三月14日））

(45)雲もなくやよひの空にあまたなる／ほしか丶やきてうつくしくみゆ。」

（屋上の眺（午後七時半頃の夜空三月17日））

㊮同六十一年三月十四日条に「午後、テレビ番組『ハレーとの遭遇　ハレー探査機ジオットのすべて』［NHK総合］を皇后と共に御覧になる」、同十七日条に「御夕餐後、（須崎）御用邸屋上において、望遠鏡を御使用になり、村山（定男）部長の説明にて月・オリオン座大星雲……を御観測になる」、翌十八日条に「午前四時二十五分頃より、御用邸屋上において……望遠

鏡・双眼鏡を用いてハレー彗星を御観測になる。また、土星・火星等も御観測になる」とある。

『おほうなばら』と㊡十八日条には、(44)(45)と別の大御歌二首をあげている。

　尚、㊡四月十五日条に「宮内記者会会員二十六名とお会いになり……去る三月にハレー彗星を観測された……御感想を詠まれた歌をお示しになる」とある。
※以下、徳川義寛侍従長清書・岡野弘彦教授添削綴に有るが、直筆草稿に無い冒頭五首である（草稿の一頁分紛失か）。そのうち（一）と（四）は既収歌。

○

昭和六十一年（九月十日）

須崎より帰京の車中にて／三月二十日

（一）春なから雪をいたたくふし　山（は）《の（※朱訂）》／さかみかはへて《（たて）（はるかにそひゆ）（※朱線）》　はろはろとみゆ

※『おほうなばら』は「……富士の山相模川へだて……」に作る。

（二）相模なるやよひの野へに雪つもり／ふしのたかやま《ねを（※朱訂）》ふりさけみれは《たり（※朱訂）》

春雨　三月

（三）松しける須崎の岡に春雨の／ふるともわかぬ《ね》（が）《（※朱訂）》みとりうつくし

○（四）暖き卯月の庭に《の（※朱訂）》桜花／《ふる（※朱訂）》はるさめふりて《に（※朱訂）》さきみちにほふ《にけり（※朱訂）》

井之頭公園（四月十六日に行く）

（五）わつらひに《て（※朱訂）》遠出せさりし若き頃（を）《日（※朱訂）》／やまさくらみてこのそのを《に》おもふ

(46) 生物を自然のまゝに住様を／みせるやかたをそのにみたりき。」

皇居の春（四月二十五日―二十七日頃）

○(47) わが庭にむらさきけまんの花さきて／あまたにむれてのどかなるはる。」

(48) 春ふかみうはみづざくらはたちふさに／ましろき花をつけてさきたり。」

(49) ほのくらき夕暮の庭《（夕辺の庭に）》（に）ま白なる《（白き花（の））》／つきみぐささくうれしき《（ゆたけき）》はるに。」

(50) 夕にさく《（夕辺にさく）》つきみぐさもあしたには《（ひる中に）》／べにいろに《（もゝいろに）》はやしぼみける《（しをる）》かな。」

佐（※左）翼過激派のゲリラ活動（ロケット彈發射事件）中の色々の行事

事なき晴天の參賀（四月29日の皇居）

(51) 人々の祝ひくれしはあまたにて／うれしくそあるさる年よりも。」

在（※在位）六十年祝典の行はれし國技館（四月二十九日）

(52) 國民の祝ひをうけてうれしきも／ふりかへりみればはづかしきかな。」

〈頭注〉一、この義（※儀）式は國の行事なれどこれでよきや

第12回サミット（五月四日より六日まで）

治安當局と國民の協力により事無を得たり。

(53) つとひたる國のをさらの力（に）より／世もやすらけくなれといのらん。」

㊮同六十一年五月六日条に「去る四日からこの日まで東京において開催された第十二回主要先進国首脳会議［東京サミット］に出席した各国首脳及び閣僚等をお招きになり、御会見・御引見の後、宮中晩餐を催される」とある。

(54) 警察と民の心と相たれは／うれひなくて（うしろやすくて）うれしかりけり。」

(55)此の度に世のやすらきをもる人の／いたつきおもふわさにはけみて（つとめはけみて）。」

(実)同六十一年三月二十五日条に「千代田区内の路上に駐車された乗用車より皇居に向けて火炎弾が発射され、二発が半蔵門内に落下……この事件は、近く開催予定の御在位六十年記念式典及び第十二回主要先進国首脳会議［東京サミット］に反対する過激派の犯行とされる。……以降も同様の目的とみられる爆発物を用いたゲリラ事件が国内各地でしばしば発生する」とある。

同六十一年四月二十九日条には「天皇誕生日及び御在位六十年祝賀の儀を行われ……一般参賀につき……宮殿東庭に参集した一般参賀者（※八万一千三十名）に……お言葉を述べられる」とある。

大坂（※阪）府の旅行

（東洋美術館をみる）（五月十日）

(56)いにしへの唐のその他の焼物を／やかたみたりきうつくしくして。」

（母子保健総合医療センター）（5月11日）

(57)母親と赤子とともにはぐくむ／わさする人のいたつきおもふ。」

(58)この館《センター》（に）育《ま》むれたる子供等の／よろこびのいろみゆるはうれし。」

〈大阪農林技術センターをみて〉（5月12日）

(59)新なる學《研究の》の智《いさをしに》より田子のわさ（を）／たすけよ（と）おもふこのやかた《センター》みて

(60)野の草を保つ爲（の）研究に／いそしむ人のわざみてうれし。」

(61)草や木の生ふ山々をながめつゝ／もとほるやかた（に）たのしかりけり《はれてたのしき》。」

〈ロイヤルホテルの眺望〉

(62)晴渡る箕面の山の草や木を／おもひうかべてなつかしくみゆ。」

〈頭注〉一、箕面山の植物を本でみしことを思出して山を見たる意

㊮同六十一年五月十日条に「第三十七回全国植樹祭に御臨場、併せて地方事情を御視察のため、十二日まで大阪府に行幸になる。……御泊所ロイヤルホテルに向かわれ……大阪市立東洋陶磁美術館にて、高麗青磁などの朝鮮陶磁や唐三彩などの中国陶磁を御巡覧になる」、十一日条に「堺市大仙町の仁徳天皇陵［百舌鳥耳原中陵］……を御参拝になる。ついで……大仙公園に御着になり……クスノキの苗一本をお手植えになる。ついで……ヒノキの種子をお手播きになる。

……この植樹祭に寄せて、次の歌をお詠みになる（『おほうなばら』既収）。

大阪のまちもみどりになれかしとくすの若木をけふうゑにけり

……和泉市の大阪府立母子保健総合医療センターを御訪問になる」、十二日条に「羽曳野市の大阪府農林技術センターに向かわれ……同センターの研究成果についてお聞きになる」とある。

須崎の夏（六月19日）

○(63)はの細きにほひゆり（の）花さきにほふ／すざきのをかにさゝゆりにゝて。」

(64)岡の道（に）《いとほしき》色香すゞしき《く》にほひゆり（は）／なつくさがくれ（に）花さきにほふ。」

○(65)夏たけて岡の林にかゝりける／ていかかずらのしろきはなさく。」

飛騨牛の肉を皇居の夏七月九日、十日に食す

(66)牛肉のよき味ひはひだ人《千町》の／たをやかな《牧場の人の》るにたよりなるらん《いたつきおもふ》。」

〈頭注〉一、たをやかなるはやさ《優》しいこと

山形縣の實櫻の一品種さとにしきを皇居にて食す（七月18日）

(67)さとにしき味ひつゝも思ふかな／そだつるひとのいたつきいかに。」

吉岡專造の寫せるスライドをみる。（第三回那須の五月九日のカタクリの花）

(68)紫の色鮮やかにかたくりの／はなむれさけりはるのたにまに。」（夏の初に）

〈頭注〉一、春・夏のかはりに那須とすべきかかたくりの花の色は紫か紅とすべきか。

（第四回（五月18日）の那須のヤマツ、ジ（鷲谷）及び嚶鳴亭・清森亭附近の那須山）

(69)あけの花（の）群がりさけるヤマツ、ジ（は）／うつくしくしてうぐひす谷にみゆ。」

(70)○空はれて（天の原）ふりさけみれば那須岳は／さやけくそびゆあづまやよりに。」（高原よりに）

〈頭注〉一、天の原とすれば万葉集と同様になるおそれあり。

（第五回須崎（オホバウマノス、クサ）の六月20日）

(71)伊豆須崎（の）谷の林に花さける／おほばうまのすゞくさ（を）うひにみたりき。」

（第六回（七月五日）皇居のむらさき）
(72)眞白なるむらさきの花からくして／さきにけるかなむかししのびて。」

（第七回伊豆須崎（七月九日）のスカシユリ・イヅアサツキ・ハマナデシコ・タイトゴメ等須崎濱
美し）
(73)あけ色のすかしゆり（の）花群てさく／つやゝかにしてはまのいはまに。」
(74)美しきいづあさつきの花の色／うす紫にむれさきにほふ。」
(75)きにそむるタイトゴメ（の）花むれさきて／すざきのいはまおもしろきかな。」
(76)夏なれや《（ふかき）》はま《（ふじ）》なでしこはくれなゐの／はなむれさきてうつくしきはま。」

（第八回（七月22日）沼原のニツコウキスゲ）
(77)黄にみつるニツコウキスゲは美しく／ヌマツパラにさくなつすゞしくして

（スライドをみての感想）
(78)是等のスライドをみて自然より／よきにおどろき《（かはりもなきに）》うれしくおもふ。

㊮同六十一年五月四日条に「午前、吹上御所において、去る四月中旬に吹上御苑にて撮影された植物［サクラ等］のスライドを皇后と共に御覧になる」、九日条に「御夕餐後、吹上御所において、去る四月三十日に那須にて撮影された植物等のスライドを皇后と共に御覧になる」、二十一日条に「御夕餐後、吹上御所において、去る四月末に那須にて撮影された植物のスライド、及び去る四月下旬より五月上旬にかけて吹上御苑内にて撮影された植物のスライドを皇后と共に御覧になる」、および七月五日条に「御夕餐後、吹上御所において、去る六月下旬に吹上御苑及び皇居東御苑二の丸庭園にて撮影された植物のスライドを皇后と共に御覧になる」、二十二日条に「夕刻、吹上御所において、去る十八日に那須にて撮影された植物のスライドを皇后と共に御覧になる」とある。

那須御用邸の避暑（七月25日より）

○(79)うれはしき病となりし弟を／おもひかくしてなすにゆきたり。」

〈頭注〉弟は高松宮。病は肺癌の疑なり。

※『おほうなばら』は、後半を「おもひつつ秘めて那須に来にけり」に作る。

○(80)成宮に聲たてゝなくほとゝぎす／あはれにきこえ弟をおもふ。」

〈頭注〉旅・ゆき・たちのいづれがよきや

木原均の死去（七月28日）

(81)ひさしくも小麦のこと（に）か丶づらふ《いそしみて》／きみのきえしはなみだなるらん。」

〈頭注〉一、久しきは長年の意なり。小麦の事をつかへばか丶づらふを必要としなくてよきや

一、台（※題）にまかして君の死去はいはなくてよきや

㊮同六十一年八月六日条に「文化勲章受章者木原均［日本学士院会員］去る七月二十七日死去につき、祭粢料を賜う。木原は植物（※特に小麦）遺伝学者として知られ……数度にわたり皇居において植物学の進講を行い……四十八年・五十五年の箱根行幸の際にも植物の説明を奉仕した」とある。

※『おほうなばら』も㊮も「久しくも小麦のことにいそしみし君のきえしはかなしくもあるか」に作る。

○(82)文月の箱根の山に咲にほふ／やまぐはいかに《いかんと》きみをおもひて。」

(83)麗しきサンショウバラをみて思ふ／きみのこせしものはいかにと。」

(84)あ丶かなし君もきえしが我が庭の／かれんぼくはなほくのびたり。」

元の侍従三井安彌の死去（七月二十八日）

(85)難しき時に務めしが君も又／世をさりにけり秋をもまたで。」

(実)同六十一年七月二十九日条に「元管理部長三井安弥［元侍従］昨二十八日死去につき、天皇・皇后より祭粢料を賜う。……三井は昭和十四年に皇后宮事務官兼侍従となり……二十一年まで侍従を務める。その後は、書陵部長・管理部長等を務めた」とある。

那須御用邸の辟《（※避）》暑（其の二つゞき）

(86)夏くれて淡紅の花さけろ／あかばなしもつけむれてうつくし。」

(87)すこやかに暑にたえて子や孫ら（の）／たびにつとむるうれしかりけり。」

今年も八月15日に靖國神社の問題起る。

(88)今年の此の日にも又靖國の／やしろのことに（て）うれひはふかし《（うれはしきかな）》。」

※『おほうなばら』も(実)も、「この年の……みやしろのことにうれひはふかし」に作る。

(実)同六十一年八月十五日条に「政府主催の全国戦没者追悼式に御臨席……お言葉を賜う」とある。

※以下の二行、草稿右端切断により不明であるが、徳川侍従長の清書により補う。

那須御用邸の避暑（其の三　つづき）

(89)はかなしや玉のを（の）たゆる人々思ふ《ら（※朱訂）》／こぞことしにもなすのたびぢに。」

〈頭注〉一、次々に親しかりし人の世を去れり常なき世とそ丑年におもふを比較のこと（※これも新歌稿）

(90)皇后と共に都に帰らぬは／すこやかならぬ《（ならぬため）》さびしかりけり。」

(実)同六十一年七月二十五日条に「那須御用邸に行幸……行事等のための一時御帰京を除き、九月十日まで御滞在になる」、また八月十三日条に「那須御用邸より還幸……皇后は、引き続き御用邸に御滞在になる」、二十日条に「那須御用邸に行幸……。皇后及び正仁親王・同妃［十六日より那須に滞在］と御夕餐を御会食になる」とある。

○(91)秋づけば《（初秋の）》空澄渡り諟《（※望）》月の《（は）》／ひかりさやけき《（く）》なすのなるみや。」

〈頭注〉一、八月二十日の晩は旧歴《（※暦）》の七月15日になるがいかにすべきや。

○(92)沼原にやなぎらん《からくもつひに》（の）花紅に《やなぎらん（の）》／うゐにさきたる《はなさきたるを》みしはうれしき。」

○(93)秋草の群繁りたる小深堀（に）／あさまふうろうのはなさきにけり。」

(94)藤色のくさぼたん《レンゲショウマは》（の）花胡桃沢（に）／みちさきにける《はなみちさける》秋のくさかけ。」

○(95)秋あさき林の谷間（に）もみぢがさ（の）／はなみちさけりところところに。」

※『おほうなばら』に(91)(92)(93)と(95)既収。

栃木縣知事より縣の水割の事を聞く

(96)すゞろなき縣の水のまがきゝて／すゐせいみたる《をみし》むかしをおもふ《しのびて》。」

㊡同六十一年七月二十五日条に「（御用邸）謁見所において、栃木県知事渡辺文雄……拝謁を皇后と共にお受けになる」、また八月八日条に「この度の台風十号に伴う大雨により甚大な被害を受けた宮城県・福島県・栃木県・茨城県に対し、天皇・皇后より御見舞金を賜う」とある。

(97)あやしくも昔彗星（を）みし時に／みやこにみづのまがありにけり。」

〈頭注〉一、昔といひしは明治四十三年のハレー彗星を見し時前後に東京に水割ありしことを歌でいふべきか題の説明にすべきか。

(98)ひさしきに水のまがなき縣民《(人)》（の）／いたつきいかん《(おどろきいかに)》たちなほれよと《(りいのる)》。」

※以上、㈠〜㈤・(46)〜(94)の五十四首は、草稿保管者のもとに徳川義寛侍従長の清書（岡野弘彦御用掛に添削依頼用）がある。

木

(99)冬枯の庭の木のまに冬櫻（の）／はなさきにけるをゝしくぞある。」

(100)みわたせば白くなりたる《(ま白になりし)》わが庭に／ふゆがれのきにゆきばなさけり。」

(101)枯残るくぬぎの木の間（に）梅の花／にほひかすみてはるなほさむし。

(102)風強き（に）絶つゝお《(ゐ)》る松の木は／みどりひとしほ美しきかな《(岡)》。」

(103)ふきあるゝ《(しをる)》風にたえつゝ松の木は／すざきの岩にさかえゆかなん。

(104)春ふけて須崎の林（の）木木の間に《(木の此のま(に))》／オホシマザクラ（は）うるはしくさく。」

(105)緑こく《（建物の）》卵の如き形せる《（むそぢをかたる）》／むれすぎ《（緑こき）》のきを仰ぎみにけり。」

〈頭注〉一、那須御用邸の建物（第一回）と同時にむれすぎがうゑられた。

(106)風寒き那須（の）我が庭にからまつの／きはやねまでものびゆきにけり。」

(107)風にたえなほくのびゆく樅《（※縦）》のきは《（の）》／はやしとなり《（しけり）》てみどりうつくし。」

〈頭注〉一、風にたえの変《（※代）》りに冬こして或は年をへしとした方がよきや。

○(108)常ならぬ太きこならのき（を）余笹川の／谷間のはやし《（のはやしに）》みしはめづらし《（たるはうれし）》。」

※『おほうなばら』（昭和六十一年九月ころ）は「常ならぬ大きこならの木を見たり余笹川の谷の林の中に」に作る。

(109)我が庭のあけぼのすぎの木立みて／世のやすらけき中國《（とつくに）》をおもふ。」

〈頭注〉一、あけぼのすぎは中國の原産で米國の學者が関係して居る。

(110)赤松のすく〳〵《（きの繁りける）》とたてるなつかしき／なすのがはらはすゝしかり《（なつかぜすゞし）》けり。」

(111) 秋たちて《（初秋に）》ふりさけみればかれんぼく（に）／はなさきにけりはつきのにはに。」
(112) 朝日さす霜がれの庭（に）美く／きいろにはゆるいてうのなみき。」
(113) 晴渡る《（冬がれの）》都大路に朝日さし／きにそみに《（をみなぎらす）》けるいてうのなみき。」
(114) 太くして《（とほじろき）》みことなるきのいぬざくら（を）／とりのさへつるはやしにみたり。」
〈頭注〉一、二沢道にて、
(115) 秋なれや木々は繁りて緑なる／はやしをゆけばせゝらぎきこゆ。」
〈頭注〉一、大岩谷の道
(116) 初夏の大仙の園に楠の／若木うゑをへて檜の種まく。」（發表なければ）
(117) 晴渡るあその廣場に杉苗を／植ゑてみどりの森となさん。」（同）
(118) 高原の道にそひたたる赤松の／林はそびえみどりあかし。」（同）
(119) まなかひの小川へたてて緑こき／杉の木立のすずしげにみゆ。」（同）
(120) 首夏にきて種をまきたる神宮杉／白山の町にそだつ日をまつ。」（同）
(121) 雨やみてならの宮の跡いちひかしの／苗木をうゑぬむかしおもひて（同）

(122)海風のふく春の日にさきにほふ／（※以下欠失）
※昭和六十一年一月十日の歌会始で発表された翌六十二年の御題「木」にちなんで、木に関する大御歌を列記されたかと思われる。

○秋期（※季）國民國体
(123)晴渡る秋の廣場に人々の／よろこびみつるかいじこくたい。」
(124)秋はつる小瀬の廣場に嘉ひの／いろとり〳〵の風せんあがる。」
(125)秋風も暖かくしてあまたなる／わかきらつどふ小瀬のひろばに。」
(126)生徒らは甲斐ふり示し踊りけり／こせのひろばにあきくれゆきて。」
(127)あまたなるをみな生徒も甲斐路の詩（の）／集団演技をひろばにみたり。」
(128)韮崎に若人たちは玉けりて／ちからをつくしきそひけるかな。」
(129)竹刀（にて）持し合（戰ひを）をはする若人は／を〻しくきそふふじやまだにて（市に）。」
〈頭注〉(126)の上に「これは集団演技のこと」、(128)の上に「これはサッカーのこと」とある。

山梨縣の旅行

(130)韮崎をさして進めば雨やみて／みねのそびゆる《そびえたち》やつがたけみゆ。

（社會福祉村）（十月十一日）

(131)きづつきし人々のためふるまひ《ことわざ》を／ならひおぼゆるいたつきおもふ。

〈頭注〉一、ふるまひ及びことわざは仕事の意にて古語による。

(132)宝石（の）磨きのわざを生徒の／まなびけるさまめづらかにみゆ」

（宝石美術専問《※門》學校）（十月十二日）

(133)蕨よりあくをとりたる新しき／しだつくりしはうれしかりけり。」

（山梨縣總合農業試場《ママ》）（十月十三日）

(134)あかなすの栽培し驗（を）試みる（は）／おもしろくしてたごのさちなれ。」

(135)色々の試驗研究（に）いそしみし／ひとのいたつきおもふあさかな」

（常磐ホテル）（十月十一日—十三日）

(136)母宮の泊りたまひしこの宿は／おもひてふかしなつかしくして

(137)古へに泊りし宿の美しき／にはよりへやをながめけるかな（たのしくみたり）。」

（山梨縣立富士ビジターセンター）（十月十三日）

(138)富士山の自然巧に竝べたる／やかたをみたりおもしろくして。」

（ファナック株式會社）（同）

(139)進ゆく科學を利して新なる／たくみばをみておどろきにけり。」

(140)珍しく一人《ヒトリ》の女《オミナ》巧にも／コンピューターをつかひこなせ（しき）り。」

（富士ビューホテル）（十月十四日）

(141)ま白なる富士の高根（山）はほのぼのと／そびえたちみゆホテルのあきに」

※頭注に「未稿」（異筆か）とあり、その下に「美しき河口湖の水静にて」とある。

㊮同六十一年十月十一日条に「山梨県において開催される第四十一回国民体育大会秋季大会に御臨場、併せて地方事情を御視察のため、十四日まで同県に行幸になる。……韮崎市の山梨県社

会福祉村山梨県立あさひワークホームを御訪問になる。……常磐ホテル……が所蔵する昭和三十二年七月の行幸時の御写真、二十三年九月に貞明皇后が御宿泊の際の御写真等を御覧になる」、十二日条に「山梨県甲府・国中地域地場産業振興センターに向かわれ……ブドウ等の農産物に関する展示を御巡覧になる。ついで山梨県立宝石美術専門学校を御視察になる。……御昼食の後……開会式場である山梨県小瀬スポーツ公園陸上競技場に向かわれ……お言葉を賜う。……六千五百名による『ふれあい賛歌』の各集団演技を御覧になる」、十三日条「国体サッカー競技会場である韮崎中央公園陸上競技場に向かわれ……少年男子……の試合を御覧になる。ついで北巨摩郡双葉町の山梨県総合農業試験場を御視察になる。……御昼食の後……南都留郡河口湖町の山梨県立富士ビジターセンターに向かわれ……富士山における鳥類の垂直分布資料……(県の)展示品を御覧になる。次に南都留郡忍野村のファナック株式会社を御視察になる」とある。

昭和六十二年

※以下六首(罫紙一面)すべて消去の線を引く。年次不明ながら、仮にここに入れる。左端の

「以上は前のと比較のこと」との頭注も消去の印を付す。

(142) わが庭にけさきてみればのどかにも／うすくれなゐのもゝのはなさく。」

(143) 雛祭室にぎはひて桃の花／くわびんにさしてみるもたのしき。」

(144) あさぼらけ岡山の里（に）白兆（※桃）の／はなさきにほふはるの山畑（に）。」

(145) なつかしき靜浦の里（に）桃の花／みちさきにけりうすもゝいろに。」（春にみちさく）

(146) 春されば桃の花さくきの枝に／ことりのとまるのどかなるには。」

(147) 紅《くれなゐ》の桃の初花（を）鉢植に／みるともあかじもゝしきの室（に）。」（おもほゆ朝に或は思ふ夕辺に）

全國植樹際（※祭）

○(148) 晴わたる嬉野（の）岡に人々と／苗うゑをへて種まきにけり。」

(149) 人々は色々の苗を植にけり／われはひのきをうれしのをかに。」

(150) 嬉野の岡も緑になれかしと／ひのきの苗をいのりつゝうう。」

(151) 嬉野に檜の苗を植をへて／いてふの種をわれはまきたり。」

(152) 苗植て緑の茂る嬉野の／をかになれよとおもふ朝かな。」

(153)手をうちて綠にちなむ人々を／たゝゆる音は嬉野にひゞく

〈頭注〉一、我は手をうたず

皇居の暮春（初夏?）

(154)紅とま白き梅の花ちりて／さびしき庭に鶯きなく。」

皇居の筍

(155)我か庭の竹の林に（の）すく〳〵と（地中より）／ゆたかにのびしはるのたけのこ

(156)京都より送りきたりし筍を／あぢはひにけりのどけきはるに。」

黒田徳米の死去

(157)（はかなしや）あゝ悲し貝の研究にさゝげたる／きみのいさををおもふはつなつ。」

〈頭注〉黒田の死去は五月十五日の晩。

○(158)明治の世（に）平瀬助けし貝類の／しらべすゝめしきみおもふなり。」

〈頭注〉平瀬與一郎なり。

㊡昭和六十二年五月十五日条に「この日、貝類研究家黒田徳米が死去する」として(157)(158)に近い二

首を載せる。

※『おほうなばら』も㊡も、(159)を「わがために……助けくれし……」に作る。

○(159)我の爲貝の調を助けたる／きみもまた世をさりにけるかな」

○(160)(初夏に)面白し遠つはるかに潮のひく／ありあけの海鳥蟹みえて。」

差(※佐)賀縣の旅　(五月二十四日)

○(161)汐干潟《ヒカタ》(に)シチメンサウなとみたるなり／むれしけるさまおもしろくして。」

〈頭注〉一、有明海及び有明水産試験場を五月二十三日に見た。

(162)色々の魚貝などを水槽に／かはれるさまはたのしくぞある(おもしろきかな)。」

(163)むつごろを保つ爲にも韓國と／むつみかはしてなすべきならん。」

(164)昔より傳る業《わざ》を學ばんと／つとむるさまはたのもしきかな(うれしくそある)。」

〈頭注〉一、有田窯業大學校にて　(五月二十四日)

シーサイドホテルの眺望)

(165)なつかしく鏡山より松原を／みたる《ながめし》をおもふきさきとともに。」

〈頭注〉一、シーサイドホテルの眺望に虹の松原（五月二十五日）

(166)静かなる《晴わたる》海をへだてて嶋岡を／たのしくみたりやとの眺に《は》。」

(167)みごとなる虹の松原連りて／みどりこくして《ければ》はまべうつくし。」

（九州旅客鉄道にて）（五月25日）

(168)經營のしきたりかはり此の度に／うひにのりけり《た》うしろやすきに《くして》。」

（全日空特別機より）（五月25日）

(169)みわたせば青き富士山（は）白雲の／まうへにそびゆあまつみそらに《みそらのたびに》。」

㊮同六十二年五月二十二日条に「第三十八回全国植樹祭に御臨場、併せて地方事情を御視察のため、二十五日まで佐賀県に行幸になる」、二十三日条に「佐賀郡東与賀町の有明干潟に向かわれ……シチメンソウなど……ムツゴロウ・トビハゼなど……を御覧になる」、二十四日の条に「嬉野総合運動公園に向かわれ……お言葉を賜う」として(148)を載せた後、「唐津市の御泊所唐津

シーサイドホテルに御到着」とあり、二十五日条に「唐津湾沿岸の虹の松原に向かわれ……松林内を御視察になる。……福岡空港より全日本空輸特別機に御搭乗……皇居に還幸になる」とある。

伊豆大島の視察／（ヘリポートにて）

○(170)うれはしき大嶋のまが（を）み空より／うつら〱にうひにみたりき。」

○(171)大島の人々の幸祈りつゝ／わざあひのちをみておどろけり。

（大島の災害を救助せし人々にあひて）

(172)災にみを顧みず諸人を／たすけしいさを（ゝ）よろこびにけり。」

(173)此の島のたち直りをば人々に／すみやかなれ（にせよ）とのぞみたるなり。」

(174)春如くしあはせにせよ（と）人々に／のぞみけるかなおほしまのため（に）。」

(175)初春に椿花さき（て）初夏の／みどりものこりうれひすくなし」

（高速船（シーガル）にて）

(176)元町の港にきたる嶋人は／はたをふりつゝおくりしうれし。」

(177)ひさしぶり（に）かつをどりみて（し）静なる／おほうなばらのふなたびたのし。」

(実)同六十二年六月二十二日条に「昨年十一月二十一日の三原山噴火により約一箇月にわたり全島避難を余儀なくされた島民を労われるとともに、被災地を御視察になるため、伊豆大島に行幸になる。……下田市の外ヶ岡へリポートより陸上自衛隊所属政府専用ヘリコプターのスーパーピューマ「はと号」に御搭乗になり……ついで三原山山頂口の御神火茶屋に向かわれ……三原山を御覧になる。……ついで元町港より東海汽船株式会社の高速船シーガルに御乗船になり……須崎御用邸に還幸になる」として、(170)(171)(175)の三首（少し異なる）を載せる。

※『おほうなばら』と(実)は、(170)を「……島のまがごとまのあたりにもはじめて見たり」、(171)を「……噴きいでし岩を見ておどろけり」に作る。

(178)みつの國（を）浩宮はとひ樂しく／むつみかはしてつとめたるなり。

造（※浩）宮のネパール・ブタン・印度の三國方問（※訪）（三月10日より二十五日間）特にブータンについて

（ブータンを方問（※訪））

(179)浩宮はこの國をとひ大和嶋の／ならはしにてたのしくきけり。

㊮同六十二年四月十七日条に「吹上御所において皇后と共に皇太子・同妃・徳仁親王・文仁親王・清子内親王と御夕餐を御会食の後、去る三月に徳仁親王がネパール国・ブータン国・インド国を訪問した際の様子を撮影したスライドを御覧になる。……また五月八日の御会食の後にも、同様のスライドを御覧になる」とある。

伊豆須崎の夏（六月19日より24日まで）

(180)夏の岡（に）もゆる草生にむれさける／にほひゆりかな色香すゞしき。」

(181)數多く和歌によまれし美しき／からつのうらはおもひでふかし。」

岡野弘彦の関係する短歌入門をテレビジョンで見て）（六月二十五日）

(182)沼原は靄深くしてみちさける／ニッコウキスゲコバイケイイサウ
（靄深き）（沼原にむれ）（さきにける）

那須の夏（七月十日）

岸首相の死去（八月七日の夕）

(183) 國の爲務たる君（は）秋またで／世をさりにけりいふべ《ぐれ》さびしく
(184) その上にきみのいひたることばこそ／おもひふかけれのこしてきえしは。」
(185) その上に深き思ひをこめていひし／ことばのこしてきみきえにけ《さりゆきぬ》り。」
〈頭注〉夕は午後二時頁《※頃》※夕は一字或は二字によむか。言葉は聲なき聲のことなり。

㊮同六十二年八月八日条に「元内閣総理大臣岸信介昨七日死去につき……侍従卜部亮吾を差し遣わされ、祭粢料及び生花を賜い、焼香させられる。九月十七日に日本武道館において執り行われる内閣・自由民主党合同葬儀に際しては……侍従田中直を差し遣わし、拝礼させられる。……岸は……（昭和）三十二年より三十五年まで内閣総理大臣を務め、日米安全保障条約の改定などを行った」とある。

山階武彦の薨御（八月10日午前六寺《※時》）
(186) 長々と病にふせし君も又／あきたつあさにきえしはかなし。」
(187) 鎌倉の激しきなゐにみめと子を／うしなひしきみ（は）かなしくされり。」
㊮同六十二年八月十一日条に「昨十日山階武彦死去につき……侍従小林忍を差し遣わされ……霊前に盛花をお供えになり……十六日（通夜）には……侍従樋口英昭を差し遣わされ……神饌を

賜い……十七日（葬儀）には……侍従……を……差し遣わし、拝礼させられる。山階武彦は……（昭和）二十二年に皇籍を離脱し……五十八年には……財団法人山階野生鳥獣保護研究振興財団を設立する」とある。

那須の西小深堀新道（八月13日）にて

(188)初秋の草生に色も鮮《アザヤカ》に／むれてさきたるふしぐろせんのう。」

〈頭注〉一、此の歌は八月二十五日の直前にいれること

皇太子・同妃・皇女をつれて那須を方《※訪》問した折り（七月二十四日―二十六日間）

(189)紀宮は父母（と）共に朝早く／なすにとりこゐたのしくきけり。」

〈頭注〉一、朝早くとしたのは年《※午》前六時―丸《※九》時までをさした。

皇太子・同妃・常陸宮・同妃等と散策（七月二十五日と八月十二日）

(190)み子たちとそゞろありきの高原に／きさきゆかぬは《（ざる）》ひとしほさびし。」

〈頭注〉きさきは皇后のこと

㊮同六十二年七月二十四日条に「夕刻、この日参邸（※那須御用邸）の皇太子・同妃・清子内親

王に皇后と共に……御夕餐を御会食になる。皇太子・同妃・清子内親王は二十六日まで附属邸に滞在する」、翌二十五日条に「午前、皇太子・同妃・清子内親王を伴われ、嚶鳴亭付近において、植物調査を行われる」、また八月十二日条に「午前、参邸の正仁親王・同妃……を伴われ、嚶鳴亭付近において植物調査を行われる」とある。

那須の秋

(191) 早秋の小深堀なる草村に／うつくしくさく《（みちさきほこる）》あさまふうろう《（あさまふうろう）》は」

〈頭注〉一、（八月二十五日）

(192) ほの〴〵となす山みゆる高原に／きじやまどりを放ちけるかな。」

〈頭注〉一、（八月二十九日）

（九月一日の震災記念日）

(193) きえにける武彦のみめ思ひつゝ／はるかにみやこおがみ《（いのり）》にけり。」

（庭の啄木（九月七日））

(194) 夢さめて《（ね覺して）》敲ける音のきこゆるは／あかげらならん《（なるらん）》朝の早きに

〈頭注〉一、朝は午前五時二十分頃

森岡及沼田教授・侍医・看護婦等の苦勞

○(195)くすしらの進みしわざに病はや／よくなりにけるいたつきおもふ。」

徳島縣鳴門にてはしかをもらひ霞関離宮で病となる（大正11年）

(196)その上に病になりて看護婦の／うまきあつかひ（に）このたび（も）おもふ

病の爲國務を皇太子にゆづる。」

(197)秋されば國の務を日のみこに／ゆづりてからだやすめけるかな。」

沖繩縣の旅行

○(198)思はざる病にかゝり沖繩の／たびをやめけるくちおしきかな。」

病氣見舞（南北の縣人より）

○(199)國民に外國人も交はりて／みまひをせし（は）うれしくおもふ。」

㊮同六十二年九月二十二日条に「宮内庁病院に御入院になり、十二指腸末端から小腸にかけての通過障害を改善するため、バイパス手術をお受けになる。……東京大学医学部第一外科教授森岡恭彦・同麻酔科教授沼田克雄の拝謁をお受けになる。……手術に当たったのは森岡御用掛［執刀医］・沼田教授・東京大学医学部第一外科助教授武藤徹一郎・同麻酔科助教授諏訪邦夫等であり、高木（顕）侍医長等が立会いを務める。……手術に伴う御療養のため、日本国憲法第四条第二項及び国事行為の臨時代行に関する法律第二条第一項の規定に基づき、閣議決定を経て、この日より当分の間、国事に関する行為を皇太子に委任して臨時に代行させることとされ……東宮御所において、侍従長徳川義寛より皇太子に勅書を伝達させられる」とある。

※『おほうなばら』は、(195)を「……われの身はおちつきにけりいたつきをおもふ」、(197)を「秋なかば国のつとめを東宮に……」、(198)を「思はざる病となりぬ沖縄をたづねて果さむつとめありしを」、(199)を「国民に外つ国人も加はりて見舞を寄せてくれたるうれし」に作る。

昭和62年十二月六日の皇居

(200)冬枯の木々はま白くなりにける／しはすのにはにゆきつもりたり。」

昭和六十三年（一九八八）

昭和63年一月二日の皇居の參賀

(201)晴渡る年の初に諸人は／おほくあつまりいはふうれしき

(202)今までにみざる多くの人々は／あひあつまるもことなき（は）うれし。」

(203)初年に我の病の直りしを／よろこびにけるひとあつまれり。」

(204)此の度の事嘉ひし人々に／あつく礼《ゐや》いふたのしきあさ（には）に。

㊡昭和六十三年一月二日条に「新年一般参賀につき、皇太子・同妃・徳仁親王・文仁親王・正仁親王・同妃を伴われ、長和殿ベランダにお出ましになり……一般参賀者に御会釈を賜う。御会釈は……午前のみ三回行われる。……参賀者総数は、記帳者等も含め約八万七千六百人に上る」とある。

㊡同六十三年一月十二日条に「正殿松の間において歌会始の儀を行われる。この年のお題は『車』であり、御製は次のとおり」として「国鉄の車にのりておほちちの明治のみ世をおもひみにけり」との一首を載せる。次の(206)に近似し、その歌稿とみられる。

車

○(205)國營の黒金の道伊東まで／ふる事しのびくるまのりけり。」

〈頭注〉一、最後の國營

○(206)國營の汽車の車にのりにけり／ふることしのびやよひのはるに。」

(207)筑紫なる民營の汽車のみ車は／のりごこちよしさつきのなつに

〈頭注〉一、最初の民營

(208)熱海さし小田原よりは人のひく／くるまにのりて雪の中ゆく。（フルコトおもふ）」

説明（熱海さしを其の上に或は思ひ深く（六字なれど）とした方がよきや。又雪の中ゆくを雪はふりつゝ或は雪ぞふりける・雪ぞ寒けきとすれば意見は異なるがこの方がよきや）

(209)學校に馬の車で通ひたる／ころ（大正）なつかしくふるきをしのぶ。（おもふ）」

〈頭注〉馬《ウマ》の車《クルマ》は馬車《バシャ》のこと。

(210)雨（の）時は馬車《うまぐるま》にて學校に／かよひたる（りしが）ことのぎはさとせり

説明（赤坂御殿より通ふのぎは及（※乃）木大將のこと）

〈頭注〉後者は明治で、學校は小《（※初）》等科のこと。大正以後は高輪御所より通ふ。

(211)静浦を鈴ならしつゝ走りたる／うまのくるまをみしことおもふ。」

(212)古の都大路をねりあるく／うしのくるまをかもまつりに《（まつりにみたり）》みゆ。」

〈頭注〉一、御大葬の牛車をよむべきも正月につきやめること

(213)父宮と弟と共に春庭を／くるまにのりて《（うごくくるまで）》うゐにはしれり《（のりけり）》。」

(214)人のひく車にのりて沖縄の／みやこをみたり大正（の）頃。」（※序章扉写真参照）

〈頭注〉一、春庭は青山御所の庭。車は自動車のこと、星野甲子久著天皇陛下のP125にあり。自種《（※動）》　車はうごくくるまに或はキカイグルマにすべきかこうすれば汽車や電車を如何にするか

皇居の冬庭

(215)睦月なる冬と思へぬ暖かく《（さ）》／みやいのには《（も、しきのには）》にうめさきにほ《（ばなさけり）》ふ。」

伊豆須崎の春　（三月十三日）

(216)晴わたる三井濱辺の春岡《（石崖）》に／いそひよどりはうつくしくみゆ。」

○(217) みわたせば春夜の海は美き《（く）》／いかつりぶねのひかりかゞやく《（き）》。」

※『おほうなばら』は、「……春の夜の海うつくしく……」に作る。

湯川元の式部官長の死去（三月16日の夜）

(218) かへりこぬ君を思へば歐米の／たびせしときを《（の）》わすれかねつも《（つとめわすれず）》。」

㊮同六十三年三月十八日条に「須崎御用邸より還幸……。前式部官長湯川盛夫、去る十六日死去につき……侍従菅原直紀を……差し遣わされ、祭粢料を賜う。……湯川は……（昭和）五十年の御訪米の際には随員を務めた」とある。

皇居の春（四月九日）

(219) わが庭に雉少なきはねたけくも／のびゆくつくし《（の）》みれどもあかず《みゆ（る）はるたのし》。」

〈頭注〉一、雉はきゞすとし、少きはへりしにす。みゆ（る）春たのしの代はりにむれいづるなりとすべきか

(220) きにそむるくさのおう（の）花わが庭に／むれさきにほふはるぞのどけき《（うれしき）》。」

(221)春はゆく《ふけて》堀辺の《みぞべの》どてに山吹の／いまをさかりと花さきにけり《きにそむるはな》。」

〈頭注〉一、堀及《※乃》溝は山吹流れの事

(222)春ながら朝晴の庭（に）雪つもり／あまぎよしのはましろにさけり《いまさかりなり》。」

皇居の夏（七月19日）

(223)夏なれど《夏曇》涼しき堀に蓮の花（は）／みちさきにほふにはのあしたに。」

〈頭注〉一、堀は中道灌堀なり。

(224)夏ふけてむれさきにほふ花はちす／はじめてみたるあさぼらけかな《くもるあさかな》。」

○(225)夏たけて堀のはちすの花みれば／ほとけのをしへおもふあさかな」

※『おほうなばら』は「……花みつつ……」に作る。

那須の御用邸滞在中（其の一）

(226)人々のさりし思へばなす旅は／さびしくぞあるあめおほくして

(227)今もかもすこやかならぬ皇后を／おもへばさびし《かなし》ふるきしのびて。」

花火をテレビジョンで見る（七月末）

(228)つゆ明て晴渡りたる大えどに／はなびあげられ夜空うつくし。」

〈頭注〉一、大えどは東京の事、

(229)やすらけき夜空みごとにわが國と／フランスしきのはなびあがれり。

(230)みごとなる花びをみんと相集る／ひとにぎやかに夜をすごす（すぎゆく）なり。」

〈頭注〉一、夜《よる》を、或は夜《よ》をとすべきかそれによってすごせり或はすごすなりとすべきか。夜のかはりに晩の方がよきや

(231)大えどの空晴渡りうるはしく／はなびあがれりいろとりぐ〲に。」

蟬（八月）

○(232)あぶらぜみ（の）聲きかざるもえぞぜみと／あかえぞぜみなくなす（たかはら）やますゞし。」

○(233)秋立ちて木々の稍《（※梢）》にすゞしくも／ひぐらしのなくなすのいふぐれ。」

那須御用邸滞在中（八月十日より十二日間其の二）

(234)八月なる那須野ケ原に珍しく／あめはふりきぬつゆのごとくに。」

（皇居の庭の夕辺（八月13日））

(235)初秋の宮ゐの夕（辺）に白雲は／たなびきにけりあをぞらみえて《（ゆる）》。」

（松平直國の死去（八月十七日午後二時四十分））

(236)むつましき學の友とわかれつる／けふはかなしくきみおもふかな。」

㊡同六十三年八月十九日条に「元東宮職出仕松平直国去る十七日死去につき、菓子を賜う。……松平は明治四十年十一月より天皇の御相手を務め……大正三年四月の東宮御学問所開設に当たっては東宮職出仕（※御学友として）に任じられ、十年二月の同所修了まで奉仕した」とある。

（全國戰没者追悼式（昭和63年八月十五日））

○(237)やすらけき世を祈りしもまだならぬ（は）／くちおしきかなきざしみれども。」

※『おほうなばら』は、(237)を「……いまだならずくやしくもあるかきざしみゆれど」に作る。

(238)いつのまによそぢあまりもたちにける／このしきまでに《（のうちに）》やすらけき世みず。」

(239)あゝ逃《(※悲カ)》し戦の後思ひつゝ／しきにいのりをさゝげたるなり。」

(実)同六十三年八月十五日条に「政府主催の全国戦没者追悼式に御臨席のため……日本武道館に行幸になる。……正午より一分間の黙禱に続いて、追悼のお言葉を賜う」とある。

(240)この度も縣長《あがたをさ》より政（を）／きゝにけるかなたごのうれひを。」

（嚶鳴停《(※亭)》の放鳥時（八月19日））

(241)珍らしきこの度のてけ（に）たごたちの／うれひふかくてさちをいのれり《(あれといのる。)》。」

(実)同六十三年八月十九日条に「嚶鳴亭にお出ましになり、栃木県知事渡辺文雄より県勢の概要についてお聞きになる。ついで同亭前において、キジ二十羽・ヤマドリ三十羽を放鳥される」とある。

(242)美くさわにさきたる紅の／あさまふうろう秋に色づく。」

（小深堀にて（八月22日））

(243)面白き秋草《(もゝくさ)》の花さきにほふ／こふかぼりのべ《(あきの、はらに)》（に）のこせよ（と）いのる《(おもふ)》。」

（岡本愛祐の死去（八月23日午前七時25分）

(244) 大正のまつより務（し）君おきて／ふるきをかたる者なくさびし。」

(実)同六十三年八月二十三日条に「元帝室林野局長官岡本愛祐〔元侍従〕この日死去につき……祭粢料を賜う。……岡本は大正十二年に東宮侍従兼侍従に任じられ、昭和元年に侍従、九年に宮内省参事官となる」とある。

（鶯谷附近の下の濕地にて（八月二十四日））

(245) 紅のあさまふうろう鮮に／ふえつ丶ありてうれしくぞある。

（成宮の秋の庭の啄木鳥（八月）

○(246) あかげらの叩《たゝく》音する署（※曙）に（あさまだき）／きかぬさびしく（とり）うつりしならん。」

（大正12年九月一日の関東大地震を思ふ）

(247) 白雲のたなびく那須に青空も（し）／みえてむかしのなゐをしのべり（おもふなり。）。」

※以下十五首は、昭和六十四年一月予定の歌会始に備えて、御題の「晴」に関する大御歌を列記されたものと思われる。（九月十九日以前）。

晴

(248)大島《島かくれ》は靄にてみえぬ《ぬも》（が）三井濱《汐濱は》／はれてのどけくあさおもしろし《あさのたのしき》。」

(249)五月雨の空すみわたり美くしき／いづのすざきは《すざきのはまは》はれわたりけり。」

(250)晴渡る年の初に人々は／おほくきたりていはふあさかな。」

※これは(201)と近似。「……諸人は／おほくあつまりいはふうれしき。」に作る。

(251)ひるの頃須崎の岡ははれわたり／はるのあを空にうろこぐもみゆ。」

〈頭注〉一、發表がなければ以下11種（※首）は追加する。

(252)はれわたる須崎の朝にうぐひすの／はるつけそむるはつなきをきく。」

※これは(39)と近似。下句を「はつなきこゑはるつけそむる《やきならん》。」に作る。

○(253)はれわたる暁空に彗星は／尾をひきながらあをじろくてる。」

※『おほうなばら』と㊮に、昭和六十一年三月十八日、須崎御用邸屋上でハレー彗星観測の大御歌として既収。

○(254)空はれてふりさけみれば那須岳は／さやけくそびゆたかはらのうへ。」

※これは(70)と近似。下句を「さやけくそびゆあづまやよりに《高原よりに》。」に作る。

(255)にひ年を祝ふ人々旗ふりて／聲こだませりはれわたるには（に）」

(256)立つ春の須崎の岡にいとほしき／めしろのむれてあさばれにみゆ。」

※これは(30)と近似。下句を「メジロのむれてみゆあさばれに。」に作る。

(257)秋晴の赤井谷地には咲さかる／えぞりんどうもうめばちさうも。」

(258)朝凪に伊豆の海原はれ渡り／としま大島もみえてのどけし。」

(259)女郎花さはにさきたる我が庭に／秋のいろこくはれわたりたり。」

○(260)五月晴内外の宮にいのりけり／人々のさち（と）世のたひらきを

※㊡昭和五十五年五月二十三日の伊勢神宮（内宮・外宮）参拝の際の大御歌と同じ。

○(261)かんざくら（の）花さきにほふす崎（の）岡／風さむくして空はれわたる。」

(262)さま〴〵の秋の花さく小深堀（に）／あをぞらみえ（ゆる）てはれわたるなり。」

〈頭注〉一、昭和63年八月22日の小深堀

以上で全二六二首になる（他に(45)の次の五首のうち新発見三首と(89)の頭注一首も加えれば二六六首）。そのうち『おほうなばら』既収歌（小異あり）は三八首ある。さらに解説末尾のメモ歌稿四五首も加えれば、二七三首が新発見となる。ただ、(30)と(256)、(39)と(252)、(70)と(254)、(201)と(250)は近似しており、これらを同じ歌とみるか、別の歌とみるかにより総数が変わってくる。

解説　昭和天皇の御理想と大御歌

はじめに―昭和天皇への私的関心

昭和天皇に関しては、御在位中から様々な著作が出され、また平成に入ってからも重要な史資料や評伝類が公にされています。

私の研究分野は平安時代の宮廷法制文化史であり、近現代史が専門でありません。けれども、六十二年前の高校進学早々（昭和三十二年〈一九五七〉四月）、岐阜県の郷里近く（現在、揖斐川町谷汲）で行われた緑化推進の植樹祭に来られた昭和天皇（五十六歳）と香淳皇后（五十四歳）をお迎えして、ごく自然に両陛下への親しみを感じて以来、皇室に関心を持ち続けてきました。

そこで、伊勢の皇學館大学に勤めていた昭和四十八年と、京都産業大学へ移った翌年の同五十七年、有志学生を募って皇居へ勤労奉仕に参りました。両方とも幸いお元気な天皇・皇后両陛下を間近に拝することができ（その際、当時の皇太子・同妃両殿下からも直接お言葉を賜わり）まして、あの威厳と笑顔から受けた深い感銘を、今なお鮮やかに覚えています。

その昭和天皇が、京都で即位礼・大嘗祭を行われてから六十年の昭和六十三年（一九八八）、新人物往来社「別冊歴史読本」編集部から『図説　天皇の即位礼と大嘗祭』特集の企画監修を頼まれました。その時、特別寄稿をお願いした一人が、学習院初等科以来の御学友であり、昭和三年の大礼に侍従として奉仕された元掌典長の永積寅彦氏（八十六歳・当時）です。

それが契機となって、私は親友の髙橋紘氏（共同通信社会部デスク宮内庁担当・当時）と共に、都内の永積邸を十数回訪問し、貴重な想い出話を承りました（その速記録を基に纏めさせていただいたのが、同氏著『昭和天皇と私―八十年間お側に仕えて―』平成四年・学習研究社刊）。

しかも、同氏は長らく大切に保存されてきた東宮御学問所時代（大正三年春～十年春）の特製教科書などを、快く全冊貸与し複写させて下さいました。その大部分は未公開であり、特に七年間を通して御学問所主任を務めた白鳥庫吉博士（東大兼学習院教授）執筆の『国史』五冊や、御学問所で『法制』の御進講、大正十年（一九二一）以後も常時進講を続けた清水澄博士（学習院教授等）著『帝國憲法』は、既刊の杉浦重剛氏（日本中学校校長）担当の遺稿『倫理御進講草案』と共に、昭和天皇の思想形成に重要な役割を果たしたものとみられます。

よって、それを一般の有志に普及するため、『国史』は勉誠出版から、また『法制・帝國憲法』は原書房から、さらに『倫理御進講草案』に付載の「教育勅語」御進講記録は勉誠出版から、各々解説を加えて複製の出版をいたしました。

このような関わりをふまえて、平成十六年（二〇〇四）四月二十九日、京都の八坂神社崇敬会で

昭和28（1953）2月5日、歌会始にご臨席（52歳）

「昭和天皇の御理想」と題する講演をしました。また翌十七年秋刊の昭和聖徳記念財団編『昭和天皇記念館』図録に「昭和の御大礼と皇室祭祀」と題する概説を書いたこともございます。

その上、平成二十六年夏、宮内庁編修『昭和天皇実録』が完成して今上陛下に奏覧され、一般国民にも公開されることになりました。それに先立って、マスコミ数社から全データのメモリーを内々渡され、所感を求められました。しかしながら、僅か十日程で精読することは不可能なため、『実録』の記事中に引載されている御製（大御歌）が極めて有意義なことに気付き、注目すべき十数例を抄出してコメントに活用したことがあります。

さらに、この『実録』が翌二十七年から東

京書籍により良心的な超廉価で出版され始めた前後から、本務の合間に「『昭和天皇実録』に見る大御歌」と題する抜き書きノートを作りました。また、それを広く関心のある方々に見てほしいと思い、友人の吉成勇氏が主幹を務める歴史研究会の月刊『歴史研究』に数回掲載していただいたのです。

その連載が一段落した後、これに既刊『おほうなばら』所収の大御歌で『実録』が収載しなかったものを、ほぼ該当年月日近くに書き入れ、昭和天皇を理解する歴史資料として一冊に纏めたいと考えました。もちろん、今どき出版は容易でありませんが、数年前に拙著『京都の三大祭』(角川選書)を角川ソフィア文庫に入れて下さった同文庫編集長の大林哲也氏に相談したところ、『短歌』編集部で引き受けてもらえることになり、心から喜んでいます。

しかも、まことに不思議なことながら、昨年の暮れ、朝日新聞社会部の中田絢子記者から内々連絡があり、昭和天皇に「近しい人」が大事に保管して来られた「昭和天皇の和歌直筆草稿」とみられる現物の精密な複写に基づいて、鑑定と分析を求められました。それは一見して御直筆と認定でき、また大学で国文学を専攻した中田さんが、丹念に検討してきた約二百五十首も、慎重に一々点検を加えた結果、すべて御製の草稿と推断しうることが判明したのです。

その大要は、朝日新聞の新年元日・三日と七日の各朝刊に詳しく特報されました。まさに奇蹟的な大スクープといってよいと思います。

そこで、本書には、『歴史研究』連載補訂の全十章だけでなく、私なりに再検討した「晩年の直筆大御歌草稿」を、急遽「補章」として末尾に加えさせていただくことになりました。

なお、本書の解説は、昨年末までに書き下ろすつもりでしたが、「直筆草稿」の調査と内容の分析に全力を注ぐほかなくなりました。よって、やむなく十五年前の講演冊子『昭和天皇の御理想』に少し手を加え、その後に直筆草稿発見の意義と所感の一端を付記するに留めます。

一、「昭和」年号にこめられた理想

まず昭和天皇はどういう理想を持っておられたのか、また昭和時代の人々がどういう理想を掲げていたのかを振り返りながら、それをあらためて受け継いでいきたいと存じます。

昭和天皇のご理想、そして昭和時代の理想は、一言で申しますと「平和」であったと思われます。もちろん、平和でありたいというのは、なにも昭和天皇だけでなく、ご歴代のご理想であり、また我が国本来の理想でもあります。それが証拠に、日本国は「大和」と書くではありませんか。大いに和する、これが日本の大きな理想にほかなりません。

平和というものには、二つの要素があると思います。まず一つは祈りです。平和に対する祈り、というより平和を神々に対して祈るということ、これがなければなりません。人間だけで、人間だけの平和を唱えても、おそらく平和は実現しない。やはり神を信じ神を奉じてこそ、平和になりうるわけです。そういう意味で、神々に祈る、その祈りこそが平和の大事な要素であります。

もう一つは、人としての努めです。これがなければ、いわゆる空念仏に終わってしまいかねません。平和の実現に向けて、それぞれ人としての努めを尽くす必要があります。そういう意味で、平和というものは、単にピースピースと言っているのではなく、一方でひたすらに祈るということ、他方でひたすらに努めるということ、この両面がなければ実現し得ないものだと思います。そして実は、このような平和を祈りその実現に努め続けられたのが、昭和天皇のご生涯であります。

その理想を初めて端的に示されたのは、天皇の践祚直後に「昭和」という元号が勅定されたことであります。

年号＝元号というものは、もちろん古典学者が原案を考え、政府の関係者が協議したうえで、それを陛下に申し上げ勅定していただき、しかる後それが詔書で公表されることになっていました。ほかの詔《みことのり》でも、学者や政治家などが衆知を集めて纏めた最善案を天皇に申し上げ、それを陛下のご決定として発表されることになっていたのです。従って、これは陛下のご理想であると同時に、国民の理想でもあると言ってよいと思います。

年号は古来、中国の古典に基づいて原案を選び出してきました。「昭和」というのも、『書経《しょきょう》』という、今から二千数百年前にできた書物の中から採った文字案です。『書経』に尭典《ぎょうてん》という章があります。尭とか舜《しゅん》というのは、古代中国で最も理想とされた伝説的な帝王ですが、その尭の治績として「百姓昭明にして萬邦を協和す」とみえます。「百姓《ひやくせい》」とは、俗にいう百姓《ひやくしよう》ではなくて、あらゆる職業の人々、全国民という意味です。また「昭明《しようめい》」は、明るく安らかなことです。それから「萬邦《ばんぽう》」というのは、あらゆる国々つまり全世界です。その全世界を「協和」、協力和合せしめるというのです。一言で申せば、全国民の平安と全世界の平和を意味します。これが今から二千数百年以上も前に、政治の理想として考えられたことであります。その中から、昭明の「昭」と協和の「和」の文字を取り出して、「昭和」という年号が作られたのです。

これは非常に大事なことであります。日本には理想がないと言う人もいますが、そんなことはありません。いつも御代の初めに新しい年号が定められ、そこに新しい御代の理想が示されてきたのです。

現に我々は、いま今上陛下のもとで、「平成」という元号を使っております。これも、出典のひとつは『書経』でして、「地平天成」(地平らかにして天成る)とみえます。もう一つは司馬遷の書きました『史記』でして、「内平外成」(内平らかにして外成る)とみえます。その両方から「平」と「成」の二文字を取り出して組み合せた「平成」はまさに、「国の内にも外にも天にも地にも平和を達成する」という雄大な理想を示すものと公的に説明されています。

つまり、いま我々は平成の御代にありますが、その「平成」の意味するところは、昭和時代の理想を受け継いで、家庭の内でも外の社会でも、或いは日本の国内でも外の世界でも、あらゆるところに平和を達成することです。従って、我々は「平成」という年号をしっかりと見据え、そのような理想の実現に努めることが、まさに平成の我々の務めだと思います。しかも、その先蹤をなすものが「昭和」という年号にほかなりません。

二、即位礼における「お言葉」の意義

この昭和天皇は、ご即位の大礼を京都において行われました。年配の方はご存じだと思いますが、明治の「皇室典範」に基づき、大正天皇のご大礼と昭和天皇のご大礼は、京都において行われたのです。その意味は極めて大きく、平成のご大礼もぜひ京都でということを、私も何人かの方々と強く主張しましたが、残念ながら実現しませんでした。ただ平成の初めにも、京都御所の高御座が東京へ運ばれ、それを皇居の宮殿に据えて即位礼が行われました。

さて、昭和三年（一九二八）十一月十日、天皇陛下が紫宸殿の高御座に立って読みあげられた勅語を拝見しますと、「朕、内は則ち教化を醇厚《じゅんこう》にし、愈々民心の和会を致し、……外は則ち国交を親善にし、永く世界の平和を保ち……」と述べられています。つまり「昭和」という年号に表される理想と同じ趣旨を、こういう形で述べておられるのです。

このうち「教化を醇厚にする」とは、正しい教育を手厚く行うことです。人間は本来どんな人で

も、良い性質を持って生まれているはずなのに、教えというものにふれていないとだんだん道から外れてしまうので、正しく教化する必要がある。家庭や学校で教育を施し、心豊かな人間にする必要があるのです。それによって「民心の和会を致し」、国民の気持ちが、自分だけ良ければよいというのではなく、家庭でも地域でも、また学校でも職場でも、さらに日本国中で、みんながお互いに心を通わせ協力していこうとすれば、おのずから内において平和が達成されるのであります。

しかも外に向かっては、「国交を親善にし、永く世界の平和を保つ」ことに努力しようとされたのですが、それは容易なことではありませんでした。

振り返ってみますと、日本は幕末に開国しましたが、明治時代には安政不平等条約の改正を求めても、欧米列強は日本を対等に扱ってはくれませんでした。それを何とか平等にして独立を全うするため、明治の先人たちは必死に努力をしましたが、その間に心ならずも清国やロシアのような大国相手に厳しい戦争をしなければなりませんでした。

とりわけ日露戦争は、ロシアがどんどん朝鮮半島へ攻め入り、その危険が日本に及びそうになりましたので、それを何とか撥ね除けようとして戦争になり、辛うじて勝利しました。ただ、それによって、日本は国際社会から一人前の国と認められたのです。

戦争というのは不幸な事態でありますけれども、日本は外国の言いなりにならず、いざという時には命がけで戦う気迫を示したことによって、欧米の人々だけでなく、欧米の植民地下に置かれてきた世界各地の人々から、日本は尊敬し信頼できる国だという評価をかちえたのです。

国交を親善にするといっても、自分の国が分裂したり、混乱して他国から干渉されたり支配されるようでは、何もできません。まず国内が一つに纏まった統一国家であり、そして対外的に毅然とした独立国家でなければなりません。そのためには、不退転の覚悟と不断の努力が要るのですが、そういう気迫をもって長く平和を保とうと宣言をされたのです。

つまり、このご即位のお言葉は、単なる作文ではありません。こうして日本の理想を掲げると同時に決意を示されたものといって良いだろうと思います。昭和天皇は、御代の初めに「昭和」の理想を掲げられ、それを神々に誓い、そして人々と共に行われてきました。もちろん、それは決して平坦な道ではありませんでしたが、いま振り返れば見事な時代をつくりあげられたのです。

三、二十世紀の初めにご誕生

そこで、もう一度もとへ戻りますと、昭和天皇が誕生されましたのは、明治三十四年、四月二十九日であります。明治三十四年というのは、西暦の一九〇一年、二十世紀の初頭の年であります。これは、偶然ながら重要な意味を持っております。

世界史的に見ますと、十九世紀には欧米の勢力が世界を支配し、それが圧倒的になりましたから、白人以外は国際舞台に上れないと思われていました。ところが、二十世紀の初め（一九〇四～五年）、日露戦争で日本が白人の大国ロシアを打ち負かしたのです。そのことによって、欧米白人の絶対優位が崩れ、黄色人種も黒色人種も無視できない存在であり、やがて民族自決の原則が世界の認識となって、二十世紀を大きく変えてまいりました。

その初頭にお生まれになったのが、迪宮裕仁《みちのみやひろひと》親王です。当時、祖父の明治陛下は四十八歳、そして父君の皇太子嘉仁《よしひと》親王、後の大正天皇が二十一歳であられました。また母君の節子《さだこ》妃殿下、後の貞明皇后は、公爵九條道孝の息女でして、当時十六歳であられました。

ご承知のとおり、大正天皇はご幼少の頃からご病弱でしたが、徐々に健康を回復され、若い大変ご健康な九條節子さまと結婚されました。そして幸い本当にお元気なご長男がご誕生になったのです。これは奇跡的な出来事といっても過言ではありません。

原武史という方の『大正天皇』という本に詳しく書かれていますが、大正天皇は皇太子の時代に健康回復のため全国各地を巡啓されまして、たくさんのご事跡を残しておられます。すでに明治陛下は全国各地へ行幸され、そのことが明治統一国家を創る上で大きな意味をもったのです。明治天皇よりも気さくに全国を行啓された皇太子嘉仁親王のご功績も、かなり大きいとみられます。

その皇太子殿下が、ご聡明でご健康な九條節子様を娶られた。この貞明皇后は大変ご立派な方だったようで、いろいろなエピソードが残っております。

こうして、ご健康を回復されました嘉仁親王と後の貞明皇后のもとに、まず昭和天皇がお生まれになり、その後、弟君がお生まれになりました。

四、学習院初等科での迪宮裕仁親王

こうして誕生された裕仁親王が、その後どういう教育を受けられたのかを振り返ってみます。当時の皇室では、お生まれになった皇子を親元から離して、かなり厳しい躾をすることになっていました。いわば里親のもとに預けるということでありまして、昭和天皇の場合、お生まれになられてから七十日目に、薩摩出身の川村純義という方のもとへ出され、二年ほどの間厳しく育てられました。

やがて学習院の初等科へ進まれましたのは明治四十一年(一九〇八)ですが、当時の院長は乃木希典大将であります。ご承知の通り乃木大将は日露戦争で大変な苦戦をされ、ついに旅順を陥落せしめた勇将ですが、それ以上に立派な人格者として明治天皇から絶大なご信任を得られました。そして皇孫裕仁親王の教育を頼むと強く言われましたので、乃木さんとしては最後のご奉公に努められました。乃木さんはほとんど自宅へ帰らず、学習院の寮に住んで皇孫殿下のご教育にあたられました。

後に昭和天皇ご自身が「乃木さんからは質素倹約とか、質実剛健ということの大切さを教えてもらいました」と、語っておられます。

それから当時、一年生から六年生までを担任されたのが、石井国次という先生であります。この方は数学とか理科の先生でありますけれども、これまた立派な人格者で、裕仁親王に与えられた影響も大きいといわれております。

実は驚いたことに、『週刊朝日』平成十六年三月五日号に「昭和天皇　知られざる初等科時代発掘スクープ　学習院の担任が95年前に綴った『教室日誌』を入手」という記事が出ました。

これを偶然、発売日に駅で見つけて内容に感じ入り、記事を書いたS記者に電話してみました。すると、幸い入手された資料を見せて下さることになり、上京した機会に、全文複写させていただきました。それはクラス担任であった石井先生ご自身の日誌と、生徒である裕仁親王を含む十数名のご学友が交代でつけた日誌の両方です。それによって、石井先生のもとで、どのような教育が行われていたかよく分かります。

たとえば、「大掃除、畏くも殿下には御雑巾を御持参あらせられ御机・教師机を御ふきあそばさる……」とあります。小学生の裕仁親王が雑巾を持ってこられ他の生徒と同様にお掃除をなさったと、そういうことで乃木さんの言われる、質素倹約、質実剛健というものを学んでおられたことが分かります。

それからもう一人は、丸尾錦作という、皇孫御殿のご養育掛長です。この方は豪快な方で、「将来天皇になられる方は時間を守ってください。時間は誰にとっても貴重なものでありまして、殿下が少しでも遅れられたら皆が迷惑します」ということをしばしば厳しく言われたそうであります。
ある時、遊びに熱中して約束の時間を過ぎても帰ってこられないと、丸尾さんは入り口を閉めて絶対開けなかったそうです。

これはなんでもないようなことですが、大事なことであります。宮中の行事でもそうですし、地方へお出ましになられます時も、天皇としてのお心得は、早過ぎても遅過ぎてもいけないということです。早過ぎれば皆が慌てますし、遅すぎれば皆が迷惑するので、ちょうどの時間、誤差一分以内というところでお出ましになられたり、会見なども終えられます。これはこの丸尾さんのご注意をよく守っておられることになると思われます。

さらに、侍女として足立タカさんがおられました。この方は現在のお茶の水女子大学の付属幼稚園の先生をしておられたのですが、抜擢されて侍女となり、後に総理大臣を務める鈴木貫太郎の奥様になられた方であります。

この方もまた優しく厳しく躾けられました。その影響でしょうか、裕仁親王は生き物を大事になさり、しっかり観察をすることなどを学ばれ、やがて生物学に大変ご造詣が深くなられ、世界的な発見もなさるような生物学者となられました。

こういう話はたくさんあります。昭和天皇という立派な天皇は、もともとご祖先から受け継がれた資質に加えて、こういうご幼少以来の色々な方々のご教育が徐々にご自身の中で醸成され、結果として見事に花開いたということが分かります。

五、東宮御学問所で学ばれた歴史と倫理

次いで一般の中学校・高等学校の時代は、東宮御学問所という特設の教室で学ばれました。大正三年（一九一四）春から十年春までの七年間、満十三歳から十九歳にかけての時期です。旧制の中学校は五年、高等学校は三年でしたから、いわば中高一貫教育であります。

この御学問所での校長にあたる総裁を務めたのが東郷平八郎元帥でした。乃木さんと東郷さんというのは、日露戦争の陸と海を代表する名将でありますが、教育者としても立派な方でした。東郷総裁はこの七年間、ほとんど毎日出勤して、皇太子殿下の教育を見守っておられます。しかも、その下で教務主任と歴史を担当し努力されたのが、白鳥庫吉という学習院兼東大の先生でありますます。この白鳥先生は、もともと東洋史の専門家ですが、日本史にも大変お詳しくて、むしろ国史、日本歴史のご教育に力を注がれた意味は大きいと思います。

この白鳥先生がお書きになった「国史」の教科書が五冊あります。これは勉誠出版という所から、私の解説を加えて出版いたしました。ご覧いただいたらお判りのとおり、大変すばらしい内容です。神代から明治に至るまでご歴代の歴史、日本歴史が簡潔明快に書かれております。この先生が、ご専門の東洋史も、さらに西洋史も兼ねて教えられました。

さらに倫理を担当されたのが、杉浦重剛という方であります。この先生のご出身は滋賀県、現在の大津市膳所です。

この方は、膳所の藩校と京都で漢学・蘭学を修め、やがて東京へ出て今の東大に学び、やがてイギリスへ留学。帰ってこられてからはどのような道にも進み得たのですが、ご自身は教育によって日本を興したいという思いから、東京で日本中学校という私立中学校を作られ、そこの校長となり自ら「倫理」を教えておられました。

この日本中学校はエリートが集まり素晴らしい人材を育てました。そういう人材育成の総責任者でありましたから、当然中学高校に相当する生徒を教えるのに最適任でした。そこで、東宮御学問所の御用掛（教師）はほとんど東大か学習院の先生でしたが、「帝王倫理」を教える最も重要なポストは、日本中学校校長の杉浦重剛先生に任せられました。これも東郷さんをはじめ当時の人々の見識だと思います。

この杉浦先生が担当されました「倫理」という科目の御進講草案がございます。既に戦前の昭和十一年から市販されております。

この方が教えられたことはたくさんありますが、とりわけ将来天皇になられる方に必要なことは三つあるという。一つは「三種の神器」のご精神を体せられること、もう一つは「五箇条の御誓文」のご趣旨を体せられること、いま一つは「教育勅語」のご精神を体せられること。この三つを掲げておられます。

まず三種の神器は、鏡・玉・剣ですが、鏡によって表されるものは「智恵」、玉によって表されるものは「仁愛」、剣によって表されるのは「勇気」、つまり智・仁・勇を表すものが三種の神器、帝王たるものはこの智・仁・勇を兼ね備えなければいけないというわけです。

ついで「五箇条の御誓文」は、明治天皇が京都御所で天神地祇に誓われた五箇条の国是であります。こういう基本方針を神に向かって誓い、天皇が率先して実行するということこそ大事です。上に立つものは、神に向かって誓い、自ら実践することによって、多くの人々も理解し共鳴するものだ、ということを示されたのが「五箇条の御誓文」であります。それをしっかり学んでほしいというわけです。

さらに「教育勅語」は、明治二十三年（一八九〇）に明治天皇のおさとしとして示された、国民道徳の基本であります。これも「朕、爾《なんじ》臣民とともに拳拳服膺して……」とありますように、明治天皇ご自身が実践することを宣言された道徳の基本にほかなりません。

そこで、杉浦先生は、国民に道徳的なことを求めるのであれば、まず皇太子殿下自らそのお手本を示して欲しい、ということを訓育されたのです。

昭和天皇のご学友で永積寅彦という方がおられました。旧姓大迫といわれ、この方の伯父さんが乃木さんの後を継いだ学習院の院長です。この永積先生は、ご学友の中から選ばれて長らく昭和天皇の侍従も掌典長も務められ、ご大喪の祭官長まで務められました。

私は友人の高橋紘氏と一緒に、昭和の終りから平成の初め、十数回お目にかかり、色々と昭和天皇のお話を承りまして、それを後に学習研究社というところから永積先生のお名前で『昭和天皇と私』という題の本にまとめさせて頂いたことがございます。

この永積さんによれば、東宮御学問所は、皇太子裕仁親王とご学友五名のあわせて六名の特別な学校でした。その誰もが杉浦先生の話は本当に面白くて、一生忘れないほど感銘を受けられたそうです。

しかも、最後の方（大正九年度）は、皇太子妃として久邇宮家から後の香淳皇后を迎えられることを可能にされ、それを成し遂げられたのが杉浦先生であります。

久邇宮良子女王は、大変ご立派な方であり、ご健康な方でありました。貞明皇后が大変お気にいられ、大正天皇に申し上げられてお決めになった。ところが、その後で一部の政治家が反対を唱え、久邇宮家として辞退なさるべきだという人も出てきたのですが、杉浦先生は、「帝王が一旦お決めになったことを変えられてはなりません」と強く主張されました。なぜなら、「倫理というものは、一貫していなければいけない。特に上に立つものがぐらぐらしてはいけない」と強く言われたのです。

六、摂政五年を経て二十五歳で御即位

皇太子裕仁親王は、七年間の御学問所を卒えられ、大正十年（一九二一）の春から夏にかけて、ヨーロッパへお出かけになられました。ご歴代の方々で西洋まで出かけられたのは初めてです。そのことが二十世紀に相応しい帝王となられるのに、たいへん重要な意味を持っています。

しかも、帰って来られますと、待ちかねたように摂政を委任されます。大正天皇は、だんだんとご健康を患われ、ご即位後、大正四年の京都におけるご大礼は何とかお務めになられましたけれども、その後心身ともに難しくなられました。

そこで、大正十年に皇太子裕仁親王が摂政に就任され、十五年まで天皇の代行を果たされたのです。昭和天皇のご在位は六十四年といいますが、厳密には最初が一週間、終わりが一週間でありますから、昭和時代は正確に言うと六十二年と二週間です。それに摂政時代の五年近くを加えますと、まさに七十年近いご治世になります。

この昭和天皇の御代は、まさに全国民の平和、全世界の平和を念願する「昭和」元号を掲げてスタートしました。そのために天皇ご自身、誠実に努力されましたが、内外共に難しい問題が続出して、それが容易に実現していません。

しかし大事なことは、常に理想を持っているということであります。理想というのはすぐに実現するとは限りませんが、理想を持ち続けることによって、どんなに逆境の時も、そこから抜け出し

て理想に近付くことができるのです。

七、終戦の御聖断と「新日本建設の詔書」

そういう意味で、昭和の御代は理想をもっておりました。昭和天皇はその理想を意識されながら、平和の実現に祈りを込められ、平和を実現しようとする務めを果たしてこられました。

たとえば、昭和十五年（一九四〇）、先の戦争に入る直前、次のように詠んでおられます。

西ひがしむつみかはして栄ゆかむ世をこそいのれとしのはじめに

この時に限りませんが、ひたすらに日本と世界の平和を祈っておられたのです。しかし、残念ながら国際情勢はその通りに進まず、結果的に「大東亜戦争」の開戦ということになりました。

当時、明治憲法の下にあった日本の立憲君主とは、内閣が責任を持って決めたことについて、ノーといえない、ということで開戦に至りました。しかし終戦にあたりましては、御前会議において、内閣の意見が半々に分かれて決定できないため、鈴木貫太郎総理が御聖断を仰ぎたいということをお願いして、陛下の思し召しにより終戦が決定することになったのです。

この御聖断の持つ意味は極めて重要であります。日本では、戦争に勝ったときも負けたときも、陛下のもとに皆が一致していたのです。

戦後の再建にあたっても、昭和天皇の役割は、またしても大きかった。戦後の新しい方針は占領軍によって示されたものだと思われているかもしれませんが、必ずしもそうではありません。その証拠が、昭和二十一年の元日に公表された「新日本建設に関する詔書」です。これは普通、「天皇の人間宣言」などといいますが、全然そのようなものではありません。

これはもともと占領軍の要請で出されることになったのです。占領軍としては、天皇がいわゆる現人神《あらひとがみ》ではないということを世界に向かい明言して欲しいと求めてきました。それに対して、天皇は神の如きお方だという意味で現人神と申し上げ、神の如く敬ってきたのでありますから、それを誤解されないよう明示することは差し支えないが、昭和天皇はその詔書の中に、明治陛下の示された「五箇条の御誓文」を盛り込んで欲しいと仰せられました。

そこで、冒頭に「五箇条の御誓文」が全文掲げられたのです。そこでは「叡旨公明正大、又何をか加へん」とありまして、戦後の日本が行くべき道は、既に明治陛下がお示しになった「五箇条の御誓文」に全て尽くされているから、それに則っていけばよろしい、何も付け加えるものはない、とはっきりおっしゃっておられるのです。

すなわち、戦後日本の方針はここに決まったと言って良い。しかも、この昭和二十一年のお歌会始で発表された御製に次のごとく詠まれています。

ふりつもるみ雪にたへていろかへぬ松ぞををしき人もかくあれ

昭和天皇の御製はたくさんありますが、国民に向かって「かくあれ」という強い要請をされたものはほとんどみあたりません。しかしこの時は、敗戦につぐ占領という非常事態で、深い雪に覆われた状況下でも、松が色を変えないように、節操を変えないで日本人としてのプライドと自信を失わないで欲しいと呼びかけられたのでありましょう。

ちなみに、翌二十二年の御製でも同じように歌われております。

潮風のあらきにたふる浜松のををしきさまにならへ人々

そのように、戦後の日本は、昭和天皇の強いご意思に応えて再出発した、ということを再確認しておきたいと思います。

八、宮中祭祀の斎行と全国への行幸

このようにしてスタートした戦後、あらためて平和の実現に向けて、陛下が努めてこられた。それは最晩年まで続いております。例えば昭和六十二年の御製に次のごとく詠んでおられます。

思はざる病となりぬ沖縄をたづねて果さむつとめありしを

この昭和六十二年の国民体育大会に、陛下は沖縄へお出ましになる予定でありました。ところがご病気になられ、結局それができなくなったのです。陛下は敗戦直後から、全国各地を巡幸されましたが、最後に沖縄だけが残ってしまった。本土の楯となって十数万の人々が犠牲になった沖縄が一番苦労しました。そのことをずっとお心に掛けておられ、何とか沖縄へ行きたいと思っておられたのですが、ついに果たせなくなったことを残念がっておられます。

陛下は単に神々に向かって祈られるのみならず、全国を回って平和の実現に努めてこられました。そして沖縄へ行こうとされながら、それができなかった。そこで代わりに、皇太子殿下がご名代として沖縄へお出ましになり、ご即位後も今上陛下として沖縄にもしばしばお出ましになっておられます。

私は先般、沖縄へ遺骨収集の手伝いに参りまして、現地で聞きました。沖縄の人々は色々わだかまりがありますけれども、今上陛下がお出まし下さった事で気持ちが変わったという方が、たくさんおられます。そういうことが昭和天皇、また今上陛下の平和へのお働きなのです。

日本が平和で有りうるのは、いろいろな要因が考えられますけれども、とりわけ昭和天皇と今上陛下の、もっと言えばご歴代天皇の深い祈りがあり、そして不断のお務めによるところが大きいと思われます。

いまあらためて昭和天皇に感謝申し上げ、昭和の御代に掲げられました理想を、今上陛下のもとで引き継ぎ、その実現に努めたいものだと思います。

九、昭和天皇晩年の「直筆和歌草稿」

叙上の講演でも昭和天皇の大御歌を数首引用しましたが、それは宮内庁侍従職編『おほうなばら』(平成二年、読売新聞社刊)に基づいています。同書には「御製八百六十五首を集め」てあり、歌会始選者の岡野弘彦氏(國學院大學名誉教授)による大局的な評論「昭和天皇の歌風」と徳川義寛侍従長による懇切な「おほうなばら解題」が併載されています。また岡野氏は『昭和天皇御製四季の歌』(平成十八年、同朋舎メディアプラン刊)という名著も出しておられ、先年それを受贈して感銘深く拝読したことがあります。

昭和天皇の大御歌は「約一万首ある」といわれています(岡野氏同上書)が、公表されたのは、一割に満たない八七〇首ほど(『おほうなばら』に八六五首。『実録』に新しく五首)であり、これ以外には知りえないと思い込んでおりました。

ところが、前述（はじめに）のとおり、昨年の暮れ、朝日新聞の中で数年かけて検討された新資料は、昭和天皇の「直筆原稿」であり、「晩年の歌２５２首」を含んでいると知らされ、まさにびっくり仰天しました。それを私も一緒に分析する機会を与えられ、ぎりぎり年末までに判明した結果の要旨が、中田絢子さんたちの手で見事にまとめられまして、まず新年元日の「朝日新聞」朝刊一面と三十九面に掲載されました。その一面見出しとリード文は左の通りです。

昭和天皇直筆原稿見つかる／晩年の歌２５２首　推敲の跡も

昭和天皇が晩年、御製（和歌）を推敲する際に使ったとみられる原稿が見つかった。近しい人が保管していた。直筆を知る歌人も本人の字だと認めた。「宮内庁」の文字が入った罫紙29枚、裏表57ページ。鉛筆でつづられた歌が少なくとも２５２首確認できる。欄外に注釈や書き込みもある。まとまった状態で直筆の文書が公になるのは初めて。専門家は「人柄を深くしのぶ一級の史料」としている。

これに続く本文の記事を抄出すれば、「保管者は匿名を希望しており、今後、研究機関など適切な場所に原稿の管理を委ねることを検討している」とあります。この「保管者」（リード文の「近しい人」）はどんな方か、誰もが知りたいところですが、今のところ「匿名を希望」しておられるので、私も中田さんから聞いておりません。

ただ、まったく偶然のことながら、三年程前、ある民放テレビの皇室番組担当者に紹介されて、この「近しい人」と推定される方と懇談したことがあります。その時はこの新資料を保管しておられることに全然言及されませんでしたが、まことに誠実な人格者だと実感しています。

ついで記事に「朝日新聞は保管者らへの取材を重ね、1月7日で昭和天皇逝去から30年となる節目を前に、昭和天皇の歌を研究する所功・京都産業大名誉教授に協力を求め、共同で確認、分析した。昭和天皇の歌の晩年の相談役で直筆を見たことのある歌人の岡野弘彦さんに筆跡と内容を、昭和史に詳しい作家・半藤一利さんにも内容を確認、評価してもらった」とあります。

念のため、私は和歌の素養に乏しく、研究者でもありません。上述のとおり『昭和天皇実録』に見る大御歌を抄録し、『歴史研究』に連載してきたにすぎません。ただ、三十年余り前、御学友の永積寅彦氏から、昭和天皇は御幼少期より「字がお上手でないことを自覚され、将来に備えて御名「裕仁」の二字を毛筆で何遍も何遍も練習しておられた」と聴いたことがあります。そこで私は、筆跡と表現・記述の内容から「筆者は本人（昭和天皇）以外あり得ないだろう。保管者と昭和天皇の関係からも疑いようがない」旨をコメントしたのです。

この新資料について、取材に応じた「和歌の元相談役」岡野弘彦さんが、「私は昭和天皇の直筆を見たことがある。……今回の原稿も陛下の字ですね。……一つの事柄にいく通りもの歌を詠んだり、丁寧な注釈があることからも、一つひとつの歌を丹念につくられた跡がうかがえる」と証言しておられます。

また、作家（代表作『日本のいちばん長い日　運命の八月十五日』など）半藤一利さんも、「今回の原稿は……天皇本人が書いたもので……直筆のまとまった文書が公になる意味は大きい。……公表済みの歌の原案がわかることも意義深い。……独特の文字の印象も含め、昭和天皇が晩年まで抱えていた尽きせぬ悲しみが伝わる」と論評されています。

十、直筆メモから清書・添削まで

このような元日特報に続いて、三日と七日の「朝日新聞」朝刊が、重要な関係資料を掲載しました。

その一つは、「昭和天皇が……心に浮かんだことを直筆で記したとみられる8枚のメモ」です。いずれも葉書サイズの質素なメモ用紙の表と裏に、鉛筆でびっしり書かれています。

このメモは、（イ）六枚の表裏に五八首（一部欠脱）の歌稿が書き連ねられ、（ロ）二枚の表裏に既製の歌稿に関する訂正などを書きながら赤鉛筆等で線を引き消してあります。両方とも句読点がほとんどなく、判読し難い箇所も少くありませんが、その大部分を以下に抄出します。

すなわち（イ）には、前掲の補章に記されていない歌案が多くありますので、「直筆和歌草稿」

二六二首と同類とみなし、続き番号を冠します（メモ年次は不明ですが、昭和六十二年ころかと思われます）。既収歌は頭に○印（小さい丸）を付け、下に所在を示しました。

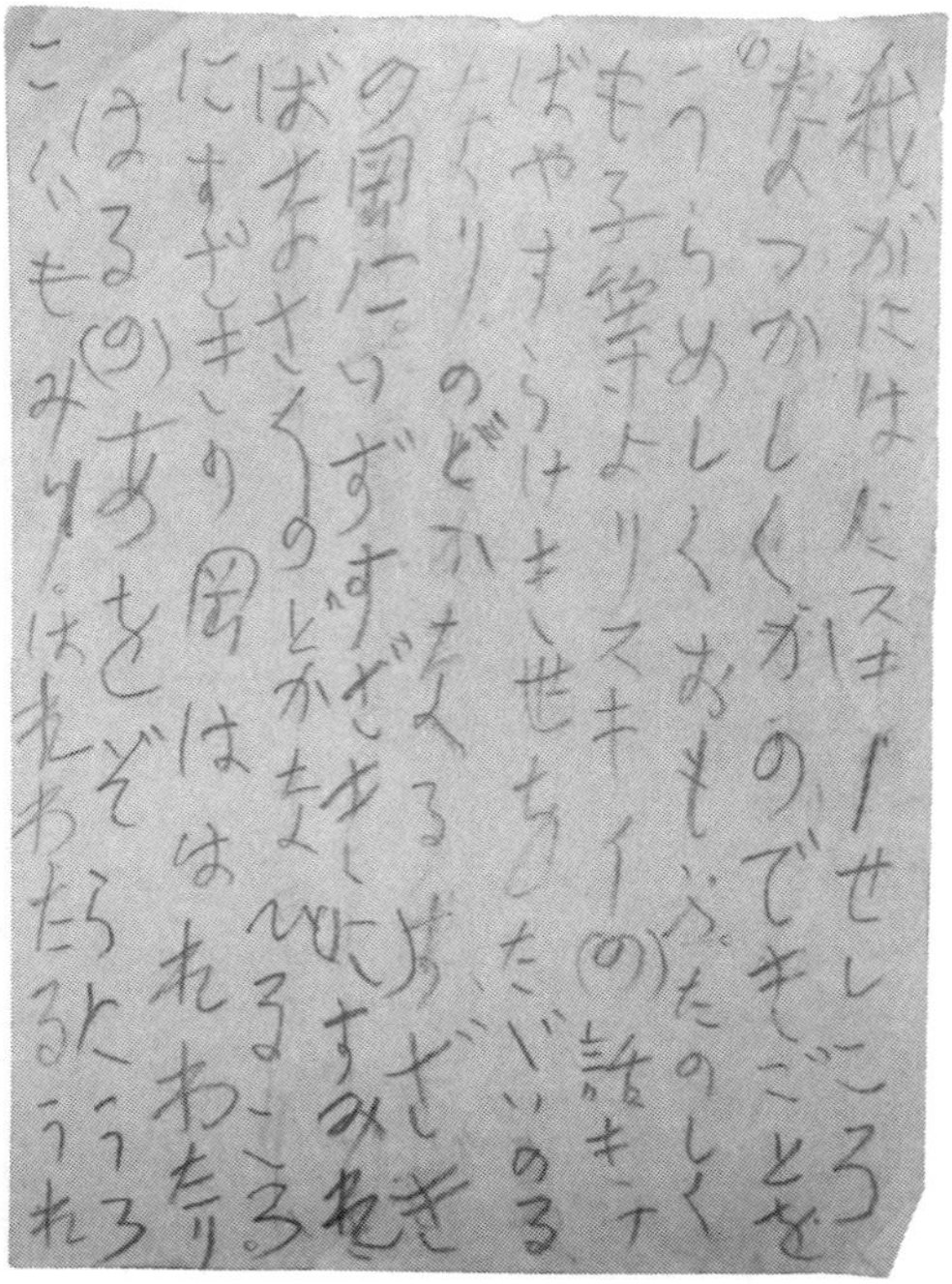

昭和天皇のご直筆歌稿メモ（葉書大）片面

(263)我がにはにスキーせしころなつかしくかのできごとをうらめしくおもふ。
(264)たのしくも子等よりスキイ（の）話きけばやすらけき世をたゞいのるなり。
(265)のどかなるすざきの岡にいずすざき（に）すみればなさくのどかなひるころ
(266)（※上脱カ）にすざきの岡ははれわたりはる（の）あをぞらにうろこぐもみゆ。
○(267)はれわたるうれしの（の）をかに人々となゑうえをへてたねまきにけり（※→十章533）
○(268)くれなゐとましろきうめの花ちりてさびしきにはにうぐひすきなく（※→補章(154)）
(269)わが庭のたけのばやしにすく〳〵とのびしたけのこゆたかなる春
○(270)わが庭の竹のはやしにすく〳〵とゆたかにのひしはるのたけのこ（※→補章(155)）
○(271)あゝかなしかひのけんきうにひらせたすけしかひるゐのしらべすゝめしきみを思ふ
なり（※→補章(157)(158)交ざり）
(272)春立つも（立つ春も）雪はのこりてひとしほにさむさきびしきむらさきの庭
(273)人々のむそぢのいはひ（は）うれしきもすこやかならぬつまおもへばかなし（※こ
れは補章(52)と類似）
(274)まゝならぬヒ（※日カ）をおもへばかなしこのいはひにすこやかならぬあき《秋》のみや（に）（の）（※重ね書き）すが
たおもへば

(275)うれはしきかないもとせもむソヂとなりぬかへりみれば朝霞かすむ
(276)初春にすざきの岡にくれなゐの梅さきにけりほの〴〵かをり（て）
(277)朝日さすつゝじのにはのはる《に（※重ね書き）》さればくれなゐの梅（は）さきそめにけり

千葉縣南房總方面旅行について（車中より第三海堡跡を望む）

(278)ながむればだいば（台場）のあとはうをのすみかになりにけりやすらけきよにかはりしはうれし
(279)魚確《（※礁カ）》になりしわがさかまたはおそろしきさかまたいるかと
(280)をちの海原（は）はる〴〵とみゆばんどういるかまちのともしび
(281)つばたのもりははつなつにみどりのいろにつゝまれにけり
(282)みそらよりましたをみればこまつなるひろばのもりはみどりうつくし《すゞしき》。
○(283)をのいらぬやしろのもりをたづねればからたちばなのおふめづらしき（※↓九章496）
(284)（※上脱カ）いらずのもりののこりしはかみのちからとおもひてうれし
(285)のと島にはじめてわたるオホはしをはじめてわたるのとじまにたみのよろこび（を）きくぞうれしき

(286)のとじまのオホハし（を）うひにわたりけりたみのよろこびいかにあるらん

(287)のとじまのやかたをみたりさま〴〵のおもひめぐらしおもしろ（※く脱カ）して

(288)このやかたみてさきたまのふるきむかしをしのびつゝ（※下脱カ）

(289)おホやけのもりのひろばに人々のあそぶすがたのみゆるはうれし

(290)ふゆがれにかものあつまる大沼に（の ※重ね書き）ながめつきせぬ加須のちみわたしひろしにうをを
しらべん

○(291)ワレのためかひのしらべをたすけたるきみもまた世を（※下脱）（※↓補章(159)）

(292)はれわたる遠つひかたのありあけのうみはおもしろしと（※リ脱カ）　かにみえて

○(293)おもしろし遠つはるかにしほのひくありあけのうみとりかにみえて（※↓補章(160)）

○(294)いろ〳〵のうをかひなどをするそう（水槽）にかはれるさまはおもしろきかな（※
↓補章(162)（※消し忘れカ）

○(295)むつごろの　むかしよりつたはるわざをまなばんといそしむさまはたのもしきかな
（※↓補章(163)(164)交ざり）

○(296)そのかみにかゞみやまよりまつばらをなつかしくみゆきさきとともに（※↓補章(165)）

○(297)しづかなるうみをへだてゝ島岡をたのしくみたりやどのなかめは（※↓補章(166)）

○(298)みごとなるにじの松原つらなりてハマうつくしきみどりこくして（※↓補章(167)）

(299)初夏《みわたせば》にあをき富士へリポートに（※下欠）

○(300)（九州旅客鉄道）經營のしきたりかはりこのたびにうひにのりけ（た）りうしろやすきに
（くして（※↓補章(168)）

(301)（※上脱カ）かげにべニしだむ（しげり）れてみどりうつくし。

(302)風（さむ）つよき冬《ふゆ》にたへたるかがのとのはつなつのもり（は）（も）みどりめにしむ
(303)はつなつのかがのはまべにはまぐみのむれしげりたりはなどきいかに

(304)おもしろきくさきのしげるこのはまのしぜんのほごをいのる□《り》るかな
(305)（※上脱カ）わかばさすもりになれといのれり
(306)初夏の鶴來《ツルギ》のさとにすぎのたねをまきつゝおもふそだつひまちて
(307)ひわかばさすつるきのさとに人々はいろ〳〵のたね（を）まきにけるかなみどりの

しげるうすばあをのり（※二首か）

(308) はつはるのみついのはまに《の》しほのひくわが庭の春なほさむきもり

(309) もみぢして錦をりなす大池にはしかゝりける初冬の庭（に）

(310) 眞白《(白たへの)》なる雪ぞふりけるあらたまの《たらしき》年（に）はしにつもれる

(311) なつたけてみづのすくなききぬかはにはしかりにけりはれのつゞ《(※ぬカ)》きて

(312) まへ（に）□□そう（なりどころ）しもつけののべながれゆくきめがはにはしかゝりけり

(313) かはなみのたつなかがはに大橋はかゝりけるかなつりびとみえて

(314) なつなれやオホシマザクラ（は）葉がくれにくろきみはみゆすざきのをかに

(315) きにからみてかゝりたりけりなつたけてていか《(くわ)》かづらのしろくさきけ《(※下脱れカ)》

(316) さみだれのすざきの岡にすざきなる岡の夏ふけて（さみだれの）このまに花さきにほふ

(317) にほひゆり（の）花なかあまぎやこ《(※まカ)》（に）のぼりてみしがもやこめて《(もやわたる)》ながめよから

ぬくちをしくして

(318) もやわたるなかにさきけ《た》るめづらなる《しき》あまぎにしきうつぎさきにほふ

(319)（※上脱カ）なつもやわたるあまぎのおねにこした《（もりかげに）》やみあまぎつゝじは

(320) ところ《（※消し忘れカ）》 あまぎやま（の）しぜん《（自然》のほご《保護》にあがたなるをさよりきゝてうれしかり《（※下脱けりカ）》

一方、（ロ）の一枚は、（イ）と同形の縦長メモ用紙に次のごとく記され、全文に消去の縦線が引かれています。

（表）ふけ《（※富家崇雄）》侍医の歌を場合により訂正す（昭和57年十二月一日）クじやクテフの日本幼虫図鑑（Ｐ371）をみよ。尚ほイラクサ類を食す。那須の□□《（※植物カ）》誌をみよ。十二月三十一日に雪がうすいが庭につもる。珍し。雲が多いが青空もみえる。まどを開く朝に雪はやんでいた。前川文夫の死去。（一月13日午前二時）

（裏）一、大雪（珍づしき《ママ》一月十九日）東京にて、昨未明より。晴雪（一月二十日より）を場合によりよむこと一月寒中寒期きびしく、立春なれど寒さきびしく雪のこる雪をみて二二六事けんを思ふスキーをやめしこと散歩の出來ざりしをうらむ。紅梅がさいていたらば、若草をよむこと六十年祝と世界の大勢をよむこと氣候のこと場合により伊豆もさむく雪ちらつく。

また（ロ）のもう一枚は四角のメモ用紙で、左右の切れた断片のため、続き具合が判りません。しかも、表の右三行半と左二行半に消去の縦線が引かれていますので、それ以外の部分を書き写せば、左のとおりです。（表には句読点なし）

（表）小松飛行場の緑うつくし飛行機よりみごとなる富土《ママ》山見る晴天なりふく火口がよくみえる

（裏）一、晴れ渡る宿の晨は清らかに雪をいたたく奥白根みゆ。一、宮の／一、アケボノオキナエビス代表にして場合により此の類説明／一、タイコクボラ前同／一、テラマチボラ前同／一、カハムラハデミナンガイ前同／一、チマキツ□ガヒ前同

このうち、（ロ）一枚目の（表）後半から（裏）までの「大雪」は、昭和五十九年一月の気候データに符合します（いわゆる五九豪雪）。また、もう一枚の（裏）の御製は、昭和五十七年五月の

『おほうなばら』既収歌（九章㉕⑤）に合致します。また、（イ）の五十八首にのぼる歌稿も、昭和五十年代後半から六十年代の既掲分（第九章・第十章および補章）と符合するものが、順不同に数首入っています。

従って、（イ）も（ロ）も、昭和五十年代後半から随時御手許のメモ用紙に書かれた歌稿とみられそうです。しかし、とくに（イ）は同じ筆致で書き連ねられており、おそらく清書・添削以前の歌稿を昭和六十二年ころ抄出し列挙されたものではないかとみられます。

その中で、最も注目されるのが冒頭の二首です。(263)は約五十年前（昭和十一年、当時三十四歳）の「二二六事けんを思」い起こされ、それまで二月の五日から二十五日午後まで、連日のごとく「我がには（皇居内）にスキー」をしておられましたが（『昭和天皇実録』参照）、事件後「やめ」てしまわれ（『実録』によれば、滑られたのは昭和十四年と十七年の二回のみ）、また「散歩」すら自粛するほかなくなったのを、遺憾に思っておられたことがわかります。

その際、(264)では五十年後の今、子供らが楽しくスキーする話を聴かれて安堵されながら、なお「やすらけき世をたゞいのる」と詠まれています。そこには一応平和になったかにみえる世の中に、一抹の不安を懐いておられたことが感じられます。

もう一つ、貴重な資料が残っています。それは直筆草稿と同じ「宮内庁」の文字が入った罫紙十五枚（表裏三〇ページ）に、徳川侍従長が清書された草稿大御歌（昭和六十一年分）が五十八首記され、それに岡野御用掛が朱を入れておられます。

一例のみあげれば、「在位六十年祝典の行はれし国技館（四月二十九日）」との詞書に続けて「国民の祝ひをうけてうれしきも／ふりかへりみればはつかしきかな」とあります。それに対して末尾の七字が右端に朱で「（おもはゆき）かな」と直されています。これは和歌として「おもはゆき」の方がよいのかもしれませんが、昭和天皇は「在位六十年」を自ら省みられて、お祝いをしてくれるのはありがたいけれども、御自身としては率直に「はづかし」いと感じておられた御真意が、もとの表現によく出ているように思われます。

このような歌稿メモと清書添削については一つ一つ更に検討を要しますが、前掲の直筆草稿と同様、昭和天皇の晩年を解明する最も重要な一級史料といっても過言ではありません。

あとがき

ここまで不十分ながら、昭和天皇の御生涯を概観しながら、その中にも引いた大御歌のうち、晩年（昭和六十年〜六十三年）の御直筆草稿が出現した経緯と意義などについて略述しました。

本書は、雑誌『歴史研究』に連載した「宮内庁編『昭和天皇実録』に見る大御歌」に全面的な補訂を施して全十章とし、最後に最近新発見の「直筆草稿」を補章として、また「メモ歌稿」を解説内に追加したものです。

これを仕上げるまでに、いろいろな方々から多大な御尽力を賜わりました。とりわけ前記の吉成勇氏・大林哲也氏と中田絢子さんをはじめ、急遽追加した補章や解説の入力を分担して下さった京都城陽モラロジー事務所の岩田享氏、日本学協会研究員の野木邦夫氏、麗澤大学大学院生の後藤真生氏、および角川文化振興財団の立木成芳出版部長、『短歌』編集部の石川一郎編集長、索引の作成と全体の校正など実務を担当された吉田光宏編集員に、あわせて御礼を申し上げます。

さらに、本書で活用させていただいた宮内庁侍従職編『おほうなばら』（読売新聞社）、宮内庁編修『昭和天皇実録』（東京書籍）を編集刊行された関係各位にも、あらためて感謝と敬意を表します。この両編著ほどではありませんが、本書も手懸かりとして昭和天皇への理解が従来以上に広まり深まることを、ひそかに念じています。

平成三十一年（二〇一九）三月吉日

所　功

略年表　昭和天皇　87年の御生涯

※誕生日以前の元日から満年齢で示す（他の人も同様）

元号（西暦）満年齢	月・日	昭和天皇の関係する事項	月・日	その他の主な出来事
明治34年（一九〇一）0歳	4月29日	午後10時10分、青山の東宮御所で誕生。父はのち大正天皇の嘉仁親王（21歳）、母は節子妃（16歳）、第一皇男子	2月5日	官営八幡製鉄所が操業開始
	5月5日	「命名の儀」。御名は裕仁名、称号は迪宮		
	7月7日	川村純義伯爵邸で里子として育つ		
明治35年（一九〇二）1歳	6月25日	弟宮の淳宮雍仁親王（のち秩父宮）誕生		
明治37年（一九〇四）3歳	11月9日	沼津御用邸に移る（翌年4月14日まで）	2月10日	日露戦争始まる
明治38年（一九〇五）4歳	1月3日	弟宮の光宮宣仁親王（のち高松宮）誕生	9月5日	日露講和条約調印
明治39年（一九〇六）5歳	5月4日	青山御所に特別の幼稚園が開設され入園（二年間）		
明治41年（一九〇八）7歳	4月11日	学習院初等科に入学（六年間）		

明治43年（一九一〇）9歳	4月6日 皇孫仮御殿西側に御座所が増築され移る	5月25日 大逆事件
明治45年（一九一二）11歳	7月30日 明治天皇崩御（59歳）。皇太子嘉仁親王（32歳）践祚。「大正」と改元。裕仁親王が皇太子となる	9月13日 乃木希典（63歳）殉死
大正2年（一九一三）12歳	3月25日 東宮御所（旧高輪御殿）に移転	
大正3年（一九一四）13歳	4月2日 学習院初等科を卒業 5月4日 特設の東宮御学問所に入所（七年間）	7月28日 第一次世界大戦（〜一九一八年11月11日）
大正4年（一九一五）14歳	12月2日 弟宮の澄宮崇仁親王（のち三笠宮）誕生	
大正5年（一九一六）15歳	11月3日 立太子の礼が行われる	
大正6年（一九一七）16歳	5月27日 初めてのゴルフ	
大正7年（一九一八）17歳	1月12日 久邇宮良子女王（14歳）皇太子妃に内定	
大正8年（一九一九）18歳	5月7日 皇太子として成年式が行われる	
大正9年（一九二〇）19歳	1月6日 晩餐会で良子女王と初めて会う	
大正10年（一九二一）20歳	2月18日 東宮御学問所を修了 3月3日 ヨーロッパ諸国訪問（〜9月3日帰国） 11月25日 大正天皇の摂政に就任（五年間） 12月6日 東宮仮御所（霞関離宮）に移転	11月4日 原敬首相（65歳）刺殺
大正11年（一九二二）21歳	1月28日 宮内大臣の牧野伸顕に制度の改革提案	

	9月28日	良子女王とご結婚成約につき納采の儀		
大正12年（一九二三）22歳	4月16日	台湾視察（5月1日まで）	9月1日	関東大震災
	7月27日	富士登山	9月16日	甘粕（大杉）事件
	8月28日	赤坂離宮（現在の迎賓館）に移転		
	9月15日	関東大震災の被災状況を初めて視察		
	12月27日	帝国議会開院式へ向かう途中で狙撃される（虎ノ門事件）		
大正13年（一九二四）23歳	1月26日	良子女王（20歳）とご成婚式。赤坂離宮を東宮仮御所とする		
	2月24日	伊勢神宮に参拝し結婚を奉告		
大正14年（一九二五）24歳	6月	赤坂離宮に生物学御研究室を新築	7月12日	東京放送局（後の日本放送協会・NHK）ラジオ放送開始
	8月5日	弟の高松宮・義弟らと樺太視察		
	12月6日	第一皇女照宮成子内親王誕生（昭和18年、東久邇宮の盛厚王と結婚）		
大正15年（一九二六）25歳	12月25日	大正天皇崩御（47歳）。皇太子裕仁親王が第124代の天皇に践祚、「昭和」と改元		
昭和2年（一九二七）26歳	2月7日	大正天皇「斂葬《れんそう》の儀」		
	6月14日	赤坂離宮の水田で田植え（以後恒例化）		
	9月10日	第二皇女久宮祐子内親王誕生（翌年薨去）		
昭和3年（一九二八）27歳	6月27日	張作霖爆殺事件責任者の処分につき天皇が首相田中義一を叱責	6月4日	張作霖爆殺事件

	9月14日　赤坂離宮から宮城（皇居）に移る	
	11月10日　即位の礼を京都御所の紫宸殿で行う	
	11月14日　大嘗祭を京都御苑の仙洞御所跡で行う	
	11月21日　伊勢神宮に参拝し、大礼諸儀終了を奉告	
昭和4年（一九二九）28歳	3月28日　逗子で採取した変形菌二種を東大植物学雑誌に発表	10月24日　世界恐慌始まる（米国株式市場大暴落）
	9月30日　第三皇女孝宮和子内親王誕生（昭和25年、鷹司平通と結婚）	
昭和5年（一九三〇）29歳		11月14日　浜口雄幸首相狙撃
昭和6年（一九三一）30歳	3月7日　第四皇女順宮厚子内親王誕生（昭和27年、池田隆政氏と結婚）	9月18日　満州事変
昭和7年（一九三二）31歳	1月8日　陸軍始観兵式からの帰途、桜田門外で御馬車列に手投げ弾を投げられる	3月1日　満州国建国宣言
		5月15日　五・一五事件
昭和8年（一九三三）32歳	12月23日　皇太子の継宮明仁親王（今上天皇）誕生	3月27日　国際連盟脱退
昭和10年（一九三五）34歳	4月6日　自ら東京駅に赴き、満州国皇帝溥儀を出迎え	
	11月28日　第二皇子義宮正仁親王（常陸宮）誕生	
昭和11年（一九三六）35歳	2月28日　反乱軍の原隊復帰を命じる奉勅命令	2月26日　二・二六事件
昭和12年（一九三七）36歳	3月29日　満3歳3カ月の皇太子が両親のもとを離れ、新築の東宮仮御所に	2月11日　文化勲章制定
		7月7日　支那事変（日中戦争）
昭和13年（一九三八）37歳		4月1日　国家総動員法公布

昭和14年（一九三九）38歳	3月2日 第五皇女清宮貴子内親王誕生（昭和35年、島津久永氏と結婚）	
昭和15年（一九四〇）39歳	11月10日 紀元二千六百年記念式典に臨席	9月27日 日独伊三国同盟締結
昭和16年（一九四一）40歳	12月8日 米英両国に宣戦の詔書発布	4月13日 日ソ中立条約調印
	12月9日 宮中三殿に宣戦の奉告	12月8日 大東亜（太平洋）戦争
昭和17年（一九四二）41歳	2月18日「大東亜戦争戦捷第一次祝賀式」に臨席	
昭和19年（一九四四）43歳	12月21日 侍従武官の吉橋戒三が特攻隊につき上奏	
昭和20年（一九四五）44歳	1月1日「四方拝」を警戒警報下で斎行	3月10日 東京大空襲
	5月26日 空襲の飛び火で明治宮殿を喪失	4月1日 米軍が沖縄本島上陸
		8月6日 広島に原爆投下
	6月22日 最高戦争指導会議で戦争終結を表明	8月8日 ソ連が宣戦布告
	8月9日 御前会議、深夜に始まり、翌午前2時半頃、ポツダム宣言受諾を決定	8月9日 長崎に原爆投下
	8月14日 御前会議、二度目の聖断	
	8月15日 正午に終戦の詔書がラジオ放送される	9月2日 ミズーリ号艦上で降伏文書調印式
	9月27日 連合国軍最高司令官マッカーサーを訪問	
	11月12日 終戦奉告のため伊勢神宮など参拝	
	12月8日 宮城県有志青年「みくに奉仕団」勤労奉仕	

昭和21年（一九四六）45歳	1月1日 新日本建設のため「五箇条の御誓文」明示	5月3日 極東国際軍事裁判（東京裁判）始まる
	2月19日 神奈川県の戦災復興状況を視察。地方巡幸のはじまり（〜29年まで）	5月12日 「米よこせ」デモ
	5月24日 全国民に食糧危機克服につきラジオ放送	
	11月3日 日本国憲法が公布される	
昭和22年（一九四七）46歳	5月3日 日本国憲法が施行され、天皇は日本国及び日本国民統合の象徴となる（皇位は世襲）	4月20日 第1回の参議院議員選挙
	8月3日 第18回都市対抗野球大会を観戦	
	10月14日 秩父宮家・高松宮家・三笠宮家を除く11宮家51人の皇族が皇籍離脱	
	10月30日 第2回国民体育大会の開会式に臨席	
昭和23年（一九四八）47歳	1月1日 新年一般参賀はじまる	4月1日 学校教育法施行（六三三学制発足）
	12月23日 巣鴨刑務所で東条英機ら7名処刑され、皇太子祝賀を取りやめ	11月12日 極東軍事裁判で7名に死刑判決
昭和24年（一九四九）48歳	7月20日 国民の祝日法で天長節を天皇誕生日とす	11月3日 湯川秀樹博士に日本人初のノーベル賞
	10月30日 第4回国民体育大会に臨席（以後恒例）	
昭和25年（一九五〇）49歳	4月4日 第1回国土緑化大会（山梨県、昭和45年全国植樹祭と改称）に臨席	

昭和26年（一九五一）50歳	11月6日 神宮球場で早慶戦を観戦 5月17日 貞明皇后崩御（66歳） 11月3日 御製集『みやまきりしま』を出版	6月25日 朝鮮戦争始まる 4月11日 マッカーサー解任 9月8日 講和条約、日米安全保障条約調印
昭和27年（一九五二）51歳	5月2日 新宿御苑での全国戦没者追悼式に出席 5月3日 皇居前広場での平和条約発効と憲法施行5周年記念式典に出席 11月10日 皇太子明仁親王の成年式と立太子の礼	5月1日 皇居前広場でメーデー事件
昭和28年（一九五三）52歳	1月1日 国事行為としての「新年祝賀の儀」戦後はじめて行われる（一般参賀は、2日） 1月4日 雍仁親王（秩父宮）薨去（50歳） 11月5日 戦後初の園遊会が催される	7月27日 朝鮮戦争休戦協定
昭和29年（一九五四）53歳	8月6日 北海道をご視察（戦後の地方巡幸は終了）	
昭和30年（一九五五）54歳	5月24日 蔵前国技館で戦後初めて大相撲を観戦	
昭和31年（一九五六）55歳	11月20日 戦後初の国賓エチオピア皇帝と会見	12月18日 日本の国連加盟承認
昭和34年（一九五九）58歳	4月10日 皇太子明仁親王（26歳）ご成婚 6月25日 後楽園球場でプロ野球をはじめて観戦	9月26日 伊勢湾台風
昭和35年（一九六〇）59歳	2月23日 皇孫浩宮徳仁親王誕生	6月前後 第一次安保騒動
昭和36年（一九六一）60歳	6月15日 12県の知事を招き地方事情を聞かれる 11月27日 吹上御所完成（12月8日御文庫から移転）	4月12日 ソ連ガガーリン少佐宇宙飛行

昭和38年（一九六三）62歳	8月15日 全国戦没者追悼式に臨席（以後、恒例）	11月22日 ケネディ大統領暗殺
昭和39年（一九六四）63歳	10月10日 第18回オリンピック東京大会で名誉総裁として開会を宣言	10月1日 東海道新幹線が開業
昭和40年（一九六五）64歳	11月30日 皇孫礼宮文仁親王（のち秋篠宮）誕生	
昭和43年（一九六八）67歳	11月14日 皇居新宮殿落成式に臨席	10月17日 川端康成がノーベル文学賞受賞
昭和44年（一九六九）68歳	4月18日 皇孫紀宮清子内親王誕生	1月19日 東大講堂封鎖解除
昭和45年（一九七〇）69歳	3月14日 日本万国博覧会開会式（大阪）に臨席	3月31日 日航機よど号事件
昭和46年（一九七一）70歳	1月27日 葉山御用邸焼失（昭和56年11月再建） 9月27日 欧州7ヵ国を親善訪問（10月14日帰国）	6月17日 沖縄返還協定調印式
昭和47年（一九七二）71歳	2月3日 冬季オリンピック札幌大会で名誉総裁として開会を宣言 5月15日 日本武道館での沖縄復帰記念式典に臨席	2月19日 浅間山荘事件 10月28日 中国からパンダ来日
昭和49年（一九七四）73歳	1月26日 結婚満50年の祝賀 4月30日 御製・御歌集『あけぼの集』を出版	
昭和50年（一九七五）74歳	9月30日 アメリカ合衆国を訪問（10月14日帰国）	4月30日 ベトナム戦争終結
昭和51年（一九七六）75歳	11月10日 御在位50年記念式典に臨席	2月4日 ロッキード事件
昭和54年（一九七九）78歳	6月28日 東京サミット出席の7ヵ国首脳と会見	6月28日 先進国首脳会議開催
昭和55年（一九八〇）79歳	2月23日 浩宮徳仁親王の成年式が行われる	9月22日 イラン・イラク戦争
昭和58年（一九八三）82歳	10月26日 国営昭和記念公園（立川市）開園式臨席	5月26日 日本海中部地震

昭和59年（一九八四）83歳	1月26日　結婚満60年の祝賀	
	9月26日　新婚時代思い出の地、猪苗代湖畔を旅行	
昭和60年（一九八五）84歳	4月24日　科学万博つくばを視察	
昭和61年（一九八六）85歳	4月29日　両国国技館での御在位60年記念式典臨席	11月15日　伊豆大島三原山噴火
昭和62年（一九八七）86歳	2月3日　宣仁親王（高松宮）薨去（82歳）	4月1日　国鉄民営化ＪＲ発足
	6月22日　ヘリコプターで伊豆大島を訪問	
	9月22日　宮内庁病院に入院、手術	
昭和63年（一九八八）87歳	9月19日　吹上御所で吐血、病床に	3月13日　青函トンネル開業
	9月22日　国事行為の臨時代行を皇太子に全面委任	4月10日　瀬戸大橋開通
昭和64年（一九八九）	1月7日　崩御（午前6時33分）皇太子明仁親王（55歳）即位	
＝		
平成元年（一九八九）	1月8日　「平成」新元号を施行	
	1月31日　追号を昭和天皇と定める	
平成2年（一九九〇）	2月24日　大喪の礼、斂葬の儀（武蔵野陵）	4月1日　消費税導入
	10月20日　御製集『おほうなばら』出版	10月3日　東西ドイツ統一
平成12年（二〇〇〇）	6月16日　良子皇太后崩御（97歳）（追号・香淳皇后、陵名・武蔵野東陵）	4月1日　介護保険制度実施
平成26年（二〇一四）	8月　宮内庁編『昭和天皇実録』完成・奉呈	
平成31年（二〇一九）	1月7日　昭和天皇三十年式年祭	

※平成31年（二〇一九）3月現在　出所：所功監修『初心者にもわかる昭和天皇』（メディアックス）

資料　昭和天皇御製の全国歌碑一覧

都道府県	市区町村	場所	歌碑の歌
北海道	旭川市	北海道護国神社	天地《あめつち》の神にぞいのる朝なぎの海のごとくに波たたぬ世を ふる雪にこころきよめて安らけき世をこそいのれ神のひろまへ
	富良野市	富良野神社	冬枯のさびしき庭の松ひと木色かへぬをぞかがみとはせむ
	斜里郡	原生花園	みづうみの面にうつりて小草《をぐさ》はむ牛のすがたのうごくともなし
	上川郡上川町	大雪山国立公園・層雲峡	そびえたつ大雪山のたにかげに雪はのこれり秋立ついまも
	千歳市	支笏湖東南・モラップ山麓	ひとびととあかえぞ松の苗うゑて緑の森になれといのりつ
	稚内市	稚内公園	樺太《からふと》に命をすてしたをやめのこころを思《も》へばむねせまりくる
	松前郡福島町	トンネルメモリアルパーク	そのしらせ悲しく聞きてわざはひをふせぐその道疾くとこそ祈れ
青森県	弘前市	藤田記念庭園	あかねさすゆふぐれ空にそびえたり紫にほふ津軽の富士は
	弘前市	大仏公園	弘前の秋はゆたけしりんごの実小山田の園をあかくいろどる
	東津軽郡平内町	夜越山森林公園	みちのくの国の守りになれよとぞ松植ゑてけるもろびとともに
秋田県	秋田市	仁別国民の森	下草のしげれる森に年へたる直き姿の秋田杉を見つ

	秋田市	秋田県神社庁前	ふりつもるみ《(深)》雪にたへていろかへぬ松ぞをを《(雄々)》しき人もかくあれ
	仙北市	田沢湖畔・県民の森	湖《うみ》のながめえならずと聞く大森に杉を植ゑむと思ひしものを
岩手県	盛岡市	県営運動公園	人びとは秋のもなかにきそふなり北上川のながるるあがた
	平泉市	中尊寺	みちのくのむかしの力しのびつつまばゆきまでの金色堂《こんじきだう》に佇《た》つ
	八幡平市	岩手県県民の森	岩手なるあがたの民の憩場《いこひば》の森となれかしけふ植ゑし苗
宮城県	石巻市	住吉公園	我が庭の宮居に祭る神々に世の平らぎをいのる朝々
	仙台市	宮城県護国神社	城あとの森のこかげにひめしやがはうす紫にいま咲きさかる
	塩竈市	志波彦神社	さしのぼる朝日の光へだてなく世を照らさむぞ我がねがひなる
	塩竈市	鹽竈神社	天地《あめつち》の神にぞいのる朝なぎの海のごとくに波たたぬ世を
	黒川郡大衡村	昭和万葉の森	日影うけてたちかがよひぬ春の雪きえし山辺に植ゑたる松は
	宮城郡松島町	観瀾亭	春の夜の月のひかりに見わたせば浦の島じま波にかげさす
山形県	酒田市	日和山公園	広き野をながれゆけども最上川うみに入るまでにごらざりけり
	上山市	大森山	人びととしらはた松を植ゑてあれば大森山に雨は降りきぬ
	上山市	上山温泉・村尾旅館	ありし日の母の旅路をしのぶかなゆふべさびしき上《かみ》の山《やま》にて
	鶴岡市	温海温泉・熊野神社	雨けぶる緑の山は静かなり庭の山かと思ひけるかな
福島県	いわき市	いわき市石炭・化石館前	あつさつよき磐城《いはき》の里の炭山にはたらく人ををしとぞ見し

	いわき市	昭和の杜六抗園	あつさつよき磐城《いはき》の里の炭山にはたらく人ををしとぞ見し
	会津若松市	赤井谷地	雨はれし水苔原《みづごけはら》に枯れ残るほろむいいちご見たるよろこび
	会津若松市	会津富士通セミコンダクター	いたつきもみせぬ少女らの精こむるこまかき仕事つくづくと見つ
	耶麻郡猪苗代町	天鏡台	松苗を天鏡台に植ゑをへて猪苗代《ゐなはしろ》湖をなつかしみ見つ
	耶麻郡猪苗代町	天鏡閣	なつかしき猪苗代《ゐなはしろ》湖を眺めつつ若き日を思ふ秋のまひるに
	須賀川市	須賀川牡丹園	春ふかみゆふべの庭に牡丹花はくれなゐふかくさきいでにけり
	福島市	知事公館前	秋ふかき山のふもとをながれゆく阿武隈《あぶくま》川のしづかなるかな
	福島市	光農場	身はいかになるともいくさとどめけりただたふれゆく民をおもひて 国がらをただ守らんといばら道すすみゆくともいくさとめけり
	福島市	農業総合センター果樹研究所	黄の色にみのりたる実をもぎとれり梨の畑の秋ゆたかなる
新潟県	西蒲原郡弥彦村	彌彦神社	我が庭の宮居に祭る神々に世の平らぎをいのる朝々
	新発田市	諏訪神社	身はいかになるともいくさとどめけりただたふれゆく民をおもひて
	新潟市	県民会館前	新潟の旅の空よりかへりきて日数も経ぬに大き地震いたる
	新潟市	にいがた県民の森	黒川の胎内平《たいないだひら》にうゑし杉やがては山をみどりにそめむ

富山県

妙高市	笹ヶ峰キャンプ場付近	靄《もや》もなく高くそびゆる火打岳雪のこれるを山越しに見つ
阿賀野市	水原町飛地	天地《あめつち》の神にぞいのる朝なぎの海のごとくに波たたぬ世を
中新川郡立山町	立山 三ノ越	たて山の空に聳ゆるをしさにならへとぞ思ふみよのすがたも
富山市	呉羽山頂上	たて山の空に聳ゆるをしさにならへとぞ思ふみよのすがたも
富山市	市立小見小学校	たて山の空に聳ゆるをしさにならへとぞ思ふみよのすがたも
富山市	ルンビニ園	御ほとけにつかふる尼のはぐくみにたのしく遊ぶ子らの花園
富山市	寺家公園	わが国のたちなほり来し年々にあけぼのすぎの木はのびにけり
射水市新湊	放生津保育園	たて山の空に聳ゆるをしさにならへとぞ思ふみよのすがたも
黒部市	YKK牧野工場	たくみらも営む人もたすけあひてさかゆくすがたたのもしとみる
黒部市	YKK黒部工場	たくみらも営む人もたすけあひてさかゆくすがたたのもしとみる
黒部市	宇奈月公園	紅に染め始めたる山あひを流るる水の清くもあるかな
氷見市	朝日山公園	秋深き夜の海原にいさり火のひかりのあまたつらなれる見ゆ
氷見市	日宮神社	天地《あめつち》の神にぞいのる朝なぎの海のごとくに波たたぬ世を
砺波市	県民公園頼成の森	頼成《らんじやう》もみどりの岡になれかしと杉うゑにけり人々とともに
南砺市	縄ヶ池	水きよき池の辺《ほとり》にわがゆめのかなひたるかもみづばせを咲く
砺波市	縄ヶ池手前林道脇	はてもなき礪波《となみ》のひろの杉むらにとりかこまるる家々の見ゆ

石川県	小矢部市	城山公園	ふる雨もいとはできそふ北国の少女《をとめ》らのすがた若くすがしも
	七尾市	和倉温泉	月かげはひろくさやけし雲はれし秋の今宵のうなばらの上に
	七尾市	加賀屋	波たたぬ七尾の浦のゆふぐれに大き能登《のと》島よこたはる見ゆ
	七尾市	七尾マリンパーク	波たたぬ七尾の浦のゆふぐれに大き能登《のと》島よこたはる見ゆ
	河北郡津幡町	石川県森林公園・緑化の広場	津幡《つばた》なる県《あがた》の森を人びとのいこひになれと苗うゑにけり
	羽咋市	氣多大社	斧《をの》入らぬみやしろの森めづらかにからたちばなの生ふるを見たり
	輪島市	鴨ヶ浦	かづきしてあはびとりけり沖つべの舳倉《へくら》島より来たるあまらは
福井県	福井市	フェニックス・プラザ前庭	地震《なゐ》にゆられ火に焼かれても越《こし》の民よく堪へてここに立直《たちなほ》りたり
茨城県	水戸市	水戸城跡三の丸	たのもしく夜はあけそめぬ水戸の町うつ槌の音も高くきこえて
	那珂郡東海村	日本原子力研究所	新しき研究所にてなしとげよ世のわざはひをすくはむ業《わざ》を
	久慈郡大子町	奥久慈憩いの森	人びととけふ苗木うゑぬ茨城の自然観察の森とはやなれ
	つくば市	筑波山山頂	はるとらのをま白き花の穂にいでておもしろきかな筑波山の道
栃木県	芳賀郡益子町	窯業技術支援センター前庭	ざえのなき媼《おうな》のゑがくすゑものを人のめづるもおもしろきかな
	矢板市	幸岡地区	とちのきの生ふる野山に若人はあがたのほまれをになひてきそふ
	矢板市	県民の森	栃と杉の苗植ゑをへて山鳥をはなちたりけり矢板の岡に

群馬県	那須郡那須町	那須温泉神社	空晴れてふりさけみれば那須岳《なすだけ》はさやけくそびゆ高原のうへ
	高崎市	群馬県護国神社	みそとせをへにける今日ものこされしうからの幸をただいのるなり
	高崎市	群馬県護国神社	年あまたへにけるけふものこされしうから思へばむねせまりくる
	高崎市	自然歩道石碑の路	もえいづる春のわかくさよろこびのいろをたたへて子らのつむみゆ
	藤岡市	美九里地区	国のため命ささげし人々のことを思へば胸せまりくる
	渋川市	県立伊香保森林公園	伊香保山森の岩間に茂りたるしらねわらびのみどり目にしむ
	前橋市	県営陸上競技場	薄青く赤城そびえて前橋の広場に人びとよろこびつどふ
	前橋市	総合運動公園	そびえたる三つの遠山みえにけり上毛野《かみつけの》の秋の野は晴れわたる
	前橋市	赤城山覚満淵	秋くれて木々の紅葉は枯れ残るさびしくもあるか覚満淵《かくまんぶち》は
埼玉県	秩父市	有恒クラブ羊山亭（閉館）	朝もやはうすうす立ちて山やまのながめつきせぬ宿の初冬
	秩父市	秩父市役所前	おとうとをしのぶゆかりのやかたにて秋ふかき日に柔道を見る 山裾の田中の道のきぶねぎくゆふくれなゐににほへるを見つ
	行田市	行田市商工センター	足袋《たび》はきて葉山の礒を調べたるむかしおもへばなつかしくして
	川口市	氷川神社	身はいかになるともいくさとどめけりただたふれゆく民をおもひて
	大里郡寄居町	金尾つつじ山公園	人々とうゑし苗木よ年とともに山をよろひてさかえゆかなむ
	秩父郡横瀬町	宇根地区	山裾の田中の道のきぶねぎくゆふくれなゐににほへるを見つ

千葉県	千葉市	県立総合スポーツセンター	よべよりの雨はいつしかふりやみて人びとはつどふ千葉の広場に
	千葉市	社会福祉センター	いそとせもへにけるものかこのうへもさちうすき人をたすけよといのる
	富津市	県立富津公園	うつくしく森をたもちてわざはひの民におよぶをさけよとぞおもふ
	旭市飯岡	玉﨑神社	天地《あめつち》の神にぞいのる朝なぎの海のごとくに波たたぬ世を
東京都	江東区	富岡八幡宮	身はいかになるともいくさとどめけりただたふれゆく民をおもひて
	千代田区	千鳥ヶ淵戦没者墓苑	国のため命ささげし人々のことを思へば胸せまりくる
	千代田区	警視庁正面玄関前	新しき館を見つつ警察の世をまもるためのいたつきを思ふ
	墨田区	両国国技館	久しくも見ざりし相撲《すまひ》ひとびとと手をたたきつつ見るがたのしさ
	文京区	礫川《れきせん》公園	みそとせをへにける今日ものこされしうからの幸をただいのるなり
			いそとせもへにけるものかこのうへもさちうすき人をたすけよといのる
	杉並区	大宮八幡宮	天地《あめつち》の神にぞいのる朝なぎの海のごとくに波たたぬ世を
	青梅市	御岳渓谷遊歩道	さしのぼる朝日の光へだてなく世を照らさむぞ我がねがひなる
	稲城市	よみうりランド聖地公園	オランダの旅思ひつつマナティーのおよぐすがたをまたここに見ぬ
神奈川県	横浜市	白幡東町	いくさのあといたましと見し横浜も今はうれしくたちなほりたり
	高座郡寒川町	寒川神社	ふりつもるみ《(深)》雪にたへていろかへぬ松ぞを《(雄々)》をしき人もかくあれ

静岡県	熱海市	伊豆山神社	高どののうへよりみればうつくしく朝日にはゆる沖のはつしま
	富士宮市	若獅子神社	国のため命ささげし人々のことを思へば胸せまりくる
	富士市 富士川町	歌碑公園	ふじのみね雲間に見えて富士川の橋わたる今の時のま惜しも
	下田市	須崎町・爪木崎	岡こえて利島《としま》かすかにみゆるかな波風もなき朝のうなばら
	浜松市	佐久間ダム	たふれたる人のいしぶみ見てぞ思ふたぐひまれなるそのいたつきを
	賀茂郡 西伊豆町	堂ヶ島公園	たらちねの母の好みしつはぶきはこの海の辺に花咲きにほふ
愛知県	名古屋市	熱田神宮	天地《あめつち》の神にぞいのる朝なぎの海のごとくに波たたぬ世を
	名古屋市	愛知県護国神社	名古屋の街さきに見しよりうつくしくたちなほれるがうれしかりけり
	豊田市 藤岡町	昭和の森	初夏の猿投《さなげ》のさとに苗うゑてあがたびとらのさちをいのれり
	春日井市	王子製紙春日井工場	世にいだすと那須の草木の書《ふみ》編みて紙のたふときことも知りにき
	蒲郡市	形原神社	ひき潮の三河の海にあさりとるあまの小舟の見ゆる朝かな
	刈谷市	市原稲荷神社	我が庭の宮居に祭る神々に世の平らぎをいのる朝々
岐阜県	下呂市森	湯のまち雨情公園	にごりたる益田川みてこの夏の嵐のさまもおもひ知らるる
	岐阜市	岐阜メモリアル センター	晴るる日のつづく美濃路に若人は力のかぎりきそひけるかな
	郡上市 八幡町	城山公園	晴るる日のつづく美濃路に若人は力のかぎりきそひけるかな

	関市	旭ヶ丘小学校	晴るる日のつづく美濃路に若人は力のかぎりきそひけるかな
	揖斐郡揖斐川町	天皇林公園	人々と苗木をうゑて思ふかな森をそだつるそのいたつきを
	可児市	可児公園	わが国のたちなほり来し年々にあけぼのすぎの木はのびにけり
山梨県	甲府市	山梨県護国神社	国守《も》ると身をきずつけし人びとのうへをしおもふ朝に夕に
	甲府市	山梨県小瀬スポーツ公園	晴れわたる秋の広場に人びとのよろこびみつる甲斐路《かひぢ》国体
長野県	北佐久郡軽井沢町	大日向開拓地	浅間おろしつよき麓にかへりきていそしむ田人たふとくもあるか
	茅野市	白樺湖八子ヶ峰	八子《やし》が峯にはかに雹《ひよう》のふるなかをもろ人も苗を植ゑをはりたり
	長野市	戸隠森林植物園	秋ふけて緑すくなき森の中ゆもとまゆみはあかくみのれり
三重県	志摩市	志摩観光ホテル	色づきしさるとりいばらそよごの実目にうつくしきこの賢島
	伊勢市	朝熊山山頂	をちかたは朝霧こめて秋ふかき野山のはてに鳥羽の海みゆ
	三重郡菰野町	県民の森	人びととうゑたる苗のそだつとき菰野《こもの》のさとに緑満つらむ
	三重郡菰野町	社会福祉協議会	人びととうゑたる苗のそだつとき菰野《こもの》のさとに緑満つらむ
	三重郡菰野町	湯の山温泉・彩向陽	人びととうゑたる苗のそだつとき菰野《こもの》のさとに緑満つらむ

滋賀県	甲賀市信楽町	新宮神社	をさなき日あつめしからになつかしも信楽焼《しがらきやき》の狸を見れば
	米原市	醒井養鱒場近く	谷かげにのこるもみぢ葉うつくしも虹鱒をどる醒井《さめがゐ》のさと
	栗東市	滋賀日産リーフの森（金勝山県民の森）	金勝山《こんぜやま》森の広場になれかしと祈りはふかしひのき植えつつ
	彦根市	滋賀県護国神社	国守《も》ると身をきずつけし人びとのうへをしおもふ朝に夕に
奈良県	桜井市	大神神社	遠つおやのしろしめしたる大和路の歴史をしのびけふも旅ゆく
京都府	宮津市	天橋立公園	めづらしく晴れわたりたる朝なぎの浦曲《うらわ》にうかぶ天の橋立
	宮津市	玄妙庵庭	文珠なる宿の窓より美しとしばし見わたす天の橋立
	京都市	平安神宮	遠つおやのしろしめしたる大和路の歴史をしのびけふも旅ゆく
	京都市	永観堂（禅林寺）	夏たけて堀のはちすの花みつつほとけのをしへおもふ朝かな
大阪府	住吉区	住吉大社	いくさのあといたましかりし町々もわが訪ふごとに立ちなほりゆく
	堺市	大仙公園	大阪のまちもみどりになれかしとくすの若木をけふうゑにけり
和歌山県	東牟婁郡串本町	潮岬	紀の国のしほのみさきにたちよりて沖にたなびく雲をみるかな
	西牟婁郡白浜町	白浜温泉	雨にけぶる神島《かみしま》を見て紀伊《き》の国の生みし南方熊楠《みなかたくまぐす》をおもふ
	東牟婁郡那智勝浦町	熊野那智大社・那智の滝	そのかみに熊野灘よりあふぎみし那智の大滝今日近く見つ

	東牟婁郡那智勝浦町	那智高原	かすみたつ春のひと日をのぼりきて杉うゑにけり那智高原に
	伊都郡高野町	高野山金剛峯寺	史《ふみ》に見るおくつきどころををがみつつ杉大樹《おほき》並《な》む山のぼりゆく
兵庫県	洲本市	三熊山月見台	淡路なるうみべの宿ゆ朝雲のたなびく空をとほく見さけつ
	神戸市	神戸港メリケン波止場	港まつり光りかがやく夜の舟にこたへてわれもともしびをふる
岡山県	岡山市	児島湾締切堤防	海原をせきし堤に立ちて見れば潮ならぬ海にかはりつつあり
	赤磐市	西中地区	見わたせば今を盛りに桃咲きて紅《くれなゐ》にほふ春の山畑
	岡山市	金山寺	春ふかみ雨ふりやまぬ金山のみねに赤松の苗うゑにけり
	岡山市	後楽園	岸近く烏城《うじやう》そびえて旭川ながれゆたかに春たけむとす
	瀬戸内市	前島	天地《あめつち》の神にぞいのる朝なぎの海のごとくに波たたぬ世を
	津山市	日本植生株式会社	身はいかになるともいくさとどめけりただたふれゆく民をおもひて
			遠つおやのしろしめしたる大和路の歴史をしのびけふも旅ゆく
鳥取県	西伯郡大山町	大山山麓・上槇原	静かなる日本海をながめつつ大山の嶺《ね》に松うゑにけり
	鳥取市	コカ・コーラボトラーズジャパンスポーツパーク	雨ふらぬ布勢の広場の開会式つどへる人はよろこびにみつ
	米子市	皆生海岸	あまたなるいか釣り舟の漁火《いさりび》は夜のうなばらにかがやきて見ゆ

島根県	出雲市	斐川町富村地区	老人《おいびと》をわかき田子《たご》らのたすけあひていそしむすがたたふとしとみし
	出雲市	斐川町直江地区	をちこちの民のまゐきてうれしくぞ宮居《みやゐ》のうちにけふもまたあふ
	出雲市	日御碕神社	秋の果の碕《みさき》の浜のみやしろにをろがみ祈る世のたひらぎを
	松江市	宍道湖畔	夕風の吹きすさむなべに白波のたつみづうみをふりさけてみつ
	太田市	三瓶町小屋原地区	春たけて空はれわたる三瓶山《さんべさん》もろびととも(共)にに松うゑにけり
広島県	広島市	比治山公園	ああ広島平和の鐘も鳴りはじめたちなほる見えてうれしかりけり
山口県	下関市	みもすそ川公園	人の才《ざえ》を集めて成りし水底《みなそこ》の道にこの世はいやさかゆかむ
	下関市	亀山八幡宮	天地《あめつち》の神にぞいのる朝なぎの海のごとくに波たたぬ世を
	美祢市	秋芳洞	洞穴もあかるくなれりここに住む生物いかになりゆくらむか
	萩市	笠山頂上	秋ふかき海をへだててユリヤ貝のすめる見島をはるか見さくる そのむかしアダムスの来て貝とりし見島をのぞむ沖べはるかに 波たたぬ日本海にうかびたる数の島影は見れどあかぬかも
	宇部市	琴崎八幡宮	天地《あめつち》の神にぞいのる朝なぎの海のごとくに波たたぬ世を
	周南市	徳山大学敷地内	身はいかになるともいくさとどめけりただたふれゆく民をおもひて
	周南市	周南総合庁舎敷地内	戦のわざはひうけし国民をおもふこころにいでたちてきぬ
	山口市	亀山公園	ふりつもるみ(深)雪にたへていろかへぬ松ぞをを(雄々)しき人もかくあれ
香川県	善通寺市	御野立公園	あかつきにこまをとどめて見渡せば讃岐のふじに雲ぞかかれる
	高松市	峰山公園	戦《いくさ》のあとしるく見えしを今来ればいとをしくもたちなほりたり

	高松市	国立療養所	あなかなし病忘れて旗をふる人のこころのいかにと思へば
	庵治町	大島青松園	船ばたに立ちて島をば見つつおもふ病やしなふ人のいかにと
	高松市・坂出市	五色台	この岡につどふ子ら見てイギリスの旅よりかへりし若き日思ふ
徳島県	小松島市	地蔵寺	よろこびのいろもあふれて堀の辺ににぎはしく踊る阿波の人びと
	小松島市	千歳橋南岸	心こめし仕掛《しかけ》花火は堀の辺の水にうつりてうつくしく見ゆ
愛媛県	松山市	興居島《ごごしま》鷲ヶ巣地区	静かなる潮の干潟《ひがた》の砂ほりてもとめえしかなおほみどりゆむし
	松山市	久谷町大久保地区	久谷村を緑にそむる時をしもたのしみにして杉うゑにけり
	松山市	新田学園	潮のひく岩間藻の中石の下海牛《うみうし》をとる夏の日ざかり
	松山市	観月庵	静かなる潮の干潟《ひがた》の砂ほりてもとめえしかなおほみどりゆむし
高知県	香美市	甫喜ヶ峯	甫喜《ほき》ヶ峰みどり茂りてわざはひをふせぐ守りになれとぞ思ふ
	高知市	高知県立牧野植物園	さまざまの草木をみつつ歩みきて牧野の銅像の前に立ちたり
福岡県	福岡市	和白青松園	よるべなき幼児どももうれしげに遊ぶ声きこゆ松の木のまに
	糟屋郡宇美町	宇美八幡宮	天地《あめつち》の神にぞいのる朝なぎの海のごとくに波たたぬ世を
佐賀県	三養基郡基山町	因通寺洗心寮	みほとけの教守りてすくすくと生ひ育つべき子らにさちあれ
	唐津市	鏡山々頂	はるかなる壱岐《いき》は霞みて見えねども渚《なぎさ》うつくしこの松浦潟《まつらがた》
	佐賀市	城内公園	朝晴の楠の木の間をうちつれて二羽のかささぎのとびすぎにけり

	佐賀市	有明海岸	面白し沖べはるかに汐ひきて鳥も蟹も見ゆる有明の海
	嬉野市	嬉野総合運動公園（みゆき公園）	晴れわたる嬉野《うれしの》の岡に人々と苗うゑをへて種まきにけり
	佐賀市	佐賀県護国神社	国守《も》ると身をきずつけし人びとのうへをしおもふ朝に夕に
大分県	別府市	志高湖畔	美しく森を守らばこの国のまが《(禍)》もさけえむ代々をかさねて
	別府市	八幡朝見神社	天地《あめつち》の神にぞいのる朝なぎの海のごとくに波たたぬ世を
	大分市	大分県護国神社	年あまたへにけるけふものこされしうから思へばむねせまりくる
長崎県	雲仙市	雲仙岳頂上	高原にみやまきりしま美しくむらがりさきて小鳥とぶなり
	西海市	西海橋公園	潮の瀬の速き伊の浦あたらしくかかれる橋をけふぞ渡れる
	諫早市	長崎県立総合運動公園	長崎のあがたの山と海の辺にわかうどきそふ秋ふかみつつ
	平戸市	平戸観光協会前	ゆく秋の平戸の島にわたりきて若人たちの角力《すまひ》見にけり
	五島市	福江文化会館前	久しくも五島を視むと思ひゐしがつひにけふわたる波光《て》る灘を
	対馬市	上対馬町西泊地区	わが庭のひとつばたごを見つつ思ふ海のかなたの対馬の春を
	長崎市	淵神社	我が庭の宮居に祭る神々に世の平らぎをいのる朝々
熊本県	天草市	本渡諏訪神社	なつかしき雲仙岳と天草の島はるかなり朝晴れに見つ
	阿蘇市	リゾートホテル阿蘇いこいの村	阿蘇山のこの高原に人びとと苗うゑをへてともに種まく
	熊本市	尚絅高校	はなしのぶの歌しみじみ聞きて生徒らの心は花の如くあれと祈る

	玉名市	疋野神社	戦《たたかひ》にやぶれしあとのいまもなほ民のよりきてここに草とる をちこちの民のまゐきてうれしくぞ宮居《みやゐ》のうちにけふもまたあふ
宮崎県	宮崎市	橘公園	来て見ればホテルの前をゆるやかに大淀川は流れゆくなり
	宮崎市	加江田渓谷	蘚《こけ》むせる岩の谷間におひしげるあまたのしだは見つつたのしも
	串間市	都井岬観光ホテル（閉館・解体）前	都井岬《とゐみさき》の丘のかたへに蘇鉄《そてつ》見ゆここは自生地の北限にして
	小林市	霧島山麓・夷守台	飫肥《をび》杉を夷守《ひなもり》台にうゑをへて夷守岳をふりさけみにけり
鹿児島県	奄美市	国立療養所奄美和光園	薬にて重き病も軽くなりし人びとにあひてうれしかりけり
	西臼杵郡高千穂町	自然教育の森	霧島の麓《ふもと》に苗をうゑにけりこの丘訪ひしむかし偲ひて
	大島郡喜界町	保食神社	国のため命ささげし人々のことを思へば胸せまりくる
	指南市	森と湖の里	遠つおやのしろしめしたる大和路の歴史をしのびけふも旅ゆく
沖縄県	那覇市	波上宮	思はざる病となりぬ沖縄をたづねて果さむつとめありしを
	宮古島市	宮古神社	わが船にとびあがりこし飛魚をさきはひとしき海を航《ゆ》きつつ
サイパン		バンザイクリフ	国のため命ささげし人々のことを思へば胸せまりくる

出所：儀武晋一編纂・末安大孝監修『昭和天皇　遺されし御製』（公益財団法人皇室崇敬会、平成二十五年）。市区町村、場所は現在の名称で掲載。歌碑の場所はその後、閉鎖・閉館等の場合もある。歌の表記は本文に揃えた。

初句索引（序章〜十章の収録歌）

［凡例］　序章・第一章〜第十章に収載した大御歌の初句をとって、その掲載頁を記した。表記は本文同様に歴史的仮名遣いとしたが、配列は現代仮名遣いの五十音順に拠った。初句が同じ場合は、第二句以降も示した。なお、漢字・仮名のみの異同は同一句とみなし、（　）により併記した。難読語等は、適宜読みを付した。読みの定まらない語については、編著者の判断により適宜配列した。

あ

ああ広島……41
あいらしき……123
青空に……92
青葉しげる……138
赤石の……12
あかげらの……291
あかつきに……13
暁の……282
あかねさす……140
赤松の……175
秋あさき……285
秋草の……285
秋くれて……268
秋くれど……267
秋さりて……196
秋空の……279
秋たちて（秋立ちて）
―木々の梢に……291
―里の社に……272
秋づけば……284
秋なかば
―国のつとめを……290
―福井あがたに……163
秋なれや……242
秋の色……119
秋の果の……262
秋の日に……185
秋晴に……224
秋ふかき（秋深き）
―海をへだてて……141
―カナールのほとりに……269
―広場に若人の……239
―琵琶湖をはさみ……258
―三重の県に……226
―山のふもとを……60
―夜の海原に……102
秋ふくる……263
秋ふけて
―この広庭に……156
―さびしき庭に……42
―緑すくなき……238
秋めける……214
あけがたの……25
あさがすみ……91
朝風に……249
朝霧の……186
朝空は……211
朝なぎの……193
朝晴の……229
あさぼらけ（朝ぼらけ）
―雲のかかれる……271
―鳴門の宿ゆ……51
浅間おろし……40
朝もやは……85
朝も夕も……193
鮮かなる……231
足なみを……94
東岳……234
阿蘇山の……278
あたたかき（暖かき）
―卯月の庭の……282
―この岡にすむ……205
―須崎の岡も……270
―大統領夫妻の……215
―八丈島の……263
―三井の浜に……232
暖かく……127
あたらしき（新しき）
―衛星通信の……227

―薬と医師の……154
―研究所にて……204
―ざえに学びて工場に……83
―ざえに学びて田づくりの……87
―宮のやしきを……232
―館を見つつ……253
新しく……164
あつき日に……59
あつさつよき……38
あて人は……66
あなうれし……108
あなかなし……50
あぶらぜみの……291
アフリカに……198
尼たちの……202
あまたなる……279
あまたの牛……201
雨けぶる……127
天地の……21
雨にけぶる……132
雨の中……115
雨はれし
―水苔原に……126
―武蔵の野辺は……107
雨ふらぬ……279
雨やみて……267
アメリカの
―ためにはたらく……224
―人にまじりて……220
嵐ふきて……67
アラスカの……179
あらたまの
―年を迎へていやますは……14
―年をむかへて人びとの……164
在りし日の（ありし日の）
―きみの遺品を……217
―母の旅路を……61
アルプスの……188
荒れし国の……67
あれはてし……122
淡路なる……53
あはれなる……68

い

伊香保山……257
行きかよふ……98
イギリスの……129
いくさのあと（戦のあと）
―いたましかりし此の市も……96
―いたましかりし町々も……89
―いたましと見し……83
―しるく見えしを……69
戦果て……185
いくたびか……256
幾年も
―かにのしらべに……281
―きぎすとともに……272
―われのまなびを……254
いく代へし……134
池のべの（池の辺の）
―かたしろ草を……53
―そぞろありきに……69
石塀を……271
伊豆の海
―あまたかがやく……282
―のどかなりけり……253
伊勢の宮に……71
いそ崎に……20
いそぢあまり……224
五十をば……137
いそとせまへの……180
いそとせも……161
いたつきも……175
いちひがしの……256
いつとなく……271
いでましし……53
いと聡き……270
いにしへの（古の）
―唐《から》の国より……287
―品のかずかず……37
―すがたをかたる……37
―奈良の都の……56

—書《ふみ》に名高き……69
—文まなびつつ……63
いもとせの……60
妹山の……256
色々の……289
色づきし……56
岩かげに……251
岩かどの……193
岩が根を……134
岩手なる……200

う

薄青く……268
うすくこく
—木々のそめたる……61
—木々はもみぢせり……225
うちあぐる……61
打ちならす……128
美しき……56
うつくしく（美しく）
—森をたもちて……36 65
—森を守らば……97
うつぼしだ……51
海底を……193
海原を……87
うばめがし……249
湖《うみ》の風……125
海のかなた……198
海の底の……46
海の外と……42
海の外の……32
湖のながめ……162
うらうらと……43
裏山に……98
瓜連の……228
うれひなく……48
うれしくも
—国の掟の……37
—晴れわたりたる……73
うれはしき
—島のまがごと……289
—病となりし……283
うるはしく……55

え

エスカルゴを……183
えぞ松の……73

お

老人《おいびと》を……41
大阿蘇の
—岩間に雪は……98
—山なみ見ゆる……119
大阿蘇は……123
大いなる
—川をのどかに……189
—シーラカンスの……181
—谷のはざまを……221
—富の力に……214
—禍のしらせに……142
大き寺……56
おほきなる……74
大阪の……282
おほぢのきみの……177
大島の……290
大島は……232
大島を……239
岡こえて……198
丘に立ち……244
オカピーを……222
岡山の……137
沖縄の
—人もまじりて……68
—昔のてぶり……258
をさなき日（幼き日）
—あつめしからに……55
—学びの友との……203
おそ秋の……204
小田原を……269
をちかたは……226
をちこちの……32
おとうとら……143
おとうとを……160
をとめらが……109
をとめらの……22
斧入らぬ
—青木ヶ原の……286

―林をゆきて……125
―みやしろの森……267
飫肥杉《をび》を……195
思ひ出の（思ひでの）
―多き川とて……100
―ふかき山々……84
―館を訪ひて……216
おもしろき……128
面白し……289
思はざる……290
親にかはる……95
オランダの……205

か

飼ひなれし
―きんくろはじろ……152
―ちひさき豚を……221
蛙の声……228
篝火を……133
かくのごと……46
賢島……226
かしましく……88
数々の……218
かづきして……103
かすみたつ（霞立つ）
―春のそらには……121
―春のひと日を……233
風さむき
―しもよの月に……27
―霜夜の月を……43
―都の宵に……47
風さむく……198
風さゆる
―須崎の丘の……232
―み冬は過ぎて……59
風つめたく……156
風つよき……145
滑走路を……195
金尾山……107
悲しくも……42
かなしけれど……53
かに沢の……211
かねてより……181
かねてよりの……186
樺色の……115
かはらざる……185
唐国ゆ……123
樺太に……163
から松の……134
枯草の……120
枯れ立てる……48
枯れ残る……204
川もあり……160
歓迎に……218
寒桜と……280
かんざくらの……211
還暦の……124

き

岸近く……161
きその雨……262
北の旅の……74
来て見れば……98
黄の色に……273
きのふより……173
紀の国の……23
君が像を……217
君のいさを……159
君の力……285
今日ここに……198
けふのこの……104
清らなる……54
霧島の……271
霧ふかく……201
木を植うる……86

く

草ふかき……151
くすしなき……192
くすしらの……291
薬にて……192
久谷村を……156
国民《くにたみ》と……46
国民に……290
国民の……155
国力……116
国のため
―命ささげし人々の……106

—いのちささげし人々
を……168
—たふれし人の……136
—ひとよつらぬき……254
国のつとめ……151
国の春と……59
国守ると……136
国をおこす……34
雲もなき……274
車に乗り……181
紅に……101
紅の……249
黒川の……191
黒煙……98
黒潮の……190
鍬を手に
—苗植ゑ終へて……115
—苗うゑてけり……97

け

県庁の……100

こ

小石丸の……263
鯉に餌を……182
濠洲より……222
公邸に……223
氷る広場……194
木がらしの……63
国鉄の……290
蘚むせる……242
九重に……37
ここのそぢ……110
心こめし……68
小雨ふる……252
去年《こぞ》の冬……215
去年のやまひに……291
ことそぎて……229
こともなく……224
この秋に……62
この秋の……163
この秋は……154
この海は……270
この園の……186
この園を
—十年の前に……198
—我たづねたり……192
この岡に……157
この国の
—あまたの人の……215
—空港に着きて……180
—戦士将兵を……216
この子らを……83
この像を……180
この度の……148
このたびは……251
この年の……284
この場《には》に……109
この広場……182
この町の……122
このゆふべ……228
このよき日……62
小深堀の……201
こりて世に……36
金勝山……212
コンピューター……238

さ

埼玉の……291
栽培の……199
ざえのなき……38
さえわたる……235
さきざきに……88
さきの旅路……72
桜島……193
さくら田の……67
桜の花……271
桜花……98
避け得ずに……152
さちうすき……113
さしのぼる……92
幸得たる……224
五月晴……250
里社の……272
さはあれど……185
さまざまの……236
さ夜ふけて……99

さるをがせ……127
さんしゆゆの……261

し

潮風の……42
潮のさす……193
潮の瀬の……122
潮のひく……49
潮ひきし……269
しをれふす……63
茂れとし……79
しづかなる（静かなる）
—朝ぼらけかな……147
—神のみそのの……24
—潮の干潟の……50
—那須に来りて……213
—日本海を……152
—山下湖には……157
—世になれかしと……155
しづみゆく……43
下草の……167
湿原とふ……237
篠竹に……74
島島も……61
島人の……286
しもにけぶる……63
霜ふりて……42
賞を得し……48
しらかんば……231
白雲の……118
白笹山の……173
知らざりし……277
白波の……124
城あとの……139
白たへの……177
白海鼠……139
新聞の……48
人力車……241

す

すぎし年の……183
過ぎし日に……245
杉の種……240
すこやかに……67
須崎なる……280
須崎より……257
すさまじく……286
砂の丘……154
すみわたる
—秋空たかく……238
—秋空のかなた……176
住む人の……264

せ

生物の……67
せつぶん草……43
背のねがひ……154

そ

そのかみに……133
そのかみの……94
そのしらせ……75
そのむかし……141
その病ひ……140
そびえたつ（そびえ立つ）
—安達太良山に……117
—大雪山の……162
そびえたる……268
祖母の宮の……270
空翔けて……124
空高く……55
空晴れて……292

た

大統領は……207
台風の……241
たへかぬる……72
たふれたる……95
高だかと……100
高どのの……24
高原に
—立ちて見わたす……93
—みやまきりしま……45
高原の
—をちにそびゆる……96
—そぞろありきに……260
高原を……195
たからかに……225

たぎちゆく……115
たくみらも……102
戦ひて……188
戦に
—いたでをうけし……187
—やぶれしあとの……32
戦の
—いたでをうけし……105
—最中も居間に……216
—烈しきさまを……182
—果ててひまなき……153
—わざはひうけし……27 34
戦を……179
たたなづく……88
たちなほり……110
たちなほれる……199
たちならぶ……94
たつ春の……265
建物も……280
たて山の……14
谷かげに……55
谷かげの……191
谷川を……108
たのしげに（楽しげに）
—雉子のあそぶ……85
—たづこそあそべ……22
たのもしく……35
たびたびの……98
足袋はきて……267
旅宿の……103
多摩川を……107
たゆまずも……43
たらちねの……75

ち

知恵ひろく……287
地図を見る……118
千代かけて……113

つ

月かげは……40
筑紫の旅……177
つたもみぢ……88
つつがなく……194
つとめつる
—かひあらざれば……20
—かひあるべきを……20
常ならぬ……285
津幡なる……266
強き雨の……234
つはものは……26

て

寺をさして……213

と

都井岬の……239
たふとしと……42
遠つおやの
—いつき給へる……244
—しろしめしたる……277
遠山は……130
時しもあれ……187
ときどきの……101
時々は……224
とさみづきの……237
年あまた
—へにけるけふも国の
ため……136
—へにけるけふものこ
されし……135
栃と杉の……260
とちのきの……252
外国《とつくに》と……42
外国に（外つ国に）
—旅せしむかし……64
—つらさしのびて……46
—ながくのこりて……47
—曾孫の生れし……194
外国の（外つ国の）
—をさをむかへつ……105
—君をむかへて……89
—空の長旅……189
—それをとり入れ……89
—旅やすらけく……179
—人と草木を……285
—人とむつみし……159
—人もたたふる……252

―港をさして……64
外つ国人と……273
とりがねに……12
十和田の……128

な

地震にゆられ……130
ながき年（永き年）
―心にとどめし……224
―親しみまつりし……214
長崎の
―あがたの山と……168
―みなと見おろす……122
ながむれば
―雨もいとはず……93
―春のゆふべの……98
長良川……133
流れゆく……261
凪ぎわたる……265
名古屋の街……52
那須の山……138
なつかしき
―猪苗代湖を……126
―雲仙岳と……279
―園にフロリダの……187
夏草の……72
夏木立……228
夏たけて
―岡の林に……283
―堀のはちすの……291
夏ちかし……153
夏庭に……279
夏の朝……195
夏の風……242
夏はきぬ……152
夏山の……267
ななそぢに……174
七十《ななそぢ》の……174
ななそぢを……174
波風の……94
波たたぬ
―七尾の浦の……103
―日本海に……141
波もなき……131
なりひびく……165
成宮に……283
成宮の……277
なりはひに
―はげむ人人……73
―春はきにけり……85
なりはひの……44

に

新潟の……146
新米《にひよね》を……75
にぎははし……223
にごりたる……103
西ひがし……24
日本を……219
二百年の……222
日本猿の……195
日本より……220
庭のおもに……44

ぬ

沼原に……284
沼原の……201
沼原を……242

の

農場に……221
ノートルダム……184
のどかなる
―筑紫路ゆけば……121
―春の風ふく……260
―春の光に……120
―春もなかばの……165
―町のホテルに……214
野分の風……258

は

南風《はえ》つよく……255
はかなしと……52
爆撃に……33
はじめより……259
畑つもの……221
鉢の梅……64
鉢の土に……162

初秋の……235
八月なる……261
はつ夏の（初夏の）
—雨うちけぶる……140
—猿投《さなげ》のさとに……240
—みちのくゆけば……200
初春に……249
初春の……240
初春は……290
はてもなき
—礪波のひろの……177
—畑をまもる……221
はなしのぶの歌……278
花のさく……250
華ばなしき……184
花火ひらき……234
花みづき……59
羽田より……234
葉の細き……283
母宮の
—ひろひたまへる……235
—ふかきめぐみを……99
—めでてみましし……59
—ゆかりも深き……95
浜の辺に……72
浜をゆく……264
はり紙を……56
パリよりの……66
春浅き……178
はるかなる
—壱岐は霞みて……120
—ブラジルの国の……253
春雨の……121
春さりて
—朝うららかに……255
—日かげぬるめる……178
春たけて……178
春たてど
—一しほ寒し……232
—山には雪の……43
はるとらのを……277
春ながら……280
春なれや
—桜を見むと……265
—楽しく遊ぶ……105
春の海……277
春の夜の……80
春はやく……236
はるばると……231
春ふかみ
—雨ふりやまぬ……158
—ゆふべの庭に……159
春ふけて……159
晴るる日の……155
晴れわたる
—暁空に……281
—秋の広場に人びとの……286
—秋の広場に若人の……82
—嬉野の岡に……289
—大海原は……158
—けふのよき日に……85
—この朝ぼらけ……156
—成相山の……131
—宿の晨は……261
—夜空に里人の……264
万国博に……220

ひ

冷々と……244
日影うけて……79
ひき潮の……91
飛行機の……157
ひさかたの……74
久しくも
—五島を視むと……168
—小麦のことに……284
—見ざりし相撲……80
ひさしぶりに……290
ひと年の……75
人の才を……97
ひとびとと（人びとと、人々と）
—あかえぞ松の……125
—うゑし苗木よ年とともに国のさちとも……107
—うゑし苗木よ年とともに山をよろひて……70

—うゑたる苗の……251
—けふ苗木うゑぬ……227
—しらはた松を……115
—つつじ花咲く……86
—苗木をうゑて……91
人々の
—子らうちつれて……255
—つらなりて振る……119
人びとは……176
日の丸を……52
皇太子《ひのみこ》の
—たづねし国の……65
—旅ものがたり……67
—契り祝ひて……108
皇太子も……65
皇太子を
—さし遣はして……109
—民の旗ふり……66
日日のこの……155
百年の……159
比良の山……213
広き野を……15
弘前の……234

ふ

ブータンの……290
深谷の……128
ふくじゆさうの……236
ふぢいろの（藤いろの）
—たちつぼすみれの……232
—やま瑠璃草は……123
富士の嶺の……75
藤の花……70
ふじのみね……260
ふたたび来て……280
船ばたに……50
舟出して……92
船にのりて……281
文月の……284
史に見る……233
冬枯の
—さびしき庭の……42
—庭に彩へる……232
冬すぎて……59
冬空の……269
冬ながら……206
フラミンゴの……185
ふりつもる……33
ふる雨も……102
旧き都……120
古くより……228
古事を……273
ふる雪に……21

ほ

保育所の……69
豊年の
—しるしを見せて……61
—にひなめまつりの……197
ボーイスカウトの……267
甫喜ヶ峰……237
母子センターに……283
ホテルの庭……124
ほととぎす
—声たかく鳴く……70
—ゆふべききつつ……145
ほのぐらき……226
ほのぼのと
—あけゆく空を……92
—霞たなびき……277
—夜はあけそめぬ……70
洞穴も……141
掘りいでし……243

ま

真駒内の……191
真白なる……191
松島も……74
松苗を……175
松の火を……83
招かれし……219
まのあたり……192

み

水涸《みが》れせる……129
実桜の……115
陵《みささぎ》も……137
三島なる……199

みづうみに（湖に）
—つりするひとも……67
—ともしびうかび……93
みづうみの（湖の）
—面にうつりて……72
—辺にたちならぶ……144
—ますあみを見て……153
みづうみを（湖を）
—わたりくる風は……126
—わたる船より……134
水きよき
—池の辺に……167
—いささ小川の……86
—広瀬川べの……61
みづならの……79
みそとせを……235
み空には……108
みちのくの
—国の守りに……139
—むかしの力……176
見てあれば……97
水戸の町……35
緑こき（みどりこき、みどり濃き）
—しだ類をみれば……199
—杉並木みち……206
—林になれと……130
緑なる
—角もつカメレオン……186
—牧場にあそぶ……43
水底に……96
水底を……72
港まつり……90
南より……203
峯つづき……25
水のまがに……39
身はいかに……33
見はるかす……238
御ほとけに……101
みほとけの……45
宮移りの……196
都いでて……19
宮の裏……260
みゆきふる……23
見わたせば（みわたせば、見渡せば）
—今を盛りに……87
—海をへだてて……71
—しづかなる朝を……271
—白波立てる……114
—つらなる峯に……117
—春の夜の海……291
—町の灯りの……270

む

昔より……205
武蔵野の……130
むそぢ前に……274
むそとせを……125
紫色……227
室戸なる……51
室戸岬……51

め

明治の世に……288
めしひたる……47
めづらかに……257
珍しき（めづらしき）
—海と陸との……104
—海蝸牛《うみまひまひ》も……121
—なぎの林を……274
めづらしく……54

も

もえいづる……49
桃山に……137
靄ふかく……159
靄もなく……146
文珠なる……54

や

館にて……203
八子が峯……144
やすらけき……291
やすらけく……194
八束穂を……82
山崎に……71
山裾の……160

山鳥の……258
山梨を……286
山なみは……144
山に住む……98
山道に……277
やまみちの……213
山やまの（山々の）
—色はあらたに……19
—峯のたえまに……239
山百合の……117

ゆ

夕風の……153
夕ぐれの……31
夕餉をへ……231
夕されば
—あかねにそまる……133
—たにうつぎの花は……178
ゆふすげの……81
夕空に……200
夕庭に……114
ゆかりより……124
往きかへり……84
ゆく秋の……169
ゆく秋を……229
ゆたかなる……26
由布岳の……157
夢さめし……91
夢さめて（ゆめさめて）
—旅寝の床に……82
—我世をおもふ……21
ゆりかもめ……232

よ

やうやくに……264
ヨーロッパの……190
夜霞の……277
四時間にて……152
義宮に……266
世にいだすと……142
世にひろく……37
夜の雨は……52
世の中も……13
世のなかを……89
よべよりの……197
夜の雨……200
夜の間に……153
夜昼の……259
よるべなき
—老嫗《おうな》の身にも……93
—幼児どもも……44
喜びて……105
よろこびの……69
喜びは……104
よろこびも（喜びも）
—かなしみも民と……174
—悲しみも皆……230

ら

頼成《らんじやう》も……166

り

リニアモーターカーに……278
料の森に……36

ろ

ローマの世の……189
ロンドンの……197

わ

わが祖母《おほば》は……143
若き乙女の……189
若きころ（若き頃）
—登りし山を……251
—読みふけりたる……180
若き日に
—会ひしはすでに……185
—わが名づけたる……141
若草山……274
わが国にて……217
わが国の
—紙見てぞおもふ……40
—たちなほり来し……287
わがために……288
わが庭に
—あそぶ鳩見て……59
—草木をうゑて……31
—冬はきぬらし……230

―むらさきけまんの……282
わが庭の（我が庭の）
―秋の御空の……238
―あづましらいと……202
―あまたの鳩に……199
―木々はしげりて……213
―かうぞの木もて……143
―そぞろありきも……261
―竹の林に……287
―初穂ささげて……82
―ひとつばたごを……261
―宮居に祭る……211
若葉さす……133
わが船に……158
わかみどり……126
わきいづる……124
若人の
―居並ぶ秋に……268
―競ふ広場を……242
―力のこもる……157
わざはひを……34
忘れめや……136
われもまた……223

初句索引
（補章の収録歌）

［凡例］　補章に収載した大御歌の初句をとって、その掲載頁を記した。なお、表記・配列は序章・第一章〜第十章の索引に準じた。昭和天皇の直筆草稿のうち、（　）による傍注については、索引では省略した。徳川義寛侍従長清書（岡野弘彦教授添削綴）による5首（３０６・３０７Ｐ）については、索引では朱訂の文言をとった。解説に初めて翻刻した直筆メモ歌稿は割愛した。

あ

あゝ悲し（あゝかなし）
—貝の研究に……327
—君もきえしが……315
—相模の海に……304
—戦の後……345
あかげらの……346
あかなすの……323
赤松の……320
秋あさき……318
秋風も……322
秋草の……318
秋されば……336
秋立ちて（秋たちて）
—木々の稍に……343
—ふりさけみれば……321
秋づけば……317
秋なれや……321
秋はつる……322
秋晴の……348
秋ふかき……295
あけ色の……313
あけの花（の）……312
あけわたる……302
朝凪に……348
朝日さす……321
あさぼらけ……326
暖き……307
熱海さし……339
あぶらぜみ（の）……343
あまたなる
—をみな生徒も……322
—星かゞやける……298
雨（の）時は……339
雨やみて……321
あやしくも……318
礼宮も……296
新なる……310
あら玉の……303

い

幾年も……303
伊豆須崎（の）……312
いつのまに……344
稲取の……299
いにしへに（古へに）
—泊りし宿の……324
—みたる彗星……298
いにしへの（古の）
—唐のその他の……309
—都大路を……340
今までに
—なく早きかな……300
—みざる多くの……338
今もかも……342
色々の
—魚貝などを……328
—試験研究（に）……323

う

美しき……313
美く……345
海風の……322
麗しき……315
嬉野に……326
嬉野の……326
うれはしき
—大嶋のまが（を）……330
—病となりし……314

お
大えどの……343
大島の……330
大島は……347
岡の道（に）……311
女郎花……348
面白き……345
面白し……328
思はざる……336
か
かへりこぬ……341
數多く……332
風寒き……320
風強き（に）……319
風なぎの……299
風にたえ……320
學校に……339
鎌倉の……333
枯殘る（かれのこる）
―くぬぎの木の間（に）……319
―すゝきの庭を……301
かんざくら（寒櫻）（の）
―花さきにほふ……348
―ヤブ椿との……302
き
きえにける……335
きづつきし……323
きにそむる
―くさのおう（の）花……341
―タイトゴメ（の）花……313
黄にみつる……313
牛肉の……311
京都より……327
く
草や木の……310
くすしらの……336
國々の……298
國々は……305
國民に……336
國民の……308
國の爲……333
雲もなく……305
紅と……327
紅の
―あさまふうろう……346
―桃の初花（を）……326
け
經營の……329
警察と……308
こ
皇后と……317
國營の
―汽車の車に……339
―黑金の道……339
こぞよりも……301
今年の……316
此の島の……330
此の度に……309
此の度の
―事嘉ひし……338
―嘉び思へば……298
この度も……345
この館（に）……310
是等の……313
さ
相模なる……306
五月晴……348
さとにしき……312
さま〴〵の……348
五月雨の……347
し
汐干潟（に）……328
靜浦を……340
靜かなる……329
竹刀持……322
首夏にきて……321
白雲の……346

白波の……299

す

彗星の
―話しつばらに……304
―みゆる須崎は……298
彗星を……298
すこやかに……316
進ゆく……324
すゞろなき……318
澄渡る……297

せ

生徒らは……322
生物を……307

そ

早秋の……335
その上に
―きみのいひたる……333
―深き思ひを……333
―病になりて……336
空はれて
―ふりさけみれば那須
岳はさやけくそびゆ
あづまやよりに……312
―ふりさけみれば那須
岳はさやけくそびゆ
たかはらのうへ……347

た

大正の……346
高原に……297
高原の……321
立つ年の……303
立つ春の（たつ春の）
―須崎の岡にいとほし
きめしろのむれてあ
さばれにみゆ……348
―須崎の岡にいとほし
きメジロのむれてみ
ゆあさばれに……302

ち

父宮と……340

つ

筑紫なる……339
つとひたる……308
常ならぬ……320
つゆ明て……343

て

手をうちて……327

な

苗植て……326
長々と……333
ながむれば……303
那須山に……300
なつかしき……326
なつかしく……329
夏くれて……316
夏たけて
―岡の林に……311
―堀のはちすの……342
夏なれど……342
夏なれや……313
夏の岡（に）……332
夏ふけて……342
成宮に……314

に

にひ年に……301
にひ年を……347
韮崎に……322
韮崎を……323

ぬ

沼原に……318
沼原は……332

の

のとかなる……305
野の草を……310
紀宮は……334

は

はかなしや……317
初秋の
—草生に色も……334
—宮ゐの夕（辺）に……344
八月なる……344
初瀬なる……297
初年に……338
初夏の……321
初春に……330
はの細き……311
母親と……309
母宮の……323
春風に……304
春如く……330
春寒く……303
春されば……326
春ながら（春なから）
—朝晴の庭（に）……342
—雪をいたたく……306
春はゆく……342
春ふかみ……307
春ふけて……319
はれわたる（晴渡る、晴わたる）
—暁空に……347
—秋の廣場に……322
—あその廣場に……321
—嬉野（の）岡に……326
—須崎の朝に鶯のはつなききこゑ……304
—須崎の朝にうぐひすのはるつけそむる……347
—年の初に人々は……347
—年の初に諸人は……338
—二宮あたり（に）……300
—三井濱辺の……340
—箕面の山の……310
—都大路に……321

ひ

ひさしきに……319
ひさしくも……315
ひさしぶり（に）……331
人のひく……340
人々の
—祝ひくれしは……308
—さりし思へば……342
人々は……326
雛祭……326
ひるの頃……347
浩宮の……296
浩宮は……332

ふ

ふきある、……319
藤色の……318
富士山の……324
ふたたびも……301
太くして……321
文月の……315
冬枯の
—木々はま白く……337
—庭の木のまに……319
文明は……298

ほ

宝石（の）……323
ほのくらき……307
ほのぐと……335

ま

ま白なる（眞白なる）
—富士の高根は……324
—むらさきの花……313
又の日は……305
松しける……306
松苗を……295
まなかひの……321

み

み子たちと……334
みごとなる
—虹の松原……329
—花びをみんと……343
みちさける……300
みつの國（を）……331

縁こく……………………320
みわたせば
―青き富士山（は）…329
―白くなりたる………319
―春夜の海は…………341

む

昔より…………………328
難しき…………………316
睦月なる………………340
むつごろを……………328
むつましき……………344
紫の……………………312
むれさける……………300

め

明治の世（に）………327
珍らしき………………345
珍しく…………………324

も

元町の…………………331
桃色と…………………303

や

やすらけき
―夜空みごとに………343
―世を祈りしも………344

ゆ

夕にさく………………307
夢さめて………………335

よ

嘉びを…………………298

ろ

露台にて………………298

わ

わが庭に
―雉少なきは…………341
―けさきてみれば……326
―むらさきけまんの…307
我が庭の（我か庭の）
―あけぼのすぎの……320
―竹の林に……………327
災に……………………330
わつらいて……………307
蕨より…………………323
我の爲…………………328

人名索引（序章～第十章）

［凡例］　序章・第一章～第十章に記載のある人名を五十音順に配列した。同一人物については、（　）により併記することで一項目にまとめた。昭和天皇についての記述は概ね全頁にわたる為、索引では省略した。

あ

相原益美……68
明仁親王、皇太子……62 64 65 66 67 80 104 107 108 109 110 117 124 164 165 174 195 270 291
秋元末吉……259
芦田均……37
（順宮）厚子内親王、池田厚子……60 69 73 86 140 154
アレキサンドラ王女……129
安徳天皇……96

い

池貞蔵……145
池田隆政……60 73 86 154
池田宣政……86
出光佐三……254
伊藤洋……272
稲田周一……66 81
犬養孝……244
入江相政……48 49 100 159 214
入江為守……12 22
イングリッド王妃……180

う

ウィリアム・ジョセフ・シーボルト……216 217
ウィンザー公エドワード……184
宇佐美毅……161
宇野勝……212

え

エイブラハム・リンカーン……216
エリザベス二世……65

お

大木（庫）……204
大迫寅彦……11
大津皇子……244
大西良慶……54
太安万侶……243
岡田要……104
岡野弘彦……33
岡本愛祐……36
岡本又吉……90
尾崎博……104
小野喬……147

か

カール・フォン・リンネ……186
河井弥八……90
河村良介……104
カルロス・P・ガルシア……105

き

北白川房子……273
北村四郎……104 272
木下道雄……32
木原均……283
木村毅……31
木村有香……272
木俣修二……265 266

く

葛精一……272
窪田通治（空穂）……33 34 36
クルト・ヨーゼフ・ワル

トハイム（夫妻）……220
黒田徳米……288

こ

香淳皇后……19 20 22 23 24 25 26 31 33 34 35 42 43 53 60 63 66 68 69 71 73 79 80 85 90 96 100 105 106 107 108 113 117 118 120 124 125 129 131 134 135 136 137 140 142 146 147 151 154 155 158 159 161 162 164 165 167 168 173 174 177 180 187 190 193 194 195 196 198 199 206 211 212 213 214 224 226 227 231 233 236 240 245 250 253 254 255 256 257 259 260 263 265 266 280 286
孝明天皇……159
後藤光蔵……286
小林忍……202 291
後水尾天皇……279
今春聴（東光）……176

さ

西園寺公望……94
斉藤（知一郎）……95
斎藤茂吉……34 36 49
酒井恒……281 288
坂田道太……106
佐佐木信綱……33 34 36
佐藤達夫……202
佐藤恒雄……39
佐分利貞男……217
（紀宮）清子内親王……195

し

ジェラルド・ルドルフ・フォード……206
（照宮）成子内親王……124 253
持統天皇……244
島崎赤太郎……15
島津久永……113
釈迦……244
順徳天皇……145
昭憲皇太后……136 143 270
正田貞一郎……129
聖徳太子……245
ジョージ五世……184
ジョージ・良一・有吉……223
ジョージ・ワシントン……217
聖武天皇・皇后……243
ジョン・デイヴィソン・ロックフェラー三世……219
白川（義則）……22
神武天皇……255

す

杉山要太郎……133
鈴木貫太郎……19 22
鈴木徳一……31

せ

瀬藤象二……51
千家尊祀……152

た

大正天皇……12 79
（清宮）貴子内親王……113
鷹司和子……225 250
多田亮映……90
館脇操……71
田中誠一……223

ち

千葉胤明……34 36

つ

塚田十一郎……145
堤経長……11

て

貞明皇后、貞明皇太后……12 13 14 20 21 23 31 35 49 53 95 99 116 263 285
天智天皇……212

と

徳川宗敬……90 195
鳥羽天皇……233
富山一郎……254
止利……244

鳥野幸次……33 34 36

な

内藤春治……106
中川千代治……220
中島（弘道館事務所長）……203
永積寅彦……85 143 146 196 197
ナポレオン・ボナパルト……181 182
（徳川）斉昭……203
徳仁親王、浩宮、東宮……117 249 267 271 279 290
南部信鎮……11

に

西岡喜平……68
仁徳天皇……282

の

野島泰治……50
（高松宮）宣仁親王……288

は

ハイレ・セラシエ一世……89 214
ハインリッヒ・ハイネ……188
長谷川峻……31
畑井新喜司……139
浜野規矩雄……99
浜森辰雄……162
林田戦太郎……278
林義雄……91
原寛……272 285
バルツ家（ジョン&マリアンヌ夫人）……220 221
ハンナ・リデル……99

ひ

東久邇信彦……194
東久邇盛厚……253
東久邇征彦……194
東作興……253
東優子……253
久松定孝……11
常陸宮……232
平瀬与一郎……288
平沼亮三……82

ふ

フィリップ・フリードリヒ・ジルヒャー……188
フォード大統領……215
藤原鎌足……244
藤原得子（美福門院）……233
フレデリック九世……179

ま

牧野富太郎……236
真木山幸二郎……145
（常陸宮）正仁親王……73 85 117 124 146 147 164 174 266
正仁親王妃華子……146 164 174
益谷秀次……90
松尾芭蕉……272
松熊孫三郎……44
松平直国……11
松野幸泰……103

み

水野久直……96
美智子妃、正田美智子……104 108 117 118 124 129 164 165 174 195 270
南方熊楠……132

む

武藤嘉門……90
村野博志……264

め

明治天皇……136 252

も

盛永（俊太郎）……87

や

（秩父宮）雍仁親王

……63 64 160
柳田誠二郎……118
山本岩雄……259

ゆ

湯川秀樹……47 48

よ

吉田茂……84 159
嘉仁親王（大正天皇）……262
吉村順三……219

る

ルイ十六世……182
ルイ・デュムーラン……181

れ

霊元天皇……233

ろ

（ネルソン・）ロックフェラー副大統領（夫妻）……219
ロバート・シャロン……218

地名索引（序章〜第十章）

［凡例］ 序章・第一章〜第十章に記載のある地名を五十音順に配列した。適宜、地名のあとに（ ）にて所在地を記した。なお、（ ）の市区町村名は、原則として現在（平成三十一年三月時点）の名称にて表記した。また、皇居は除いた。

あ

アーリントン国立墓地（米・バージニア州）……216
相生橋（広島市）……41
愛知（県）……91 108 110 240
愛知県民の森（新城市）……240
アウグストゥスブルク城（ドイツ・ブリュール）……188
秋芳洞……141
青木ヶ原……286
青森（県）……138 161 234
青森県総合運動場陸上競技場……234
赤石（山脈）……12
赤井谷地（会津若松市）……126
赤城（山）……267 268
あかなぎ山……94
赤間神宮……96
阿寒湖……72
阿寒国立公園……73
秋田（県）……127 161 162
英虞湾（あごの浦）……56 250
上尾運動公園陸上競技場……160
浅川……227 228
浅草……27
朝熊山展望所（伊勢市）……226
浅虫（青森市）……140
旭川（岡山県）……161
浅間……40 53
薊谷（雲仙市）……123
網代……277
飛鳥板蓋宮伝承地……244
東岳（青森県）……234
阿蘇（山）……98 278
阿蘇みんなの森（阿蘇市）……278
安達太良山……116 117 274
吾妻山……116
温海（鶴岡市）……127
阿武隈川……60 61 116
アフリカ……198 277
アフガニスタン……104
尼崎……88
甘樫丘（奈良県明日香村・国営飛鳥歴史公園内）……244
天草……279
天香久山……244
天橋立・天の橋立……54 131
奄美大島……193
アムステルダム動物園……187
アメリカ（米国）……64 66 215 216 220 222 224 225 270
アラスカ……179
有明海……121 289
有明干拓地……121
アルプス……188 190
阿波……68 69
淡路（島）……51 53 71
アンカレジ……179
安徳天皇陵〔阿彌陀寺陵〕……96
アントワープ動物園（ベルギー）……181

い

飯坂……115
伊香保森林公園……257
伊香保山……257
壱岐（郡）……120 122
イギリス（英国）……64 66 129 157 185 194 254 279
池田産業動物園（池田邸敷地内）……86
池田邸（岡山市）……86
石川県森林公園……266
伊豆（地方）（半島）……100 114 118 232 235 253 264 269 282
伊豆大島……289
出雲大社……152 262
石動駅……102
石動小学校グラウンド（富山県石動町）……102
伊勢（市）……196 225 226
伊勢崎市役所……268
伊勢志摩スカイライン……226
伊勢神宮（伊勢の宮）……71 82 225 250
板付空港（福岡市）……118
市川市……262
一条通岸壁（徳島県）……68
稲取……277
猪苗代湖……126 175
猪苗代町天鏡台の全国植樹祭会場（福島県）……175
伊の浦（長崎県）……122
茨城（県）……227 277
茨城衛星通信所（十王町）……227
茨城県笠松運動公園陸上競技場……203
茨城県護国神社……203
妹山（奈良県吉野町）……255 256
イラン……254
磐城……38 61
岩手（県）……72 200 225
岩手県営運動公園陸上競技場……176
岩手県民の森植栽地（八幡平市）……200
岩手山……200
伊波野村高畦栽培地（島根県）……41
因通寺洗心寮（佐賀県基山町）……45

う

ウィリアムズバーグ（米）……214
ウィリアムズバーグ・イン（米）……214
ウィンザー公エドワード邸（パリ）……184
ヴヴェイ（スイス）……188
ウェストミンスター寺院（ロンドン）……65
上野動物園……197
ヴェルサイユ宮殿（フランス）……184
宇治山田駅（近鉄）……205
烏城（岡山城）……161
ウッズホール海洋学研究所……217 218
ウッズホール海洋生物学研究所……217 218
宇都宮駅……260
宇都宮市……213
宇奈月……101
浦島ヶ丘（横浜市）……83
裏磐梯……175
瓜連……228
嬉野……121 289
嬉野総合運動公園（佐賀県）……289
雲仙……124
雲仙（天草）国立公園……45 123
雲仙岳……45 98 123 279

え

蝦夷富士……74
恵庭岳……191
エリザベス・サンダー

ス・ホーム（神奈川県大磯町）……83
延暦寺……212

お

お糸地獄（雲仙市）……123
桜花壇（奈良県吉野町）……55
皇子山総合運動公園陸上競技場（大津市）……258
近江神宮（大津市）……212
嚶鳴亭（那須御用邸）……251, 258, 279
大阿蘇……98, 119, 123
大磯（町）……83, 84, 159
大分……157
大分市営陸上競技場……156
大阪（府）……140, 152, 282
大阪府立母子保健総合医療センター（和泉市）……283
大島（高松市）……50
大島（町）（東京都）……92, 114, 124, 198, 232, 239, 249, 265, 286, 289, 290
大島小涌園（東京都）……114
（国立療養所）大島青松園（高松市）……50
大田市の三瓶山植栽地（島根県）……178
大田原市（滝岡）……261
大原の里［藤原鎌足生誕の地］……244
大衡村平林山に設けられた植樹会場（宮城県）……79
大船渡……200
大森山（上山市）……115
大山町上槇原の植栽地（鳥取県）……152
大淀川……98
岡谷駅……143
岡山（県）……69, 137, 140, 151, 154, 159, 242
岡山県営陸上競技場……137
岡山市高野尻の金山植栽地……158
岡山大学（医学部）附属病院……140, 154
小川村の木材展覧場（奈良県）……55
隠岐……152
翁島高松宮別邸……38
沖縄（県）……67, 68, 137, 257, 258, 290
奥白根……261
奥比叡ドライブウェイ……212
小河内（貯水池）（東京都奥多摩町）……129
男三瓶山（島根県）……178
小田代原（日光市）……134
小田原……269
乙女慰霊碑（稚内市）……162
女形谷……130
小浜駅……131
小浜漁港……131
小浜湾……131
面白山……61
オランダ……187, 205
オルリー国際空港（パリ）……182

か

偕楽園（水戸市）……203
鏡山（玄海国定公園内）……120
覚満淵（赤城山）……267, 268
加古川市……88
鹿児島……98
鹿児島県立鴨池陸上競技場……192
傘松駅……131
傘松展望所……131
笠山（萩市越ヶ浜）……141
賢島（三重県）……56, 131, 132, 226, 250
鹿島神宮……204
春日大社ナギ樹林……274
春日大社万葉植物園……274

カストラップ空港（デンマーク・コペンハーゲン）……179 180
霞ヶ浦……204
ガトウィック空港（ロンドン）……185
金尾山……107
神奈川県……32 82 100 284
カナダ……64 66
金山（岡山市）……158 159
金山（妙高市）……145
蟹江川排水機場（愛知県蟹江町）……241
蟹江町……241
狩野川……100
（ナポリ湾頭）カプリ島……64 193
蒲郡……91
神島（三重県）……132
上山……115
鴨ヶ浦（輪島市）……102
鴨川……270
鴨川シーワールド……270
唐津駅……120 121
樺太……163
軽井沢……31 285
軽井沢東小学校……39
軽井沢プリンスホテル……80
河口湖町……93
神埼……229
神埼高等学校運動場（佐賀県）……229
神埼町役場（佐賀県）……229
環翠楼（神奈川県強羅）……84
神田……27
神田瀬川（徳島県）……68
観瀾亭（宮城県松島町）……61

き

北上川……176
木曽御料林……36
鬼怒商業高等学校（結城市）……204
岐阜（県）……91 103 108 110 133
岐阜駅……133
岐阜学院（岐阜県大野町）……90
岐阜県総合運動場陸上競技場……154
岐阜県農事試験場……91
旧仙台城本丸跡の展望台……138
旧バージニア州議会議事堂……214
行田……267
京都大宮御所……136
行徳……263
行徳野鳥観察舎（市川市）……262
京都府……151 159
玉堂美術館（青梅市）……129
霧島……271
霧島山麓夷守台の全国植樹祭会場（宮崎県）……194
霧降高原……260

く

クアラルンプール……213
鵠沼……64
鵠沼秩父宮別邸（藤沢市）……63
草薙……94
草薙陸上競技場（静岡市）……94
串本……133
久谷村……156
久谷村大久保山の植栽地（愛媛県）……156
九段会館……134 235
隈庄町（熊本県）……46
隈庄開拓地（熊本市）……46
熊野灘……133
熊本（県）……99 118 157 279
蔵前国技館……80
グランドキャニオン……221
呉羽山（富山市）……100

黒磯駅……117 127
黒川村胎内平の全国植樹祭会場（新潟県）……191
黒姫山（長野県）……145
黒部川……101
群馬県……267

け

警視庁本部庁舎……253
迎賓館赤坂離宮……199 206
外宮斎館……70 205 206 250
華厳の滝……134
気多神社（羽咋市）……266
ケルン市庁舎（ドイツ）……189
ケルン・ボン空港（ドイツ）……188
下呂駅（岐阜県）……103
下呂萩原……103
原生花園（網走市）……71
原生沼（雲仙市）……123
原爆ドーム（元広島県産業奨励館）……41

こ

工業技術院産業工芸試験所東北支所（仙台市）……79
弘済院……89
濠洲……222
皇大神宮（五十鈴の宮）……71 82 179 196 206 225 250
高知（県）……69 236
高知県護国神社……236
高知県立牧野植物園……236
高知県林業試験場（香美市）……236
弘道館（水戸市）……203
甲府……93
甲府春風寮（甲府市の社会福祉法人）……92
神戸市王子陸上競技場……87
孝明天皇陵……159
高野山……233
高野山駅（南海電鉄）……233
高野山陵……233
光輪閣……60 113
古賀乃井（和歌山県白浜町）……132
国営昭和記念公園……269
国際科学技術博覧会（つくば万博）……277
国際連合本部……220
国民宿舎水郷（土浦市）……204
国民年金保養センター翠湖苑（高島市）……212
国立遺伝学研究所……284
国立科学博物館……104
国立競技場……109 147
国立療養所奄美和光園（奄美市）……192
興居島（松山市）……50
五色台（香川県）……157
児島湾……86
児島湾締切堤塘……86
五台山……236
小東山植栽地（神戸市）……70
五島……168
後藤孵卵場（各務原市）……155
コペンハーゲン市（デンマーク）……179
菰野（三重県）……251
駒ヶ岳……176
小松島（徳島県）……68
コロラド川……221
木幡家住宅（島根県松江市）……262
金剛・葛城の峰々……244
コンコルド広場（パリ）……182
金勝山……212
金勝山植栽地（滋賀県）……211

さ

西海橋（佐世保市）……121
埼玉（県）……107 291
西都原古墳群（西都市）……243
西都原資料館……243
蔵王山麓の植栽地（上山市）……114
佐賀（県）……45 120 229
酒池観光ホテル（南砺市）……167
佐賀駅……120
佐賀県総合運動場陸上競技場……229
佐賀市……120
酒田市の日和山公園（展望所）……15
相模（灘）（の海）…63 114 281
相模川……280
坐漁荘（静岡市）……94
佐久間ダム（浜松市）…95
佐久間発電所……95
桜川（那須）……280
桜島……98 192 193 271
桜田堀……232
笹ヶ峰の県営放牧場（妙高市）……145
佐世保市……121 122
薩川湾（奄美大島）……193
佐渡（島）……145
猿投（豊田市）……240
讃岐のふじ……13
醒井……55
醒井養鱒試験場（滋賀県）……55
サンディエゴ動物園（米）……222
サンフランシスコ（米）……223
サンフランシスコ太鼓道場……223
三瓶山……178
山陽町（岡山県）……87

し

シェイ・スタジアム（ニューヨーク）……219
信楽窯業試験場（甲賀市）……54
信楽町……54
敷島公園群馬県営陸上競技場（前橋市）……268
四国……69 156
支笏湖畔……125 126
静浦（沼津市）……270
静岡（県）……100 199
自然教育の森（鹿児島県姶良郡）……271
下谷……27
志高湖に隣接する植栽地（別府市）……97
七島展望台（三宅村）…264
志布志……177
志摩観光ホテル（志摩市）……131 250
島根（県）……151 152 153 178
清水（静岡県）……199
清水市の石垣いちご栽培地……199
市民広場駅（神戸新交通ポートアイランド線）……256
下津井……133
下関……97
修学院離宮……280
ジュネーブ国際空港（スイス）……188
順徳天皇火葬塚（新潟県佐渡市）……145
春帆楼（下関市）……96
松雲閣（花巻市）……128
城ヶ島……92
昭憲皇太后陵［伏見桃山東陵］……136 143
ジョージ・ワシントン私邸……217
ジョージ・ワシントンの墓所……217
正倉院……243 244

正倉院事務所……243
常磐炭礦株式会社磐城礦業所（福島県いわき市）……38
聖武天皇皇后陵［佐保山東陵］……243
聖武天皇陵［佐保山南陵］……243
白雲池（雲仙市）……45
白笹山……173
城山観光ホテル（鹿児島市）……271
新大阪駅……151
宍道湖……153
神武天皇陵……255

す

スイス……188
水前寺陸上競技場（熊本市）……119
水明郷原生林（苫小牧営林署第十四林班）……125
スウェーデン……186
スキポール空港（オランダ・ハーレマーメール）……187
スクリップス海洋研究所（米・ラホヤ）……218
（伊豆）須崎……191 195 198 211 231 232 239 240 257 265 269 270 277 280 283 291
須崎御用邸……281
スミソニアン・インスティチューション（米）……218
摺上川……115
駿河湾……75

せ

整肢学園（岐阜県下呂市）……103
清七地獄（雲仙市）……123
セーヌ河（パリ）……183
瀬戸内海……49
（京都大学理学部附属）瀬戸臨海実験所……132
千ヶ滝開拓地大日向地区（長野県佐久穂町大日向）……40
千ヶ滝養漁場（軽井沢プリンスホテル庭内）……80
戦場ヶ原開拓地（日光市）……134
仙台市……138
セントラル・パーク（ニューヨーク）……218
泉涌寺……159

そ

層雲峡……162
ソ連……277

た

タイ……277
大韓民国……277
大子町高柴台の全国植樹祭会場（茨城県久慈郡）……227
大昭和製紙株式会社鈴川工場（静岡県富士市）……95
大雪山……162
大雪山国立公園の大函付近（北海道上川町）……162
大山……152
大仙公園（堺市）……282
胎内平（新潟県胎内市）……191
高崎山……157
高崎山自然動物園（大分市）……98
高萩大心苑（高萩市）……227
高松……69
滝岡（大田原市）……252 261
竹島（蒲郡市）……91
田沢湖畔の大森植栽地（秋田県）……162
たて山、立山連峰……14 100

谷汲中学校（御播種地）……90
谷汲村の植樹行事植栽地（岐阜県）……90
多摩川……107

ち

竹林院群芳園（奈良県吉野町）……255
秩父宮記念市民会館（秩父市）……160
秩父宮邸……63
秩父宮別邸……63
秩父連山……84
千鳥ヶ淵戦没者墓苑……106
千葉（県）……65 197 270
千葉県総合運動場陸上競技場……196
中国……277
中禅寺湖……134
中尊寺（金色堂）（岩手県平泉町）……176
中部日本新聞社（名古屋市）……52
聴濤館（浜松市）……94

つ

津軽の富士……140
筑紫……177
筑波山……277
筑波山京成ホテル……228
対馬……261

て

帝室林野局……36
ディズニーランド（米・アナハイム）……222
天鏡閣（福島県猪苗代町）……273
天狗原山（長野県）……145
デンマーク……179

と

ドイツ……188 193
堂ヶ島（伊豆）……75
都井岬（串間市）……239
トゥール・ダルジャン（パリ）……183
東京駅……151
東京国際空港（羽田空港）……66 73 89 118
東京体育館（渋谷区）……92 135
東京都……27 47 100
東宮仮御所……108
東宮御所……117 231 270
道後……156
（日光）東照宮……260
東大寺……255 256
濤沸湖……71 72
東北大学理学部附属植物園……139
東北大学理学部附属臨海実験所……139
同和園（京都市）……54
戸隠……238
戸隠森林植物園（長野市）……238
利島……198 231 249
豊島岡墓地（文京区）……288
栃木県民の森（矢板市）……260
栃木県総合運動公園陸上競技場……252
鳥取（県）……151 152
鳥取県立布勢総合運動公園陸上競技場……279
鳥取砂丘……153
砺（礪）波（市）……166 177
砺波市の頼成植栽地……166
鳥羽（湾）……226
戸畑（北九州市）……98
富山陸上競技場……101
富山県護国神社……101
富山県庁前広場……100
富山市……100
豊受大神宮……70 179 196 205 225 250
十和田……128

十和田湖……127 128

な

内宮斎館……70 71 206 225 250
長岡市……146
長崎（県）（市）……120 122 168
長崎県庁……122
長崎県立総合運動公園陸上競技場……168
長崎国際文化会館……122
長野県……143
長野県精密工業試験場……144
長野県繊維工業試験場……238
長野県松本運動公園陸上競技場……239
永原（長浜市）……55
長良川……133
長良川の古津乗船場……133
名古屋……52
那須（野）……70 74 81 93 108 120 138 142 201 202 213 228 238 241 252 258 259 267 271 283 284 291
那須御用邸……127 202 213 259 283
那須岳……93 96 235 292
那須（野）が原……151 252 279
那須町芦野……272
那須町共同利用模範牧場……201
名瀬（市）……192 193
那智高原……233
那智高原の全国植樹祭会場（和歌山県）……233
那智の（大）滝……133
七尾……103
七尾西湾（石川県）……40
ナポリ湾……64
奈良（県）……55 56 243 255
奈良県庁……243
奈良市鴻ノ池陸上競技場……274
奈良ホテル……274
鳴門……51
成相山……131
縄ヶ池みずばしょう群生地（南砺市）……167
男体山……134
南原千畳岩（八丈島）……263

に

新潟（県）……146
新潟県営新潟陸上競技場……144
新浜鴨場（市川市）……262
西ドイツ……188
虹の松原……120
西山……263
二上山……244
仁田峠（雲仙天草国立公園内）……123
日光……93
日光観光ホテル……134
日光連山……268
日東紡山崎療養所……71
仁別国民の森（秋田市）……167
仁別森林博物館（秋田市）……167
日本毛織株式会社加古川工場……88
日本毛織株式会社グラウンド（加古川市）……88
日本鋼管川崎製鉄所……83
日本万国博覧会（吹田市）……173
日本武道館……229 284
日本海……141 152
日本原子力研究所東海研究所……204
日本道路公団関門トンネル管理事務所……97
ニューヨーク植物園……218
仁徳天皇陵（堺市）……282

ぬ

沼津……143
沼津御用邸西附属邸……11
沼原……173 201 237 242 271 284
沼原湿原（那須塩原市）

……237
沼原発電所（那須塩原市）……200

の

農林省農業技術研究所（北区西ヶ原）……87
ノートルダム……184
ノートルダム大聖堂（パリ）……183
能登島……103
登別……126

は

ハーグ（オランダ）……187
博多……98
博物館明治村（犬山市）……241
箱根……217 251 284
箱根神社……251
箱根連峰……84
長谷川合名会社（山形県高畠町）……116
八尾町（富山市）……101
八丈島……158 263
初島（熱海市）……24
八幡平ハイツ……200
バッキンガム宮殿（ロンドン）……185 186
八勝館（名古屋市）……52
羽田……234
羽田空港……234
浜名湖……118
浜松……42 96
葉山……49 92 264 267 281 288
パリ……66 182 183
バルツ家の農場（米・シカゴ市郊外トロイ町）……220 221
榛名の山……238
バルビゾン村……182
ハワイ……223
ハワイ州知事公邸ワシントン・プレース……223
万松館（岐阜市）……91
磐梯……175
磐梯吾妻道路……127

ひ

火打缶……146
飛雲閣……262
比叡山ドライブウェイ……212 213
比叡の峯……213
簸川平野（島根県）……41
肥前白石駅……121
常陸宮邸……232
一ツ樅……118
夷守岳……195
日御碕神社（出雲市）……262
氷見……102
兵庫（県）……159 163 255
氷雪の門（稚内市）……162
平戸……169
平戸市営相撲場……169
比良の山（連峰）……212 213
弘前……140 234
広島……41
広島県水産試験場……41
広瀬川……61
広谷地……118
琵琶（の）湖……213 258
琵琶湖大橋……212
琵琶湖ホテル……211

ふ

ブータン……290
深川……27
吹上（御苑）……31 211
吹上御所……161 196 202 272
福井（県）……130 163
福井運動公園陸上競技場……163
福江港……168
福江市……168
福江島……168
福岡県……99
福島（県）……60 117 273

福島駅……117 127
福島県果樹試験場……273
福島県知事公舎……61
福島県庁……116 117
武甲山（埼玉県）……160
富士（山）（麓）……75 93 114 118 121 239 280
藤岡県有林（豊田市）……240
富士川……260
富士国立公園博物館（山梨県富士河口湖町）……93
富士通株式会社会津工場（会津若松市）……175
藤原宮跡……244
布勢……279
府中駅（京都府）……131
富津植栽地……65
船小屋樋口軒（福岡県）……45
ブラジル……253
フランス……182
ブリュール（ドイツ）……188
ブローニュの森（パリ）……184
フロリダ……187

へ

平城宮跡……256
舳倉島……103
別府……98
別府市営青山庭球コート……157
ベルギー……181

ほ

鳳来町（愛知県）……240
法隆寺……244 245
甫喜ヶ峰……237
甫喜ヶ峰森林公園（高知県香美市）……237
細谷川……228
北海道……72 74
ホテル・クリヨン（パリ）……182
ホテル層雲……162
ホテル「バ・ブレオ」の食堂（フランス・バルビゾン村）……182
ホテル林田温泉……271
ホテルレークビワ（守山市）……212
ポトマック川（米）……217
ホワイトハウス（米）……215
ボン（ドイツ）……188
本郷……27
本所……27
ポン・ド・ラ・トゥレルの橋（パリ）……183

ま

舞子……71
マウナ・ケア・ビーチ（ハワイ島）……224
前橋（市）……268
真駒内……191
真駒内スピードスケート競技場（札幌市）……190
益子窯業指導所……38
益田川……103
松浦潟……120
松江……262
松江市営陸上競技場……262
マッキンレー……179
松島（湾）……61 74 80
松島パークホテル（宮城県）……61
松山市堀之内競技場……67
松山聾学校……68
真野宮（佐渡市）……145
真野湾……145
丸岡町女形谷の植栽地（福井県）……130
円山……73
円山総合グラウンド（札幌市）……73
満月寺浮御堂……212

み

三井寺（大津市）……212
三重（県）……108 110 133 205 225 226 250
三重県営総合競技場陸上競技場……225
三重県民の森……250
三方原学園（浜松市）…94
三河……91
三崎漁港（三浦市）……92
三朝……153
三朝閣（鳥取県三朝町）……153
見島（萩市）……141
三島……199
水口屋（静岡市）……94
水島……157
瑞穂グラウンド（名古屋市）……52
聖園那須老人ホーム（栃木県那須町）……201 202
三井鉱山株式会社三池鉱業所三川坑（大牟田市）……45
三井の浜……232
三津港（松山市）……50
水戸（市）……34 35
南阿蘇国民休暇村（熊本県高森町）……278
南アルプス連峰……114
南伊豆……228
南房総……270
宮城（県）……31 60 61 138
宮城野村（神奈川県）…84
三宅島……263 264
宮崎（県）……98 195
宮崎県総合運動公園陸上競技場……242
宮崎自然休養林……242
宮津駅……131
宮津市……131
深山ダム管理事務所（那須塩原市）……200
ミュンヘン……193
三輪山……244

む

六甲……88
陸奥湾（陸奥の浦）…139 140
村尾旅館（上山市）……116
室戸（岬）……51

め

明治神宮……177 252 270
明治神宮外苑東京ラグビー場……47
明治天皇陵［伏見桃山陵］……136

も

毛利邸（防府市）……86
モーラップ山麓（支笏湖畔の植栽地）……125
最上川……15
藻琴湖（網走市）……71
門司市の奉迎場（山口県）……44
門司（の港）……44
元梨本宮別邸跡……93
元広島護国神社前の広場……41
桃山……137
盛岡……176

や

矢板……260
矢板市の県民の森……260
矢板駅……260
八子が峰……144
八子が峰の植栽地（長野県白樺湖畔）……144
屋島……69
靖国神社……22 110 136 167 284
（秋田市営）八橋陸上競技場……127
矢筈ヶ岳……86
山岡内燃機株式会社永原工場（滋賀県）……55
山形（県）…15 60 115 116 117 146

山口県陸上競技場……141
山崎……71
山下湖（由布市）……157
山梨（県）……92 286
山梨県小瀬スポーツ公園
陸上競技場……286

ゆ

悠紀斎田（野洲市）……212
湯瀬（鹿角市）……128
湯布院町の国体ホッケー
競技会場（大分県）……157
由布岳……97 157
湯村（甲府市）……93
湯涌温泉（金沢市）……103

よ

夜越山の植栽地（青森県
平内町）……139
横浜（市）……47 83
横浜訓盲院（横浜市）……47
余笹川（栃木県）……285
吉野町（奈良県）……55
米子市……279
米沢市……116
米代川……128
よみうりランド海水水族
館（川崎市）……205
よみうりランドホテル
（稲城市）……205
吉田工業株式会社黒部工
場（黒部市）……101
吉田茂邸（神奈川県大磯
町）……84 159
代々木……12
寄居町の金尾山植栽地
（埼玉県）……107

ら

ライン河（ドイツ）……188

り

リデル・ライト記念養老
院（熊本市）……99
両国国技館……280
リンカーン記念館……216
リンカーン像……216
リンネ協会（ロンドン）
……186

る

ルーブル美術館（パリ）
……182
ルンビニ園（富山市）……101

れ

レマン湖（スイス）……188

ろ

琅玕洞……65
ロイヤル・コペンハーゲ
ン陶器工場（デンマー
ク）……180
ローマ……120 189
ローマ・ゲルマン博物館
……189
ローレライの岩（ライン
河）……188
ロサンゼルス……221
ロックフェラー副大統領
邸……219
ロンドン……66 185 186 197 198
ロンドン動物園……186
ロンドン動物学協会……186

わ

ワーテルローの古戦場
（ベルギー）……181
若草山……274
和歌山……133
和歌山県営紀三井寺運動
公園陸上競技場……190
和歌山県林業センター……233
和倉……103
鷲ヶ峯老人ホーム（川崎
市）……205
和白青松園（福岡市［旧
糟屋郡和白村］の児童

動植物名索引（第一章～第十章）

〔凡例〕第一章～第十章に記載のある動植物名を五十音順に配列した。表記は原則として本文のままとしたが、読みやすさを考慮し、適宜（　）にてカタカナ・漢字表記を付した。

あ

アオサ……50
青葉梟（あをばづく）……213
あかえぞぜみ……291
アカエゾマツ（あかえぞ松）……125
アカギキンポウゲ……267
あかげら……291
あかしか……181
アカネ……274
アカマツ（赤松）……79 86 158 159 175
あきざくら（秋桜）……42
アキタスギ（秋田杉）……162 167
あけぼのすぎ……287
あさまふうろ……285
あさり……91
あし……63
アジ……205
あづましらいとさう……202
あたみざくら……265 270
アツバニガナ……242
あつもりさう……260
アテ……266
あはび……103
あぶらぜみ……291
鮎……133

い

いか……279 291
石垣いちご……199
イシサンゴ……193
イチイガシ……256 274
いちご……199
公孫樹（いちやう）……269
糸柳……67
稲（穂）……61 67 72 82 87 234 274 277
薯（いも）……59

う

鵜……133
魚……255
牛……43 72 201
うすばあをのり……269
うばめがし……249 250
ウバユリ……178
海牛（うみうし）……49 187
海蜘蛛……132
海茸（うみたけ）……121
海蝸牛（うみまひまひ）……121
うみねこ……200
梅……63 64 287

え

エスカルゴ……182 183
えぞあぢさゐ……242
エゾカワラナデシコ……71
エゾシロネ……267
えぞぜみ……291
えぞ松……73

お

オーストラリアハイギョ……205
おほやましもつけ……251
オカピ（ー）……181 222
オシャグジデンダ……167
尾花……201

オビスギ（飫肥杉）……194　195
オヒルギ……193

か

貝……102　104　132　141　253　288　289
かへで……126
蛙……228
カゴメウミヒドラ……177
鵲（かささぎ）……121　229
河鹿（かじか）……133　153　159
かたくり……260
かたしろ（片白）草……53
かつをどり……290
カナリー椰子……242
かに（蟹）……281　289
カボチャ……221
カメレオン……186
鴨……151　178　183
からたちばな……267
から松（カラマツ）……134　144
カルガモ……238
かんざくら（寒桜）……211　280
寒梅……26
カンムリウミスズメ……264

き

菊桜……59
キジ、雉子（きぎす）……85　105　177　251　272
きすげ……267
キバナルピナス……195
きぶねぎく……160
きんくろはじろ……152

く

鯨……224
くず（葛）……74　108
クスノキ（楠の木）、くす……229　282　289
クロマツ……65　70　178

こ

コアラ（ベア）……222
鯉……182
かうぞ……143
コウノトリ（こふのとり）……163
コウライタチバナ……141
こがも……63
こかはらひは（小河原鶸）……48
蘚（こけ）……242
ゴゴシマユムシ……50
こごめやなぎ……201
コスモス……48
小鳥、小禽……45　223
こなら……285
辛夷（こぶし）……177
小麦……284
五葉松……79
ゴリラ……197

さ

さかまた……270
サギソウ……118
桜……98　265　271　282
桜草……291
ささゆり……283
猿……98
さるをがせ……127
さんしゆゆ……261

し

しひ……235
シーラカンス……180　181
鹿……128　181
しかぎく……120
しだ……242
しだれざくら……249
シナノキ……238
篠竹……74
シマエンジュ……50
ジャイアントパンダ（大パンダ）……186　197
ジュゴン……187
白魚……153
白樺、しらかんば……134　231
白菊……62

シラネアオイ……125
しらねわらび……257
シラハタマツ（しらはた松）……115
シロナマコ（白海鼠）……139

す

水仙……240
スギ（杉）……90 94 97 103 132 156 162 166 177 191 206 227 233 240 260 266 271 278 287
すずがも……263
すすき……201
雀……152

せ

せつか……151
せつぶん草……43

そ

ゾウアザラシ……197
ゾウガメ……186
蘇鉄（そてつ）……239
そよご……56

た

大豆……220 221
ダイセンマツ……152
ダイセンヤナギ……178
竹……287
たちつぼすみれ……232
たにうつぎ……178 213
たましだ……51
狸……55

ち

チマキザサ……238

つ

ツシママツ……175
蔦（つた）……88 230
つつじ……86 121
つばき（椿）……165 290
つぶらしひ……256
ツルマンリョウ（つるまんりやう）……255 256
つはぶき……75

て

ていかかづら……283
テツホシダ……50
テンダイウヤク……255

と

トキ……197
毒へビ……186
トサミズキ……237
トチ……167
とちのき（トチノキ）……252 260
飛魚……158
とらふぐ……131
鳥、鶏《とり》……70 91 185 225 289

な

長なきどり……21
なぎ（ナギ）……122 274
ナシ（梨）……273
菜の花……261
楢……108
ナンバンギセル……274

に

にほひゆり……283
虹鱒……55
にっこうきすげ……173 271
日本猿……195
にほんりす……271
鶏……155

は

バイカアマチャ……242
ハギ……274
白桃……242
ハコネコメツツジ……264
蓮、はちす……204 291
ハタタテハゼ……231
初穂……82

鳩……59 144 147 155 198 199
はなあやめ……257
ハナノキ……240
花みづき……59
葉牡丹……231 232
ハマチ（はまち）……131
はまなす……72
はるとらのを……123 277
パンダ……197
ばんどういるか……270

ひ

ひぐらし……291
ひじき……232
ひとつばたご……261
ヒノキ（ひのき）……90 107 212 233 240 250 260 282 289
雲雀（ひばり）……154 228
ひめしやが……139
ヒメシャラ……251
ヒュウガギボウシ……242
ひよどり……232
ヒヨドリバナ……167
ピラルク……205

ふ

風藤葛（ふうとうかづら）……191 211
フグ……131
ふくじゅそう（福寿草、ふくじゆさう）……120 236 260
藤（ふぢ）……70 115
豚……221
ブドウ……273
山毛欅（ぶな）……127
フラミンゴ……185

へ

ベニセイヨウサンザシ……279
ペンギン……197 198

ほ

ボールニシキヘビ……186 198
ほしがらす……239
ほしはじろ……152
ほたるいか……277
牡丹……159
ほととぎす……70 145 283
ホロムイイチゴ（ほろむいいちご）……126
ボンゴ……198

ま

松……33 42 44 79 83 86 115 130 139 145 152 154 175 178 287
マナティ（ー）……205
マリモ（毬藻）……72
マングローブ……193

み

蜜柑……269
実桜……115
水苔……126
みづなら……79
みずばしょう、みづばせを……167 175
みつばつつじ……107
みどりゆむし……50
みみがたてんなんしやう……277
ミヤコタナゴ（みやこたなご）……252 261
ミヤマカタバミ……178
みやまきりしま……45 124
みやままたたび……73

む

むぎ（麦）……23 107
ムラサキ……274
むらさきけまん……282
むらさきはしどい……59

め

めじろ……280
メヒルギ……193

も

藻……49 261

モウセンゴケ……45
もちつつじ……213
もみぢ（モミジ）……55 61 212 264 280
もみぢがさ……285
桃……87

や

八重桜……59
八束穂……82
ヤドカリ……132
やなぎらん……284
ヤナセスギ……237
やぶかうじ……232
藪椿……280
やまぐは……284
山桜（やまざくら、ヤマザクラ）……98 195 227 256
ヤマドリ（山鳥）……258 260
やまばと……199
山吹……20
山藤……124
やまほととぎす……267
ヤマモモ……237
山百合（やまゆり）……117
やま瑠璃草……123

ゆ

ユーカリ……222
ゆふすげ……81
ゆもとまゆみ……238
ゆりかもめ……232
ユリヤ貝……141

よ

吉野杉（スギ）……55 256

ら

ラクダ……197

り

リョウメンシダ……167
りんご（リンゴ）……115 200 234 273

る

ルリカケス……193

れ

れんげつつじ……115

わ

公魚（わかさぎ）……261

御製関係の参考文献・資料

毎日新聞社編『みやまきりしま―天皇歌集』（昭和二十六年・毎日新聞社）
木俣修編『あけぼの集　天皇皇后両陛下御歌集』（昭和四十九年・読売新聞社）
坊城俊民『おほみうた　今上陛下二一二首』（昭和六十一年・桜楓社）
宮内庁侍従職編『おほうなばら　昭和天皇御製集』（平成二年・読売新聞社）
副島廣之『御製に仰ぐ昭和天皇』（平成七年・善本社）
鈴木正男『昭和天皇のおほみうた　御製に仰ぐご生涯』（平成七年・展転社）
田所泉『昭和天皇の和歌』（平成九年・創樹社）
秦澄美枝『昭和天皇　御製にたどるご生涯』（平成二十七年・ＰＨＰ研究所）
岡野弘彦『四季の歌　昭和天皇御製』（平成十八年・同朋舎メディアプラン）
儀武晋一編『昭和天皇　遺されし御製』（平成二十五年・皇室崇敬会）
宮内庁編修『昭和天皇実録』（平成二十七〜三十一年・東京書籍）
宮内庁ホームページ http://www.kunaicho.go.jp

編著者略歴

所　功（ところ・いさお）

昭和16年（1941）12月、岐阜県生まれ。名古屋大学大学院修士課程修了。同41年4月から9年間、皇學館大学教員。同50年4月から6年間、文部省教科書調査官。同56年4月から31年間、京都産業大学教授。同61年、法学博士（慶應義塾大学・日本法制史）。平成24年（2012）4月から京都産業大学名誉教授、モラロジー研究所教授など。

主な著書に『平安朝儀式書成立史の研究』『宮廷儀式書成立史の再検討』（共に国書刊行会）、『年号の歴史　元号制度の史的研究』（雄山閣）、『菅原道真の実像』（臨川書店）、『三善清行』（吉川弘文館）、『伊勢神宮』（講談社学術文庫）、『京都の三大祭』（角川ソフィア文庫）、『天皇の「まつりごと」』（NHK生活人新書）、『歴代天皇の実像』『皇室に学ぶ徳育』（共にモラロジー研究所）、共著に『皇位継承』『元号』（共に文春新書）、編著に『皇室事典』（角川学芸出版）、『日本年号史大事典』（雄山閣）などがある。

WEBサイトかんせいPLAZA運用。http://tokoroisao.jp

昭和《しようわ》天皇《てんのう》の大《おお》御《み》歌《うた》　一首《いつしゅ》に込《こ》められた深《ふか》き想《おも》い

2019（平成31）年4月17日　初版発行

編　著　所　功
発行者　宍戸健司
発　行　公益財団法人 角川文化振興財団
〒102-0071 東京都千代田区富士見1-12-15
電話03-5215-7821
http://www.kadokawa-zaidan.or.jp/
発　売　株式会社 KADOKAWA
〒102-8177 東京都千代田区富士見2-13-3
電話0570-002-301（カスタマーサポート・ナビダイヤル）
受付時間　11時～13時／14時～17時（土日祝日を除く）
https://www.kadokawa.co.jp/
印刷製本　中央精版印刷株式会社
 ISBN978-4-04-884241-9 C0095